ARENA KINDERBUCH-KLASSIKER

Der Herausgeber

Friedrich Stephan,
geboren 1944, ist Lehrer für Englisch und Latein und Lehrerausbilder für Englisch im Ruhestand.
Er betreut die von seiner verstorbenen Frau Freya Stephan-Kühn begründete umfangreiche historische Kinderbuchsammlung Stephan-Kühn, in der sich viele deutsche und internationale Kinderbuchklassiker befinden.
Für die Reihe der ARENA-Kinderbuchklassiker hat er mehrere englische Texte neu ins Deutsche übersetzt, andere gekürzt und bearbeitet. Darüber hinaus hat er sich lange Jahre im Bundeswettbewerb Fremdsprachen engagiert und ist passionierter Großvater.

Sir Arthur Conan Doyle

Die außergewöhnlichen Fälle des Sherlock Holmes

Nach der deutschen Übersetzung von Rudolf Lautenbach unter Heranziehung des Originaltexts neu bearbeitet von Friedrich Stephan

Arena

FSC
www.fsc.org
MIX
Papier aus verantwortungsvollen Quellen
FSC® C110508

1. Auflage 2017

Herausgegeben von Friedrich Stephan
Vorwort: Jonathan Stroud
Einbandillustration: © Tony Cliff 2015,
zuerst erschienen bei Puffin Books Ltd., 2016
Gesamtherstellung: Westermann Druck Zwickau GmbH
ISBN 978-3-401-60265-3

Besuche uns unter:
www.arena-verlag.de
www.twitter.com/arenaverlag
www.facebook.com/arenaverlagfans

Inhalt

Vorwort

von Jonathan Stroud

Noch nie etwas von Sherlock Holmes gelesen? So geht's:

Du beginnst im Detektivbüro in der Baker Street 221B. Holmes und sein Freund Watson sitzen am Kamin, in dem die Holzscheite knistern und knacken. Außen wabert dichter Nebel gegen das Fenster. Dann plötzlich – Fußtritte auf der Treppe, jemand hämmert gegen die Tür. Ein Klient stürzt herein, die Augen weit aufgerissen, völlig aufgelöst und er hat eine furchterregende Geschichte zu erzählen …

Und schon ist es um dich geschehen: Du bist von der Geschichte gefangen. Ganz gleich, wie oft du es versuchst, du schaffst es nicht, dich loszureißen.

So war es von Anfang an. Wenn im viktorianischen Zeitalter ein neues Abenteuer von Sherlock Holmes in der Zeitschrift *Strand* erschien, standen die Leute um den Block herum Schlange, um ein Exemplar zu ergattern und die Geschichte zu verschlingen. Als Arthur Conan Doyle in »Das letzte Problem« dem Leben seines Helden ein Ende setzte, erhob sich auf der ganzen Welt ein Schrei der Empörung. Viele banden sich ein schwarzes Armband als Trauerflor um; Doyle wurde mit Briefen überschwemmt, in denen die Rückkehr von Holmes gefordert wurde. Am Ende gab er nach, ließ seinen Helden wiederauferstehen und wurde zum bestbezahlten Autor der Welt.

Seit dieser Zeit sind Millionen von Menschen seinem Bann verfallen. Ich war neun oder zehn, als ich zum ersten Mal die Gesamtausgabe mit allen Sherlock-Holmes-Geschichten aufschlug. Im Inhaltsverzeichnis fand ich Geschichten wie »Der Vampir von Sussex«, »Der zweite Fleck« oder »Der Detektiv auf dem Sterbebett«. Die musste ich einfach lesen! Und das habe ich, eine nach der anderen: auf langen Autofahrten oder mit der Taschenlampe unter der Bettdecke. Ich hörte erst auf, als ich jede einzelne durchgelesen hatte.

Was machte diese Erzählungen so besonders? Eine Zeit lang dachte ich, es sei dieser Detektivkram. Ich beschloss, so zu werden wie Sherlock Holmes. Ich untersuchte Fußspuren im Schlamm, entzifferte geheime Botschaften, beobachtete Fremde und zog (falsche) Schlüsse über ihren Charakter. Dann nahm ich mir vor, wie Holmes ein Meister der Verkleidung zu werden, und lief mit einem angeklebten Schnurrbart herum, auf dem Kopf einen Schlapphut und unter dem Regenmantel ein Kissen. Zu meinem großen Ärger wurde ich von jedem, dem ich begegnete, erkannt (und ausgelacht). Da wurde mir unmissverständlich klar: Ich würde nie ein richtiger Detektiv werden. Also gab ich mein Vorhaben auf und wandte mich wieder den Büchern zu.

Als ich sie erneut las, erkannte ich, dass es nicht so sehr die Detektivarbeit war, die mich in ihren Bann zog, als vielmehr der Zusammenhang, in den Doyle sie eingebettet hatte. Da war die Atmosphäre im viktorianischen London: die nebligen Straßen, die flackernden Gaslampen, die ratternden Kutschen, die plötzlich aus dem Dunkel der Nacht auftauchten. Da waren die seltsamen Leute, die bei Holmes an die Tür klopften: die verzweifelten Männer, die verletzlichen Frauen, die Herzöge und Minister, die Kaufleute und die kleinen Gauner. Aber das Wichtigste waren die Charaktere Holmes und Watson selbst und die besondere Beziehung zwischen ihnen. Holmes ist ohne Zweifel brillant, intellektuell ist er jedem überlegen, er ist scharfsinnig und hat eine unübertreffliche Beobachtungsgabe. Und doch würde er einem mit diesen Gaben sehr bald auf den Geist gehen, wäre da nicht Watson an seiner Seite. Watson ist vielleicht nicht so klug wie Holmes (vielleicht nicht einmal so klug wie *wir*), aber er ist treu, tapfer, anständig und mutig – und ein guter Pistolenschütze. Holmes kann einfach nicht ohne ihn auskommen und es ist diese enge Freundschaft, die in uns den Wunsch weckt, die beiden in jeder Geschichte zu begleiten.

Und was das für Geschichten sind! Dieser Sammelband enthält eine Auswahl der besten. Hier wird (unter anderem) der Fall eines auf mysteriöse Weise verschwundenen Rennpferdes gelöst und ein gestohlener Edelstein an einem sehr merkwürdigen Ort wiedergefunden. Vor allem aber mag ich »Das gefleckte Band« mit einer Jungfrau in Nöten, einem Unhold, der Eisenstangen mit bloßen Händen verknotet, einem geheimnisvollen Todesfall und einer langen Nachtwache, in der … Nun, das muss man schon selber lesen. Es ist ein Meisterwerk, das auf vierzig Seiten mehr an Spannung und Nervenkitzel hervorruft, als die meisten Autoren in einen ganzen Roman zu packen vermögen. Und es zeigt überaus deutlich, warum Holmes und Watson für immer leben werden: Denn egal mit welch bizarren Geheimnissen oder dunklen Verbrechen er sich konfrontiert sieht, der große Detektiv ist imstande, »das menschliche Herz zu durchschauen«. Dann zieht er mit Watson an seiner Seite los, um die Dinge wieder ins Lot zu bringen. Die Viktorianer waren sich sicher: *Das* war die Art von Helden, die sie sich wünschten, und es ist auch heute noch die Art von Helden, von der *wir* alle träumen, jeden Tag.

Übersetzt (und im letzten Absatz leicht an die Auswahl für die deutsche Ausgabe angepasst) von Friedrich Stephan

Das gefleckte Band

Wenn ich die Aufzeichnungen durchgehe, die ich mir in den letzten acht Jahren unserer Zusammenarbeit gemacht habe, um die Methoden meines Freundes Sherlock Holmes zu studieren, so finde ich unter den etwa siebzig Fällen viele, die man als tragisch, einige, die man als komisch, eine ganze Reihe, die man nur als merkwürdig bezeichnen könnte. Kein einziger aber verdient das Prädikat alltäglich. Holmes ließ sich nämlich bei seiner Tätigkeit weit mehr von der Liebe zu seinem Beruf bestimmen als von dem, was sie ihm materiell einbrachte. Daher lehnte er seine Mitwirkung stets ab, wenn die Nachforschungen sich nicht auf einen ungewöhnlichen oder geradezu fantastischen Vorgang richteten. Unter all den verschiedenartigen Fällen kann ich mich jedoch an keinen erinnern, der ebenso viele merkwürdige Züge aufwies wie jener, der mit der in Surrey weithin bekannten Familie der Roylotts of Stoke Moron in Verbindung stand. Die Sache ereignete sich kurz nachdem ich zu Holmes in die Wohnung in der Baker Street Nummer 10 gezogen war. Ich hätte vielleicht schon früher darüber geschrieben, hätte ich nicht versprochen, Stillschweigen darüber zu bewahren, ein Versprechen, von dem mich aber im letzten Monat der bedauerlich frühzeitige Tod der Dame entbunden hat, der ich es gegeben hatte. Vielleicht ist es ganz gut, dass der wahre Sachverhalt jetzt ans Licht kommt, denn wie ich hörte, haben sich über den Tod des Dr. Grimesby Roylott in weiten Kreisen Gerüchte verbreitet, die jene Ereignisse noch grässlicher ausmalten, als sie in Wirklichkeit waren.

Es war an einem Aprilmorgen des Jahres 83, als ich beim Erwachen Holmes vollständig angekleidet an meinem Bett stehen sah. Gewöhnlich stand er spät auf, und da die Uhr auf dem Kaminsims erst ein Viertel nach sieben zeigte, blinzelte ich ihn einigermaßen überrascht, vielleicht sogar etwas ärgerlich an, denn ich ließ mich nicht gerne in meinen Gewohnheiten stören.

»Es tut mir sehr leid, dass ich dich wecken muss, Watson«, sagte er, »aber es geht heute Morgen keinem im Hause besser. Frau Hudson ist zuerst herausgeklopft worden, sie hat mich aufgeweckt und jetzt kommt die Reihe an dich.«

»Was gibt es denn? Brennt es?«

»Nein, eine Klientin ist da. Eine junge Dame, anscheinend in großer Aufregung, die darauf besteht, mich zu sprechen. Sie wartet unten im Empfangszimmer. Wenn sich aber junge Damen in solcher Herrgottsfrühe den Gefahren der Hauptstadt aussetzen und fremde Leute aus dem Schlaf reißen, werden sie wohl etwas sehr Drängendes auf dem Herzen haben. Und wenn es sich als ein wirklich interessanter Fall entpuppte, würdest du diesen doch sicher gern von Anfang an verfolgen. Ich dachte, ich sollte dir dazu auf jeden Fall die Chance geben.«

»Das war sehr nett von dir, mein Lieber, das möchte ich um keinen Preis verpassen.«

Nichts bereitete mir größeres Vergnügen, als Holmes bei den Untersuchungen, die sein Beruf mit sich brachte, Schritt für Schritt zu begleiten. Ich bewunderte es, wenn er mit seinen kühnen Schlussfolgerungen, die wie spontane Eingebungen schienen, aber stets streng logisch abgeleitet waren, Licht in das Dunkel der ihm vorgelegten rätselhaften Fälle brachte. Also kleidete ich mich hastig an und war nach wenigen Minuten so weit, um meinen Freund ins Empfangszimmer unten zu begleiten. Eine schwarz gekleidete, verschleierte Dame saß am Fenster und erhob sich bei unserem Eintritt.

Holmes stellte sich vor, begrüßte sie freundlich und erklärte ihr, indem er auf mich deutete: »Hier ist mein vertrauter Freund und Kollege Dr. Watson, vor dem Sie ebenso frei reden können wie vor mir. – Frau Hudson hat ja Feuer angemacht, wie ich sehe, das war vernünftig von ihr. Bitte, setzen Sie sich nur an den Kamin; ich lasse Ihnen gleich eine Tasse heißen Kaffee bringen, Sie zittern ja ordentlich.«

»Aber nicht vor Kälte«, antwortete die Dame mit leiser Stimme, indem sie der Aufforderung Folge leistete.

»Weshalb denn sonst?«

»Vor Angst, Mr Holmes, vor Schrecken.« Bei diesen Worten schlug sie den Schleier zurück und wir sahen nun, dass sie sich tatsächlich in einem Zustand starker Erregung befand; ihr Gesicht war angstverzerrt und bleich, ihre Augen flackerten vor Furcht, als wäre sie ein Stück Wild auf der Flucht vor den Jägern. Ihren Zügen und ihrer Figur nach musste man sie für dreißigjährig halten, jedoch zeigte ihr

Haar bereits Spuren von Grau und es lag etwas Müdes und Abgezehrtes in ihrer ganzen Erscheinung.

Holmes musterte sie mit seinem alles durchdringenden Blick. »Sie müssen keine Angst haben«, sagte er in beruhigendem Tone, indem er sich über sie beugte. »Wir werden gewiss bald alles in Ordnung bringen. Sie sind heute früh mit der Bahn angekommen, wie ich sehe.«

»Woher wissen Sie das?«

»Nun, ich sehe die eine Hälfte der Rückfahrkarte, die Sie in Ihrem linken Handschuh stecken haben. Sie müssen früh aufgebrochen sein und hatten dann bis zur Bahn eine gehörige Strecke in einem zweirädrigen Einspänner auf schlechten Wegen zurückzulegen.«

Mit dem Ausdruck höchsten Erstaunens starrte die Fremde meinen Freund an.

»Nein, ich bin kein Hellseher«, fuhr Holmes lächelnd fort. »Aber der linke Ärmel Ihrer Jacke ist an nicht weniger als sieben Stellen mit noch ganz nassem Schmutz bespritzt. Kein anderes Fuhrwerk als ein Einspänner wirft Schmutz in dieser Weise auf, besonders, wenn man vorne links neben dem Kutscher sitzt.«

»Das mag sein, wie es will, jedenfalls treffen Sie mit Ihren Schlüssen das Richtige«, versetzte sie. »Ich fuhr vor sechs Uhr daheim fort, brauchte 20 Minuten bis nach Leatherhead und traf mit dem ersten Zuge hier an der Waterloo-Station ein. – Es kann nicht länger so weitergehen, ich halte es nicht mehr aus, ich werde wahnsinnig! Ich habe niemanden, an den ich mich wenden könnte – niemanden; nur ein einziger Mensch nimmt Anteil an mir, aber helfen kann er mir auch nicht. Man hat mir von Ihnen erzählt, Mr Holmes. Eine meiner Bekannten, Frau Farintosh, der Sie einmal in ihrer schrecklichen Bedrängnis Beistand leisteten, hat mir Ihre Adresse gegeben. Ach, meinen Sie nicht, Sie könnten mir vielleicht ebenfalls helfen und die furchtbare Finsternis, die mich umgibt, wenigstens durch einen schwachen Schimmer erhellen? Momentan bin ich allerdings nicht in der Lage, Sie für ihre Dienste zu entlohnen, aber in einem Monat oder spätestens sechs Wochen, wenn ich verheiratet und im Besitz meines Vermögens bin, sollen Sie mich nicht undankbar finden.«

Holmes entnahm seinem Schreibtisch ein kleines Buch mit Aufzeichnungen über frühere Fälle und schlug darin nach.

»Farintosh«, murmelte er, »ach ja, jetzt erinnere ich mich an den Fall. Es handelte sich um ein Opaldiadem. Das war noch vor deiner Zeit, Watson. – Ich kann Ihnen versichern, dass ich mich Ihres Problem mit der gleichen Sorgfalt annehmen werde wie seinerzeit dem Ihrer Freundin. Was das Honorar betrifft, seien sie beruhigt. Meine Tätigkeit selbst ist mir Lohn genug. Es steht Ihnen aber frei, mir meine etwaigen Auslagen zu einer Zeit, die Ihnen genehm ist, zu ersetzen. Und nun bitte ich Sie, uns alles mitzuteilen, was helfen könnte, um uns ein Bild von dem Fall zu machen.«

»Ach«, begann unsere Besucherin, »das Schreckliche an meiner Lage ist gerade, dass meine Befürchtungen so unbestimmter Natur sind und mein Verdacht sich nur auf Kleinigkeiten stützt, die jedem andern vermutlich bedeutungslos erscheinen. Selbst er, von dem ich am ehesten Rat und Hilfe erwarten dürfte, tut alles, was ich ihm darüber erzähle, als Einbildung einer Frau mit überreizten Nerven ab. Er sagt es nicht gerade heraus, allein ich merke es an seinen beschwichtigenden Antworten und ausweichenden Blicken. Aber Sie, Mr Holmes, sollen ja imstande sein wie nur wenige, das menschliche Herz zu durchschauen. Ihr Rat wird mir gewiss einen Weg durch all die Gefahren zeigen, von denen ich jetzt umgeben bin.« Fragend hob sie den Blick zu Holmes.

»Ich bin ganz Ohr«, ermunterte er sie.

»Ich heiße Helen Stoner und wohne zusammen mit meinem Stiefvater an der Westgrenze von Surrey. Er ist der Letzte der Roylotts von Stoke Moran, die eine der ältesten Familien Englands waren.«

Sherlock Holmes nickte. »Der Name ist mir bekannt«, sagte er.

»Die Familie gehörte einst zu den reichsten in ganz England und ihre Besitzungen erstreckten sich bis über die Grenzen von Surrey hinaus bis hin nach Berkshire im Norden und Hampshire im Westen. Im vorigen Jahrhundert jedoch kam der Besitz viermal hintereinander in leichtsinnige Hände, und als sich zu Beginn dieses Jahrhunderts dann auch noch einer der Erben dem Spiel ergab, war der Ruin der Familie endgültig besiegelt. Ein paar Morgen Land und der zweihundert Jahre alte Familiensitz, auf dem aber hohe Hypotheken lasteten, war alles, was übrig blieb. Der vorige Gutsherr harrte noch bis zu seinem Tode dort aus, indem er das schwere Los eines verarmten Edelmannes trug. Sein einziger Sohn dagegen, mein jetziger Stiefvater, sah ein, dass er sich den neuen Verhältnissen anpassen musste. Er erhielt von einem Verwandten ein Darlehen, das ihm ein Medizinstudium ermöglichte. Dann ließ er sich in Kalkutta nieder. Hier konnte er sich aufgrund seiner vorzüglichen Fähigkeiten als Arzt und seiner unbeugsamen Willenskraft eine große, gut gehende Praxis aufbauen. Im Jähzorn über einen Diebstahl in seinem Hause erschlug er jedoch einen eingeborenen Diener und entging nur mit Mühe einem Todesurteil. Er erhielt eine lange Freiheitsstrafe, nach deren Verbüßung er verbittert und enttäuscht nach England zurückkehrte.

Während seines Aufenthalts in Indien heiratete Dr. Roylott meine Mutter, die junge Witwe des Generalmajors Stoner von der Bengalischen Artillerie. Meine Zwillingsschwester Julia und ich waren damals erst zwei Jahre alt. Die Mutter besaß ein beträchtliches Geldvermögen, das nicht weniger als tausend Pfund im Jahr einbrachte. Dieses überließ sie, solange wir bei ihm lebten, vollständig unserem Stiefvater, jedoch mit der Bedingung, im Falle unserer Verheiratung jeder von uns beiden eine gewisse Summe jährlich auszuzahlen. Bald nach unserer Rückkehr nach England kam meine Mutter bei einem Eisenbahnunfall in der Nähe von Crewe ums Leben. Das ist jetzt acht Jahre her. Nun gab Dr. Roylott seine Versuche auf, in London als Arzt zu praktizieren, und zog mit uns in das alte Herrenhaus der Familie in Stoke Moran. Da die Hinterlassenschaft meiner Mutter unsere Bedürfnisse reichlich deckte, hätten wir ein zufriedenes und glückliches Leben führen können.

Aber etwa zu dieser Zeit ging mit unserem Stiefvater eine

schreckliche Veränderung vor. Anstatt freundschaftlichen Verkehr mit unseren Nachbarn anzuknüpfen, die anfangs hocherfreut darüber waren, wieder einen Stoke Moran auf dem alten Familiensitz einziehen zu sehen, schloss er sich in sein Haus ein. Wenn er es jemals verließ, geriet er mit jedem, der ihm in den Weg lief, in heftigsten Streit. Ein geradezu krankhafter Jähzorn war überhaupt bei den Männern in dieser Familie erblich und bei meinem Stiefvater war dieser wohl durch den langen Aufenthalt in den Tropen noch verstärkt worden. Die Folge war, dass er in eine Reihe hässlicher Streitigkeiten verwickelt wurde, die ihn zum Schrecken des ganzen Dorfes werden ließen. Alles ergriff bei seinem bloßen Anblick die Flucht, denn er verfügt über gewaltige Körperkräfte und kennt in seiner Wut keine Grenzen.

Vorige Woche erst warf er den Dorfschmied über das Brückengeländer ins Wasser und ich musste alles, was ich an Geld hatte, zusammenkratzen, damit die Angelegenheit nicht wieder vor Gericht gebracht wurde. Mit keinem Menschen hielt er Freundschaft, außer mit herumziehenden Zigeunern. Diesen erlaubte er auf den paar Morgen Brachland, die von all dem Besitztum noch geblieben sind, ihr Lager aufschlagen. Oft kehrte er in ihren Zelten ein, ja er begleitete sie sogar wochenlang auf ihren Wanderzügen. Seine Leidenschaft sind indische Tiere, die er sich aus Kalkutta kommen lässt. Gegenwärtig besitzt er einen Geparden und einen Pavian, die er in seinem Anwesen frei umherlaufen lässt und die den Dorfbewohnern denselben Schrecken einjagen wie ihr Herr selbst.

Nach dieser Schilderung werden Sie mir sicher glauben, dass meine Schwester und ich kein leichtes Leben geführt haben. Niemand wollte bei uns bleiben und lange Zeit mussten wir die ganze Hausarbeit allein verrichten. Obgleich Julia erst dreißig Jahre alt war, als sie starb, hatte sie doch bereits graue Haare wie ich auch.«

»Ihre Schwester ist also gestorben?«

»Ja, vor zwei Jahren, und gerade ihr Tod ist es, über den ich mit Ihnen sprechen will. Bei der Art von Leben, die ich Ihnen gerade geschildert habe, werden Sie verstehen, dass wir wenig Gelegenheit hatten, mit jemandem unseres Standes und unseres Alters zu verkehren. Wir hatten jedoch eine Tante, die unverheiratete Schwester meiner Mutter, Frau Honoria Westphail, die in der Nähe von Harrow wohnt. Die durften wir gelegentlich für kurze Zeit besuchen. Vor zwei Jahren lernte Julia bei einem solchen Besuch über Weihnachten einen pensionierten Major der Marine kennen, mit dem sie sich verlobte. Unser Stiefvater erhob gegen die Verbindung keine Einwendung; doch vierzehn Tage vor der Hochzeit trat das schreckliche Ereignis ein, das mich meiner einzigen Gefährtin beraubte.«

Holmes, der mit geschlossenen Augen in seinen Armstuhl zurückgelehnt, den Kopf im Kissen vergraben, zugehört hatte, schlug nun die Lider ein wenig auf und warf einen Blick auf die Erzählerin.

»Bitte erzählen Sie, so genau sie können, und in allen Einzelheiten, was passiert ist«, sagte er.

»Das wird mir nicht schwerfallen, denn alle Ereignisse dieser entsetzlichen Zeit haben sich unauslöschlich in mein

Gedächtnis eingebrannt. – Das Herrenhaus ist, wie gesagt, sehr alt und gegenwärtig wird neben dem Hauptgebäude in der Mitte, wo sich die Wohnzimmer befinden, nur der eine Flügel bewohnt. Hier befinden sich im Erdgeschoss die Schlafzimmer. Das erste ist das von Dr. Roylott, das zweite war das meiner Schwester, das dritte ist meins. Zwischen den einzelnen Zimmern gibt es keine Verbindung, aber alle drei Türen befinden sich auf demselben Gang. – Habe ich mich verständlich ausgedrückt?«

»Vollkommen.«

»Die Fenster der drei Zimmer öffnen sich zum Park hin. An jenem schrecklichen Abend also hatte sich Dr. Roylott zeitig in sein Schlafzimmer zurückgezogen, obgleich wir wussten, dass er sich noch nicht zur Ruhe begeben hatte, denn meine Schwester fühlte sich durch den Geruch der starken indischen Zigarre belästigt, die er zu rauchen pflegte. Sie kam deshalb in mein Zimmer herüber, um noch eine Zeit lang mit mir über ihre bevorstehende Hochzeit zu plaudern. Es war elf Uhr, als sie mich wieder verließ; an der Tür blieb sie jedoch stehen und schaute noch einmal zurück.

›Sag mir, Helen‹, fragte sie, ›hast du jemals ein Pfeifen vernommen, wenn nachts alles totenstill ist?‹

›Nein, niemals.‹

›Es kann doch wohl nicht sein, dass du nachts im Schlaf pfeifst, oder?‹

›Ganz bestimmt nicht, wie kommst du auf so etwas?‹

›In den letzten Nächten ertönte etwa um drei Uhr morgens ein leiser heller Pfiff. Ich habe einen leichten Schlaf und bin davon aufgewacht. Woher der Laut kam, kann ich nicht sagen – vielleicht aus dem Nebenzimmer, vielleicht auch vom Park her. Ich wollte dich nur fragen, ob du es auch gehört hast.‹

›Nein, das hab ich nicht. Das müssen diese schrecklichen Zigeuner im Park gewesen sein.‹

›Höchstwahrscheinlich; aber es wundert mich doch, dass du es nicht auch gehört hast, wenn es wirklich vom Park herkam.‹

›Ich schlafe eben fester als du.‹

›Nun ja, es ist ja ohnehin nicht von Bedeutung‹, sagte sie lächelnd und ging. Unmittelbar darauf hörte ich, wie sich der Schlüssel im Schloss ihrer Schlafzimmertür drehte.«

»Haben Sie sich denn nachts regelmäßig eingeschlossen?«, fragte Holmes.

»Immer.«

»Warum das?«

»Ich glaube, ich habe bereits erwähnt, dass unser Stiefvater einen Geparden und einen Pavian hielt; wir fühlten uns deshalb nicht sicher, wenn unsere Türen nicht verschlossen waren.«

»Verständlich. Aber erzählen Sie nur weiter!«

»Ich konnte in jener Nacht keinen Schlaf finden. Ein unbestimmtes Vorgefühl drohenden Unheils bedrückte mich. Sie erinnern sich, dass meine Schwester und ich Zwillinge waren, und Sie wissen sicher auch, wie eng die Bande zwischen zwei Seelen sind, die sich so nahestehen. Es war eine unheimliche Nacht. Draußen heulte der Wind und der Regen schlug klatschend gegen die Läden. Plötzlich ertönte mitten durch das Tosen des Sturmes ein wilder Angstschrei. Ich erkannte die Stimme meiner Schwester. Rasch sprang ich aus dem Bett und stürzte auf den Korridor hinaus. Während ich meine Tür öffnete, war mir, als hörte ich ein leises Pfeifen, wie meine Schwester es beschrieben hatte, und wenige Augenblicke darauf ein klirrendes Geräusch wie vom Fall eines schweren metallenen Gegenstandes. Wie ich durch den Gang rannte, wurde die Zimmertür meiner Schwester geöffnet und bewegte sich langsam in ihren Angeln. Starr vor Angst wartete ich auf den Anblick, der sich mir bieten würde. Da sah ich beim Schein der Flurlampe meine Schwester unter der Tür erscheinen; schreckensbleich, die Hände Hilfe suchend ausgestreckt, schwankte sie hin und her, als wäre sie berauscht. Ich eilte auf sie zu und schlang die Arme um sie, aber gerade in diesem Augenblick versagten ihr die Knie. Sie stürzte zu Boden, wand und krümmte sich wie in furchtbaren Schmerzen und ihre Glieder zogen sich krampfhaft zuckend zusammen. Ich meinte zuerst, sie habe mich nicht erkannt, aber als ich mich über sie beugte, stieß sie plötzlich mit einer Stimme, die ich nie vergessen werde, die abgebrochenen, undeutlichen Worte hervor: ›Oh, mein Gott! Helen! … Band! … gefleckt!‹ Sie machte den Versuch, noch etwas zu sagen, wobei sie mit dem Zeigefinger in der Luft in Richtung Schlafzimmer des Doktors deutete, als ein neuer grässlicher Krampfanfall ihr die Worte im Munde erstickte. Ich war gerade dabei, diesen zu Hilfe zu rufen, da kam er mir bereits im Schlafrock entgegengeeilt. Als er meine Schwester erreichte, hatte sie schon das Bewusstsein verloren. Er flößte ihr noch Cognak ein und ließ auch ärztliche Hilfe aus dem Dorfe herbeiholen, aber es nützte alles nichts mehr, sie wurde immer schwächer und starb, ohne dass sie noch einmal zu sich gekommen wäre. Und das war das schreckliche Ende meiner geliebten Schwester.«

»Einen Augenblick!«, unterbrach sie Holmes. »Haben Sie das Pfeifen und das metallische Geräusch ganz bestimmt wahrgenommen? Könnten Sie darauf schwören?«

»Genau das hat mich auch der Leichenbeschauer der Grafschaft bei der Untersuchung der Todesursache gefragt. Ich bin zwar ziemlich überzeugt, dass ich beides gehört habe, aber ich kann mich natürlich auch getäuscht haben. Bei dem tosenden Sturm in der fraglichen Nacht krachte das alte Haus ja in allen Fugen.«

»War ihre Schwester angekleidet?«

»Nein, sie trug nur ihr Nachtgewand. In der rechten Hand hielt sie noch ein herabgebranntes Zündholz und in der linken eine Zündholzschachtel.«

»Sie hat also noch Licht gemacht und sich umgeschaut, als das Geräusch entstand. Das ist von Wichtigkeit. Und zu welchem Ergebnis gelangte der Leichenbeschauer?«

»Da Dr. Roylott ja für sein verdächtiges Verhalten in der ganzen Grafschaft bekannt war, untersuchte der Richter alles mit großer Sorgfalt. Er war jedoch nicht imstande, eine bestimmte Todesursache zu entdecken. Aus meinen Mitteilungen ging hervor, dass die Tür von innen verschlossen gewesen war, und die Fenster waren durch altmodische Läden mit breiten Eisenstäben verrammelt, die jede Nacht vorgelegt wurden. Auch die Wände und der Fußboden wurden untersucht, aber nirgends wurde ein Anhaltspunkt gefunden. Der Kamin ist zwar recht groß, aber mit vier starken Eisenstäben vergittert. Meine Schwester war also zweifellos ganz allein, als ihr Geschick sie ereilte. Auch von einer Einwirkung äußerer Gewalt war keine Spur an ihr zu entdecken.«

»Und Gift – wie steht es damit?«

»Die Leiche wurde von ärztlicher Seite daraufhin untersucht. Es ließ sich nichts dergleichen feststellen.«

»Und was meinen Sie, woran die Arme starb?«

»Ich glaube an einem Nervenzusammenbruch infolge eines unsäglichen Schreckens, obgleich ich keine Ahnung habe, was diesen hervorgerufen hat.«

»Hielten sich zu jener Zeit Zigeuner auf dem Gelände auf?«

»Ja, es sind fast immer einige da.«

»Und was glauben Sie, was Ihre Schwester mit ›Band‹ und ›gefleckt‹ meinte?«

»Bei dem Zustand, in dem sie sich befand, weiß ich gar nicht, ob sie damit überhaupt etwas meinte. Dann aber wieder kommt mir der Gedanke, sie hätte vielleicht nicht ›Band‹, sondern ›Bande‹ gesagt und sich damit auf die Zigeuner im Park und mit ›gefleckt‹ auf die bunten Kopftücher bezogen, die viele von diesen tragen.«

Holmes schüttelte den Kopf, als sei er ganz und gar nicht befriedigt.

»Wir tappen noch ganz im Dunkeln«, meinte er, »aber bitte, erzählen Sie nun weiter.«

»Zwei Jahre sind seitdem vergangen und mein Leben

wurde einsamer denn je. Vor einem Monat jedoch hat ein lieber langjähriger Bekannter um meine Hand angehalten. Er heißt Armitage – Percy Armitage –, zweiter Sohn von Mr Armitage aus Crane Water bei Reading. Mein Stiefvater hat keine Einwände. Daher wollen wir noch in diesem Frühjahr heiraten. Seit zwei Tagen werden an dem westlichen Flügel unseres Wohnhauses Ausbesserungen vorgenommen. Dabei wurde eine Wand meines Schlafzimmers durchbrochen. Ich musste deshalb in das Zimmer, in dem meine Schwester starb, umziehen und in ihrem Bett schlafen. Stellen Sie sich nun meinen wahnsinnigen Schrecken vor, als ich in der letzten Nacht plötzlich ebenfalls das leise Pfeifen vernahm, das Vorbote ihres Todes war. Ich sprang aus dem Bett und zündete die Lampe an, vermochte aber nichts Beunruhigendes im Zimmer zu entdecken. Zu aufgeregt, um wieder einschlafen zu können, kleidete ich mich an und schlich mich, sobald es dämmerte, aus dem Hause, ließ mir in dem gegenüberliegenden Gasthaus ›Zur Krone‹ einen Wagen anspannen und fuhr nach Leatherhead und von da mit dem Morgenzug weiter nach London, um Sie aufzusuchen und um Ihren Rat zu bitten.«

»Das war das Vernünftigste, was Sie tun konnten«, bestätigte Holmes. »Aber haben Sie mir auch alles gesagt?«

»Ja, alles.«

»Nein, das haben sie nicht, Miss Stoner. Sie schonen Ihren Stiefvater.«

»Warum? Was wollen Sie damit sagen?«

Statt einer Antwort schlug Holmes die Rüsche über dem rechten Handgelenk der Erzählerin zurück.

Fünf kleine blaue Male, sichtlich von fünf Fingern herrührend, zeichneten sich auf ihrem Arm ab.

»Sie sind misshandelt worden«, sagte Holmes.

Tief errötend bedeckte sie die Stelle wieder. »Er ist ein rauer Mann«, sagte sie. »Vielleicht weiß er selbst kaum, wie stark er ist.«

Ein langes Schweigen folgte. Holmes blickte, das Kinn in die Hand stützend, in das prasselnde Kaminfeuer. »Eine höchst rätselhafte Sache«, sagte er zuletzt. »Ich hätte noch tausenderlei Fragen, ehe ich mir darüber im Klaren bin, welchen Weg wir einschlagen müssen. Wenn wir heute noch nach Stoke Moran fahren, könnten wir dann die Räumlichkeiten ohne Wissen Ihres Stiefvaters besichtigen?«

»Er hat zufällig erwähnt, dass er heute in einer sehr wichtigen Angelegenheit hier nach London fahren werde. Vermutlich wird er den ganzen Tag fort sein und dann wären Sie völlig ungestört. Wir haben zwar zurzeit eine Haushälterin, aber die ist alt und einfältig und ich könnte sie leicht eine Weile ablenken.«

»Ausgezeichnet. Du hast doch nichts gegen diesen Ausflug, Watson?«

»Nicht das Geringste.«

»Dann werden wir uns also beide im Laufe des Tages einfinden. Und was tun Sie jetzt, Miss Stoner?«

»Ich möchte gerne noch ein paar Sachen erledigen, wo ich gerade hier bin. Doch will ich mit dem Zwölfuhrzug zurückfahren, sodass Sie mich rechtzeitig zu Hause antreffen werden.«

»Sie dürfen uns bald nach Mittag erwarten. Ich habe

selbst zuerst noch einige Angelegenheiten zu erledigen. Wollen Sie nicht noch bleiben und etwas frühstücken?«

»Nein, ich muss gehen. Es ist mir schon leichter ums Herz, seit ich Ihnen anvertraut habe, was mich bedrückt. Auf Wiedersehen also, bis heute Nachmittag.« Sie zog den schwarzen Schleier wieder über ihr Gesicht und verließ das Zimmer.

»Nun, was hältst du von der Sache, Watson?«, fragte Holmes, sich in seinen Stuhl zurücklehnend.

»Die Geschichte scheint mir dunkel und rätselhaft.«

»Sogar sehr dunkel und sehr rätselhaft.«

»Und doch, wenn tatsachlich Fußboden und Wände ganz in Ordnung sind und durch Tür, Fenster und Kamin nichts hereinkommen konnte, muss die Schwester zur Zeit ihres rätselhaften Todes zweifellos allein gewesen sein.«

»Wie erklärst du dir dann aber das nächtliche Pfeifen und die eigentümliche Äußerung der Sterbenden?«

»Ich habe keine Ahnung.«

»Zähl einmal alles zusammen: dieses nächtliche Pfeifen, die Anwesenheit einer Zigeunerbande, die mit dem alten Doktor auf vertrautem Fuß stand, die Tatsache, dass dieser offenbar das größte Interesse daran hatte, eine Heirat seiner Stieftochter zu verhindern, die mögliche Andeutung der Sterbenden auf eine Bande und dann auch noch an den metallenen Klang, den Miss Helen Stoner gehört hat und der sehr wohl von der Wiederbefestigung der Vorlegestange an einem Fensterladen herrühren könnte. Scheint es nicht, als hätten wir allen Grund, hieraus eine Lösung des Rätsels abzuleiten?«

»Aber was sollen denn die Zigeuner getan haben?«

»Ich habe keine Ahnung.«

»Also da ließe sich doch so manches einwenden.«

»Das sehe ich auch so. Gerade deswegen begeben wir uns heute nach Stoke Moran. Ich muss mich überzeugen, ob die Einwendungen stichhaltig sind oder sich widerlegen lassen. – Aber was zum Teufel ist denn hier los?«, stieß er plötzlich aus.

Mit einem Mal war nämlich die Zimmertür aufgeflogen und eine gewaltige Männergestalt füllte den Türrahmen fast völlig aus. In seiner sonderbaren Bekleidung mit schwarzem Zylinder, Frack und Gamaschen und Reitpeitsche, die er durch die Luft sausen ließ, sah er halb wie Geschäftsmann, halb wie ein Gutsverwalter aus. Auf seinem breiten, mit zahllosen Runzeln übersäten, sonnenverbrannten Gesicht spiegelten sich alle schlechten Leidenschaften. Er wandte den Blick bald mir, bald meinem Freunde zu und dabei gaben ihm seine tief liegenden, gelb unterlaufenen Augen und die weit vorstehende schmale, fleischlose Nase das Aussehen eines grimmigen alten Raubvogels.

»Wer von euch beiden ist Holmes?«, blaffte er.

»Das bin ich, Sir. Aber ich hatte noch nicht das Vergnügen …«, antwortete mein Freund ruhig.

»Ich bin Dr. Grimesby Roylott von Stoke Moran.«

»Nehmen Sie bitte Platz, Herr Doktor«, sagte Holmes verbindlich.

»Fällt mir nicht ein. Meine Stieftochter ist da gewesen. Ich bin ihr nachgegangen. Was hat sie Ihnen erzählt?«

»Es ist noch etwas kalt für die Jahreszeit!«, gab Holmes zur Antwort.

»Was sie Ihnen gesagt hat, will ich wissen!«, schrie der andere wütend.

»Trotzdem soll sich, wie ich höre, die Krokusblüte ganz gut anlassen«, fuhr Holmes unerschütterlich fort.

»Versuchen Sie nur ja nicht, mich abzulenken!«, rief unser Besucher, machte einen Schritt nach vorn und schwang seine Reitpeitsche. »Ich kenne Sie, Schurke. Habe schon von Ihnen gehört. Sie sind Holmes, der Schnüffler!«

Mein Freund lächelte.

»Holmes, der Wichtigtuer!«

Sein Gesicht erheiterte sich immer mehr.

»Holmes, der Für-Scotland-Yard-seine-Nase-in-alles-Stecker!«

Jetzt lachte Holmes hell auf. »Sie sind ja äußerst witzig«, sagte er. »Wenn Sie hinausgehen, machen Sie die Tür zu, es zieht ganz spürbar.«

»Ich gehe, aber erst, wenn ich gesagt habe, was ich zu sagen habe. Lassen Sie sich nur nicht einfallen, Ihre Nase in meine Angelegenheiten zu stecken. Meine Tochter war da – ich weiß es, ich bin ihr nachgegangen! Ich rate keinem, mir in die Quere zu kommen! Da, sehen Sie her!« Damit trat er rasch auf den Kamin zu, nahm den Schürhaken und bog ihn mit seinen mächtigen braunen Händen vollständig krumm.

»Sehen Sie nur zu, dass Sie mir nicht unter die Finger kommen!«, schrie er Holmes noch zu, warf den verbogenen Schürhaken wieder in den Kamin und schritt hinaus.

»Na, das ist ja ein recht liebenswerter Bursche«, meinte Holmes lachend. »Ich bin zwar nicht ganz so massig wie er, aber wenn er noch einen Augenblick dageblieben wäre, hätte ich ihm zeigen können, dass meine Finger an Kraft den seinen nicht viel nachstehen.« Dabei nahm er den stählernen Schürhaken und bog ihn mit einem Ruck wieder gerade.

»Stell dir nur vor, besitzt er doch die Unverschämtheit, mich mit Scotland Yard in Verbindung zu bringen. Aber dieser Zwischenfall macht unser Vorhaben nur noch reizvoller. Ich hoffe bloß, dass unsere kleine Freundin es nicht büßen muss, dass er ihrer Spur folgen konnte. – Aber nun wollen wir frühstücken, Watson, und dann will ich mich zum Nachlassregister begeben, um einiges in Erfahrung zu bringen, was uns in dieser Sache vielleicht von Nutzen sein könnte.«

Es war ungefähr ein Uhr, als Holmes von seinem Ausgang zurückkam. Er hatte ein Blatt Papier in der Hand, das ganz mit Notizen und Zeichnungen bedeckt war.

»Ich habe mir das Testament der Frau Roylott zeigen lassen«, sagte er. »Um genau festzustellen, was genau ihr Wille war, musste ich den gegenwärtigen Wert der Anlagen feststellen, die sie vererbt hat. Der Gesamtertrag, der zur Zeit ihres Todes fast elfhundert Pfund im Jahr betrug, beläuft sich jetzt infolge des Rückgangs der Agrarwerte höchstens noch auf siebenhundertfünfzig Pfund. Damit hätte jede der Töchter im Falle einer Eheschließung eine Rente von zweihundertfünfzig Pfund beanspruchen können. Es liegt damit auf der Hand, dass für diese Perle von Mensch dann nur ein kümmerlicher Rest geblieben wäre, wenn beide Töchter sich verheiratet hätten und schon die Heirat einer Tochter für ihn mit einer ganz empfindlichen Einbuße verbunden gewesen wäre. Meine Arbeit heute Morgen war also nicht vergebens, habe ich doch jetzt den Beweis in Händen, dass er ein ganz starkes Motiv dafür hat, alles zu verhindern, was in Richtung Heirat seiner Stieftöchter ging oder geht. Und jetzt, mein lieber Watson, gilt es, keine Zeit mehr zu verlieren, zumal der Kerl Wind davon bekommen hat, dass wir uns mit seinen Angelegenheiten beschäftigen. Wenn du also bereit bist, wollen wir uns eine Droschke zur Waterloo Station bestellen. Ach ja, du hast doch noch deinen Eley No. 2? Ich wäre dir sehr verbunden, wenn du ihn einsteckest. So ein Revolver ist ein vorzügliches Argument gegenüber Herrschaften, die stählerne Schürhaken krumm biegen. Wenn wir dann noch Kamm und Zahnbürste mitnehmen, so denke ich, dass wir alles haben, was wir brauchen.«

Am Bahnhof hatten wir das Glück, sofort einen Zug nach Leatherhead zu bekommen; dort nahmen wir einen Wagen, mit dem wir vier oder fünf Meilen weit durch die hübschen Sträßchen in Surrey fuhren. Es war ein herrlicher Tag, klarer Sonnenschein und Schäfchenwolken am Himmel. Die Bäume und Hecken am Wege erglänzten im ersten Grün und die Luft war erfüllt vom erfrischenden Geruch des feuchten Erdreichs. Ich zumindest empfand eindrücklich den seltsamen Gegensatz zwischen der lieblichen Verheißung auf Frühling und der unheimlichen Aufgabe, die auf uns wartete. Holmes saß vorne im Wagen, den Hut ins Gesicht gezogen, mit untergeschlagenen Armen und gesenktem Haupte, tief in Gedanken. Plötzlich fuhr er auf, klopfte mir auf die Schulter und deutete auf etwas jenseits der Weiden am Wegesrand. »Sieh dorthin!«, rief er.

Ich sah einen sanften, dichten bewaldeten Abhang. Oben aus den Bäumen ragte der altersgraue Dachfirst eines Herrenhauses hoch hervor.

»Stoke Moran?«, fragte Holmes.

»Ja, Sir, das ist Dr. Grimesby Roylotts Haus«, erwiderte der Kutscher.

»Da, wo die Umbauarbeiten im Gang sind, da wollen wir hin«, bemerkte Holmes.

»Dort drüben liegt das Dorf«, fuhr der Mann fort, indem er auf die Dächer deutete, die in einiger Entfernung zur Linken sichtbar wurden; »aber wenn Sie zu Roylotts Hause wollen, sind Sie früher dort, wenn Sie hier aussteigen. Die kleine Bank hilft ihnen, den Zaun zu übersteigen, und nehmen Sie den Fußweg über die Felder.«

»Die Dame ist Miss Stoner, wie mir scheint«, sagte Holmes und hielt die Hand über die Augen. »Ja, ich glaube, es wird das Einfachste sein, wenn wir Ihrem Rat folgen.«

Wir stiegen aus und bezahlten den Kutscher. Der Wagen wendete und ratterte auf der schlechten Straße zurück nach Leatherhead.

»Ich hielt es für zweckmäßig«, meinte Holmes, während wir über den Zaun stiegen, »den Mann glauben zu lassen, wir seien wegen der Bauarbeit oder zu irgendeinem andern geschäftlichen Zweck hergekommen. Das beugt vielleicht unnützem Gerede vor. – Guten Tag, Miss Stoner, Sie sehen, wir haben Wort gehalten.«

Mit dem Ausdruck deutlich sichtbarer Freude kam unsere Klientin von heute Morgen uns entgegengelaufen. »Ich habe Sie so sehnlich erwartet!«, rief sie und drückte uns warm die Hand. »Es hat sich alles wunderbar gefügt. Dr. Roylott ist unterwegs in London und wird schwerlich vor heute Abend zurückkommen.«

»Wir hatten unterdessen das Vergnügen, seine Bekanntschaft zu machen«, entgegnete Holmes und schilderte ihr kurz, was wir mit ihm erlebt hatten.

Sie wurde kreidebleich, als sie dies hörte. »Er ist mir also nachgegangen?«, fragte sie fassungslos.

»So scheint es.«

»Er ist so unberechenbar und gerissen, man ist eigentlich nie sicher vor ihm. Was wird er wohl sagen, wenn er nach Hause kommt?«

»Er ist es, der auf der Hut sein muss. Möglicherweise wird er feststellen, dass ihm jemand auf der Spur ist, der noch unberechenbarer und gerissener ist als er selbst. Auf jeden Fall müssen Sie sich heute Nacht vor ihm einschließen. Wird er gewalttätig, so bringen wir Sie zu Ihrer Tante nach Harrow. Jetzt müssen wir aber unsere Zeit nach besten Kräften ausnützen, also führen Sie uns bitte gleich in die Zimmer, die wir zu besichtigen haben.«

Das Gebäude mit seinen grauen, moosbewachsenen Quadersteinen bestand aus einem hohen Mittelbau, an den sich rechts und links wie die Zangen eines Krebses je ein leicht gerundeter Seitenflügel anschloss. Am linken Flügel waren die zerbrochenen Fenster mit Brettern vernagelt und das Dach teilweise eingestürzt – ein Bild des Verfalls. Der Mittelbau befand sich in etwas besserem Zustand, während der rechte Flügel einen verhältnismäßig neuen Eindruck machte. Die Vorhänge an den Fenstern und der blaue Rauch, der sich über den Schornsteinen kräuselte, zeigten an, dass hier die Familie wohnte. An der Außenwand war ein Gerüst errichtet und das Mauerwerk durchbrochen, wiewohl momentan weit und breit nichts von Bauarbeitern zu sehen war. Holmes ging langsam auf dem schlecht gepflegten Rasen im Park vor den Fenstern auf und ab und untersuchte diese aufs Genaueste von außen.

»Dieses Fenster gehört wohl zu Ihrem früheren Schlafzimmer, Miss Stoner, das mittlere zu dem Ihrer Schwester und das letzte Zimmer, das an den Mittelbau grenzt, ist Dr. Roylotts Schlafzimmer?«

»Ganz richtig. Aber gegenwärtig schlafe ich in dem mittleren.«

»Für die Zeit der Bauarbeiten, nehme ich an. Allerdings kommt es mir nicht gerade vor, als ob hier an der Außenwand eine Ausbesserung dringend nötig gewesen wäre.«

»Stimmt genau. Ich glaube, dass das nur ein Vorwand war, um mich aus meinem Zimmer zu vertreiben.«

»Ja, das bringt einen zum Nachdenken. Und an der anderen Seite des schmalen Flügels befindet sich wohl der Korridor, von dem aus man in diese drei Zimmer gelangt. Der hat natürlich auch Fenster.«

»Ja, aber nur so kleine, dass kein Mensch dadurch eindringen könnte.«

»Da Sie ja nachts abschlossen, war ihr Zimmer und das ihrer Schwester ja ohnehin von der Flurseite her unzugänglich. Wären Sie jetzt einmal so freundlich, in Ihr Zimmer zu gehen und die Läden zu schließen?«

Das tat Miss Stoner. Nachdem die Läden verschlossen waren, versuchte Holmes auf jede mögliche Weise erfolglos, sie von außen zu öffnen. Nirgends konnte er den geringsten Spalt entdecken, in dem sich etwa ein Messer hätte ansetzen lassen, um die Stange anzuheben, mit denen sie verriegelt waren. Dann untersuchte er mit der Lupe auch die Angeln, doch die waren aus starkem Eisen und saßen fest im Rahmen. »Hm«, meinte er und rieb sich verlegen das Kinn, »meine Theorie scheint sich nicht zu bewahrheiten. Hier konnte kein Mensch hereinkommen, wenn die Läden geschlossen waren. Nun, wir werden ja sehen, ob die innere Besichtigung vielleicht Licht in die Sache bringt.«

Eine kleine Seitentüre führte in den weiß getünchten Korridor, auf den die drei Schlafzimmer mündeten. Das äußerste wollte Holmes nicht sehen, deshalb begaben wir uns sogleich in das mittlere, welches Miss Stoner gegenwärtig als Schlafzimmer diente und in welchem ihre Schwester gestorben war. Es war ein gemütlicher kleiner Raum mit niedriger Decke und einem großen offenen Kamin, wie man ihn in alten Landsitzen oft trifft. Eine braune Kommode stand in der einen Ecke, ein schmales, weiß bezogenes Bett in einer anderen und ein Toilettentisch zur Linken des Fensters. Diese Möbel bildeten zusammen mit zwei geflochtenen Stühlen abgesehen von einem bunt gemusterten Teppich in der Mitte die ganze Einrichtung. Die Regale ringsum und die Holzverkleidung der Wände bestanden aus brauner Eiche, in welcher der Holzwurm reichlich Nahrung gefunden hatte, und mochten wohl noch aus der Zeit stammen, als das Haus erbaut wurde. Holmes schob sich einen Stuhl in eine Ecke, ließ von diesem Platz aus den Blick ringsumher schweifen und musterte mit größter Genauigkeit stumm den ganzen Raum.

»Wohin geht diese Klingel?«, fragte er zuletzt und deutete dabei auf einen dicken Klingelzug, der neben dem Bett herabhing, sodass die Quaste auf dem Kissen ruhte.

»In das Zimmer der Haushälterin.«

»Sie scheint neuer zu sein als die übrige Einrichtung.«

»Ja, sie wurde erst vor ein paar Jahren angebracht.«

»Vermutlich auf Verlangen Ihrer Schwester?«

»Nein, soviel ich weiß, hat Julia sie nie benützt. Wir waren gewohnt, uns alles, was wir brauchten, selbst zu holen.«

»Ist das so? Dann war es wirklich recht überflüssig, einen so schönen Klingelzug anzubringen. Sie erlauben wohl, dass ich mich jetzt ein paar Minuten auf dem Boden umsehe.« Er legte sich mit der Lupe in der Hand nieder und kroch behände vor- und rückwärts, um jede Spalte zwischen den Dielen auf das Genaueste zu untersuchen. Hierauf prüfte er die Holztäfelung des Zimmers ebenso sorgfältig. Zuletzt trat er an das Bett und betrachtete es längere Zeit, während er gleichzeitig den Blick an der Wand hinter demselben auf und ab gleiten ließ. Schließlich fasste er den Glockenzug und zog kräftig daran.

»Also, das ist ja nur eine Attrappe!«, sagte er.

»Läutet sie nicht?«

»Nein, es ist nicht einmal ein Draht daran befestigt. Das ist höchst interessant. Sehen Sie nur, sie ist gerade über dem kleinen Lüftungsloch an einem Haken festgemacht.«

»Wie außerordentlich seltsam! Das ist mir noch nie aufgefallen.«

»Tatsächlich, höchst verwunderlich!«, murmelte Holmes, indem er nochmals an der Klingel zog. »Einiges in diesem Zimmer ist wirklich ganz merkwürdig. Zum Beispiel muss ja der Baumeister ein vollkommener Narr gewesen sein, dass er ein Lüftungsloch ins Nebenzimmer gemacht hat, während es gerade so gut ins Freie hinausgehen konnte.«

»Es stammt ebenfalls erst aus neuerer Zeit«, bemerkte Miss Stoner.

»Es wurde wohl zugleich mit dem Glockenzug angebracht?«

»Ja, damals hat man verschiedene kleine Änderungen vorgenommen.«

»Die recht interessanter Art sind – Scheinklingeln und Luftlöcher, die keine frische Luft zuführen. Mit Ihrer Erlaubnis, Miss Stoner, wir sollten jetzt unsere Besichtigung in Dr. Roylotts Zimmer fortsetzen.«

Dieses war größer, aber ebenso einfach eingerichtet. Ein Feldbett, ein kleines Gestell mit Büchern, zumeist medizinischen Inhalts, ein Lehnstuhl neben dem Bett, ein einfacher Holzstuhl an der Wand, ein runder Tisch und ein großer eiserner Geldschrank fielen zunächst ins Auge. Holmes ging langsam durch das Zimmer und besichtigte ein Stück nach dem anderen mit der größten Aufmerksamkeit.

»Was ist hier drinnen?«, fragte er, an den Eisenschrank klopfend.

»Die Geschäftspapiere meines Stiefvaters.«

»So! – Sie haben also schon hineingesehen?«

»Nur ein einziges Mal, vor Jahren. Es war nichts darin als Papiere, soviel ich mich erinnere.«

»Ist nicht vielleicht eine Katze darin?«

»Eine Katze? Nein! Was für eine absurde Idee!«

»Na, dann sehen Sie mal hierher!« Holmes nahm eine kleine Untertasse voll Milch herunter, die oben auf dem Schrank gestanden hatte.

»Nein; wir halten keine Katze. Aber einen Geparden und einen Pavian.«

»Ja natürlich, ich erinnere mich. Und ein Gepard ist nichts anderes als eine große Katze. Allerdings dürfte eine Untertasse voll Milch für seine Bedürfnisse nicht weit reichen, möchte ich meinen. Nun möchte ich nur noch eines ergründen.« Damit kniete er sich vor den Holzstuhl hin und prüfte den Sitz mit größter Aufmerksamkeit.

»Danke. Das wäre also festgestellt«, sagte er, indem er aufstand und seine Lupe einsteckte. »Hallo! Da sehe ich noch etwas Interessantes!«

Der Gegenstand, der seinen Blick auf sich gezogen hatte, war eine kleine Hundepeitsche, die an der einen Ecke des Bettes hing und deren Schnur so zusammengeknüpft war, dass sie eine runde Schleife bildete.

»Was hältst du davon, Watson?«

»Das ist eine ganz gewöhnliche Hundepeitsche. Nur kann ich mir nicht denken, wozu die Schleife daran dienen soll.«

»Also doch nicht ganz gewöhnlich, nicht wahr? Ach ja, es ist eine schlechte Welt! Und am allerschlimmsten ist es, wenn ein fähiger Kopf seine Gaben zu verbrecherischem Tun missbraucht. – Ich glaube, ich habe jetzt genug gesehen, Miss Stoner; wir wollen jetzt wieder hinaus in den Park gehen.«

Noch nie hatte ich meinen Freund mit so grimmiger Miene und so finster zusammengezogenen Brauen gesehen wie jetzt, als wir den Schauplatz der Untersuchung verließen. Mehrmals gingen wir auf dem Rasen vor den Schlafzimmerfenstern auf und ab, aber weder ich noch Miss Stoner mochten ihn durch eine Frage in seinen tiefen Gedanken stören, bis er selbst sich von diesen losriss.

»Es ist unbedingt nötig, Miss Stoner«, begann er endlich, »dass Sie von nun an meinen Rat in jeder Hinsicht strengstens befolgen.«

»Das werde ich ganz gewiss tun.«

»Der Fall ist zu ernst, um die kleinsten Zweifel an meinen Anweisungen aufkommen zu lassen. Ihr Leben hängt möglicherweise von Ihrem unbedingten Gehorsam ab.«

»Ich verspreche Ihnen, dass ich alles, was Sie sagen, genau befolgen werde.«

»Vor allem muss ich mit meinem Freund diese Nacht in Ihrem Zimmer verbringen.«

Sowohl Miss Stoner als auch ich starrten ihn verwundert an.

»Jawohl, das muss sein. Ich werde es euch erklären. Das Haus dort drüben ist doch das Dorfgasthaus?«

»Ja, das ist die ›Krone‹.«

»Sehr gut. Von dort aus kann man doch Ihre Fenster sehen?«

»Ja.«

»Wenn Ihr Stiefvater heimkommt, müssen Sie Kopfweh vorschützen und sich in Ihr Zimmer einschließen. Sobald Sie dann hören, dass er sich zur Ruhe begeben hat, öffnen Sie die Riegel am Fenster und den Laden, stellen eine brennende Lampe als Zeichen für uns ans Fenster und ziehen sich dann mit allem, was Sie für die Nacht brauchen, ganz leise in Ihr früheres Schlafzimmer zurück. Sie können sich doch sicher trotz der Bauarbeiten für eine Nacht darin einrichten.«

»Oh ja, ganz gut.«

»Das Weitere überlassen Sie uns.«

»Ja, aber was haben Sie vor?«

»Wir werden die Nacht in Ihrem Zimmer verbringen, um dem Geräusch, das Sie so erschreckt hat, auf die Spur zu kommen.«

»Ich habe das Gefühl, Herr Holmes, als hätten Sie schon einen bestimmten Verdacht«, sagte Miss Stoner und fasste seinen Arm.

»Das kann wohl sein.«

»Dann sagen Sie mir um Himmels willen, was an dem Tod meiner Schwester schuld war.«

»Ich möchte gern erst noch sicherere Beweise haben.«

»Könnte ich nicht wenigstens erfahren, ob meine Ansicht zutrifft, dass sie vor Schreck gestorben ist?«

»Nein, das glaube ich nicht. Nach meiner Überzeugung lag wohl eine handfeste Ursache vor. Nun aber, Miss

Stoner, müssen wir gehen; denn wenn Dr. Roylott zurückkäme und uns sähe, wäre unser ganzer Besuch umsonst gewesen. Leben Sie wohl und halten Sie sich tapfer; wenn Sie meinen Anweisungen nachkommen, dürfen Sie sicher sein, dass wir alle Gefahren, die Ihnen drohen, bald aus dem Wege geräumt haben werden.«

Drüben im Gasthaus »Zur Krone« konnten wir ohne Schwierigkeiten zwei Zimmer im oberen Stockwerk bekommen. Vom Fenster aus konnten wir das Parktor und den bewohnten Flügel des Herrenhauses beobachten. In der Dämmerung kam Dr. Roylott angefahren; seine Riesengestalt ragte hoch empor neben dem schmächtigen Burschen, der den Wagen lenkte. Als dieser das Gittertor nicht ohne Weiteres aufbrachte, hörten wir den Doktor mit seiner heiseren Stimme wütend auf ihn einschreien, am liebsten wäre er mit geballten Fäusten auf ihn losgegangen. Dann fuhr der Wagen weiter und einige Minuten später leuchtete plötzlich zwischen den Bäumen aus einem der Wohnzimmer das Licht einer Lampe herüber.

»Weißt du, Watson«, sagte Holmes, als wir in der zunehmenden Dunkelheit beisammensaßen, »es ist mir wirklich nicht ganz wohl dabei, dass ich dich heute Nacht mitnehmen soll. Es könnte durchaus gefährlich werden.«

»Aber meine Gegenwart kann dir von Nutzen sein?«

»Von unbezahlbarem Nutzen.«

»Dann werde ich selbstverständlich mitgehen.«

»Das ist sehr nett von dir.«

»Du sprichst von Gefahr. Offenbar hast du in den Zimmern mehr gesehen, als ich entdecken konnte.«

»Nein, gesehen hast du wohl genauso viel wie ich, aber ich habe vielleicht ein wenig mehr daraus abgeleitet.«

»Außer dem Klingelzug habe ich nichts Bemerkenswertes wahrgenommen. Aber wozu der dienen sollte, kann ich mir, das muss ich zugeben, beim besten Willen nicht vorstellen.«

»Hast du auch das Lüftungsloch gesehen?«

»Ja, aber ich meine, eine kleine Öffnung, die aus einem Zimmer ins andere führt, ist doch nichts so ganz Ungewöhnliches. Sie ist ja so klein, dass kaum eine Ratte durchschlüpfen kann.«

»Ich wusste schon, ehe wir nach Stoke Moran kamen, dass wir ein solches Lüftungsloch finden würden.«

»Aber, bester Holmes –!«

»Du erinnerst dich sicher, dass uns Miss Stoner berichtete, ihre Schwester habe Dr. Roylotts Zigarre gerochen. Nun, das brachte mich sogleich auf den Gedanken, dass zwischen den beiden Zimmern eine Verbindung bestehen muss; natürlich konnte sie nur klein sein, sonst wäre sie bei der gerichtlichen Untersuchung bemerkt worden; so kam ich zu dem Schluss, dass es sich um ein Lüftungsloch handeln werde.«

»Aber was kann denn dabei Schlimmes sein?«

»Es ist doch zumindest ein merkwürdiges Zusammentreffen von Ereignissen. Ein Lüftungsloch wird angebracht, ein Klingelzug wird angebracht und eine Dame stirbt in ihrem Bett. Findest du das nicht auch auffallend?«

»Ich sehe immer noch keinen Zusammenhang.«

»Hast du vielleicht etwas ganz Besonderes an dem Bett bemerkt?«

»Nein.«

»Es ist am Fußboden angenagelt. Hast du so etwas schon einmal bei einem Bett gesehen?«

»Nein, das wohl nicht.«

»Die Dame konnte also ihr Bett nicht von der Stelle rücken. Es steht unverrückbar unter dem Lüftungsloch und dem Seil, das ganz offensichtlich nie als Klingelzug gedacht war.«

»Holmes!«, rief ich aus, »ich glaube, mir dämmert allmählich, worauf deine Andeutungen zielen. Wir sind wohl gerade zur rechten Zeit gekommen, um ein raffiniert ausgedachtes scheußliches Verbrechen zu verhindern.«

»Jawohl, raffiniert ausgedacht und wahrlich scheußlich! Etwas Gefährlicheres als einen Arzt, der zum Verbrecher wird, kann es nicht geben, denn als Arzt besitzt er die nötigen Kenntnisse und starke Nerven. Dafür gibt es berüchtigte Beispiele, aber dieser Kerl hier stellt sogar die in den Schatten. Und doch, denke ich, wird er sich an uns die Zähne ausbeißen. Allerdings werden wir noch einiges an Horror durchmachen, bevor die Nacht um ist; deshalb lass uns jetzt zusammen in aller Ruhe eine Pfeife rauchen und für ein paar Stunden an etwas Fröhlicheres denken.«

Etwa um neun Uhr erlosch der Lichtschein zwischen den Bäumen und das Herrenhaus lag nun in tiefem Dunkel. Die nächsten beiden Stunden vergingen nur langsam. Dann leuchtete Schlag elf Uhr ein einzelnes Licht gerade uns gegenüber auf.

»Das ist unser Zeichen«, rief Holmes und sprang auf, »es kommt aus dem mittleren Fenster.«

Beim Verlassen des Hauses erklärten wir dem Wirt mit ein paar Worten, dass wir noch einen späten Besuch bei einem Bekannten machen wollten, wo wir möglicherweise auch die Nacht zubringen würden. Im nächsten Augenblick standen wir draußen auf der dunklen Straße, wo uns ein kalter Wind ins Gesicht blies und uns auf unserer gefährlichen Mission einzig ein flackerndes gelbes Lichtlein den Weg durch die Düsternis wies.

In den Park hineinzukommen, kostete uns wenig Mühe, denn in der alten Umfassungsmauer gähnten an mehreren Stellen weite Lücken. Wir hielten uns unter den Bäumen, bis wir den Rasen erreichten. Als wir ihn eben überschritten hatten und im Begriff waren, durch das Fenster einzusteigen, schoss aus dem dichten Lorbeergebüsch ein seltsames Geschöpf etwa von der Größe eines Kindes hervor, das sich zunächst unter allerlei Verrenkungen seiner Glieder ins Gras niederfallen ließ und dann eilig über den Rasen davonstob und wieder in der Dunkelheit verschwand.

»Mein Gott!«, flüsterte ich. »Hast du das gesehen?«

Entsetzt waren wir beide stehen geblieben. Holmes war im ersten Augenblick nicht weniger erschrocken als ich selbst. In seiner Aufregung hielt er mit seiner Hand meinen Arm fest wie mit einem Schraubstock. Dann aber brach er in ein unterdrücktes Lachen aus und legte seine Lippen an mein Ohr.

»In diesem Haus muss man wirklich auf etwas gefasst sein«, flüsterte er, »das ist der Pavian.«

Ich hatte die ausgefallenen Haustiere, für die der Doktor schwärmte, ganz vergessen. Da war ja auch noch der

Gepard, der uns vielleicht jeden Augenblick auf den Schultern sitzen konnte. Ich gestehe, dass ich mich erst etwas erleichtert fühlte, als ich mich im Innern des Schlafzimmers befand, nachdem ich zuvor, dem Beispiel meines Freundes folgend, die Schuhe ausgezogen hatte. Holmes schloss nun geräuschlos die Läden, stellte die Laterne auf den Tisch und ließ dann seinen Blick im Zimmer umherschweifen. Es war noch alles genau so, wie wir es am Tage gesehen hatten.

Durch die hohle Hand flüsterte mir Holmes so leise zu, dass ich ihn eben noch verstehen konnte: »Das geringste Geräusch kann uns alles verderben.«

Ich nickte, zum Zeichen, dass ich verstanden habe.

»Wir dürfen das Licht nicht brennen lassen. Er würde den Schein durch das Lüftungsloch sofort bemerken.«

Ich nickte wieder.

»Schlafe nur nicht ein; es könnte dich das Leben kosten. Halte deine Pistole für den Notfall bereit; ich will mich auf das Bett setzen und du nimmst den Stuhl dort.«

Ich zog meinen Revolver aus der Tasche und legte ihn auf den Tischrand.

Holmes hatte einen langen, dünnen Rohrstock mit hereingebracht, den er nun neben sich aufs Bett legte, daneben eine Schachtel Streichhölzer. Dann löschte er die Lampe und wir saßen im Dunkeln.

Niemals werde ich diese entsetzliche Wache je vergessen können. Kein Laut, nicht der leiseste Atemzug war vernehmbar und doch wusste ich, dass mein Begleiter kaum ein paar Schritte von mir mit offenen Augen dasaß, alle Nerven gespannt und ebenso erregt wie ich. Die geschlossenen Läden ließen auch nicht den geringsten Lichtstrahl herein, die Finsternis, die uns umgab, war undurchdringlich. Draußen ließ sich von Zeit zu Zeit der Schrei eines Nachtvogels und einmal auch, gerade vor unserem Fenster, ein lang gezogenes katzenartiges Wimmern hören, das uns bewies, dass der Leopard wirklich frei umherlief. Aus weiter Ferne klangen die tiefen Töne der Kirchturmuhr herüber, die alle Viertelstunden schlug. Wie lang wurden sie uns, diese Viertelstunden! Es schlug zwölf, eins, zwei, drei – und noch immer saßen wir da und harrten stumm der Dinge, die da kommen sollten.

Plötzlich blitzte an dem Lüftungsloch ein flüchtiger Lichtschein auf, der sofort wieder verschwand, während sich nun ein starker Geruch von brennendem Öl und erhitztem Metall bemerkbar machte. Im Nebenzimmer war eine Blendlaterne angezündet worden. Ich hörte, dass sich etwas leise bewegte. Dann war wieder alles still, während der Geruch sich immer mehr ausbreitete. Eine halbe Stunde saß ich da und lauschte angestrengt. Dann war plötzlich ein anderer Laut zu vernehmen – ein ganz leises, sanftes Zischen, als ob ein dünner Dampfstrahl längere Zeit aus einem Kessel ausströmt. Als dieser Laut zu hören war, sprang Holmes augenblicklich vom Bett auf, rieb ein Streichholz an und hieb mit dem Rohrstock wie ein Wahnsinniger nach dem Klingelzug.

»Du siehst es doch, Watson?«, schrie er. »Siehst du es?«

Aber ich sah nichts. In dem Augenblick, als Holmes Licht machte, vernahm ich zwar ein sanftes helles Pfeifen, aber bei der plötzlichen Helle, die meine müden Augen traf, war ich nicht imstande zu erkennen, worauf mein Freund da so grimmig einschlug. Doch bemerkte ich wohl, dass er totenblass war und dass sich Entsetzen und Abscheu in seinen Zügen malten.

Jetzt hatte er aufgehört zu schlagen und blickte noch zu dem Lüftungsloch empor, als plötzlich aus der nächtlichen Stille der schauerlichste Schrei hervordrang, den ich je vernommen habe. Er schwoll immer lauter und lauter an; Schmerz, Angst und Wut – das alles klang vereint aus diesem grässlichen, unbeschreiblichen Laut an unser Ohr. Später erfuhren wir, dass unten im Dorf, ja sogar in dem entlegenen Pfarrhause bei diesem Schrei die Schlafenden aus den Betten hochgefahren waren. Uns stockte vor Entsetzen der Atem und starr blickten wir einer den andern an, bis auch der letzte Widerhall in der tiefen Stille erstorben war.

»Was kann das bedeuten?«, brachte ich mühsam hervor.

»Das bedeutet, dass alles vorüber ist«, gab Holmes zur Antwort, »und vielleicht ist es schließlich am besten so. Nimm deine Pistole zur Hand, dann wollen wir in Dr. Roylotts Zimmer hinübergehen.«

Mit ernster Miene zündete er die Lampe an und ging voran auf den Gang hinaus. Zweimal klopfte er an des Doktors Zimmertür, ohne dass von drinnen eine Antwort kam. Nun drückte er die Klinke auf und trat ein, ich mit gespannter Pistole dicht hinter ihm.

Ein eigentümlicher Anblick bot sich unseren Augen. Auf dem Tische stand eine Blendlaterne, aus deren halb geöffnetem Türchen ein greller Lichtstrahl auf den Eisenschrank fiel, dessen Türe weit offen stand. Neben dem Tisch auf dem Holzstuhl saß Dr. Grimesby Roylott in einem langen grauen Schlafrock, aus dem unten seine bloßen Knöchel hervorschauten, während seine Füße in roten türkischen Pantoffeln steckten. Auf seinem Schoße lag die Hundepeitsche mit der langen Schleife, die uns am Tage zuvor in die Augen gefallen war. Sein Kinn war nach oben gereckt und seine glasigen Augen starrten schauerlich zu einer Ecke der Stubendecke empor. Um die Stirn hatte er ein eigentümliches gelbes Band mit bräunlichen Flecken, das anscheinend fest um seinen Kopf gewunden war. Bei unserem Eintreten gab er keinen Laut von sich und rührte sich nicht.

»Das Band! Das gefleckte Band!«, flüsterte Holmes.

Ich machte einen Schritt vorwärts. Auf einmal begann der eigentümliche Kopfschmuck, sich zu bewegen, und mitten aus den Haaren des Dasitzenden reckten sich der platte rautenförmige Kopf und der aufgeblähte Hals einer abscheulichen Schlange empor.

»Eine Sumpfotter!«, rief Holmes aus. »Die giftigste aller indischen Schlangen. Zehn Sekunden nach ihrem Biss lebte er schon nicht mehr. Hier hat sich wahrlich die Bosheit gegen ihren Urheber gerichtet und der Verbrecher ist selbst in die Grube gefallen, die er andern gegraben hat. Lass uns die Schlange wieder in ihre Grube befördern, dann können wir Miss Stoner wegbringen und der Polizei melden, was hier vorgefallen ist.«

Bei diesen Worten nahm er dem Toten rasch die Peitsche vom Schoß, warf die Schleife um den Hals der Schlange, zog sie aus ihrem schauerlichen Aufenthaltsort hervor, trug sie auf Armeslänge vor sich her zu dem Schrank, legte sie hinein und verschloss die Tür hinter ihr.

Dies also ist die wahre Geschichte über den Tod des Dr. Grimesby Roylott von Stoke Moran. Meine Erzählung ist bereits sehr lang geworden; ich will es mir deshalb ersparen, noch ausführlich zu berichten, wie wir Miss Stoner die traurigen Neuigkeiten überbrachten, sie mit dem Frühzug in die Obhut ihrer lieben Tante nach Harrow brachten und wie die quälend lange offizielle Untersuchung des Todesfalles letztlich in dem Urteil endete, der Doktor habe sein Schicksal durch unvorsichtiges Spielen mit einem gefährlichen Haustier selbst verschuldet. Das wenige, was ich über den Fall noch weiter erfuhr, teilte mir Holmes unterwegs auf der Heimfahrt am nächsten Tage mit.

»Ich war«, erklärte er mir, »zu einer völlig irrigen Schlussfolgerung gelangt, woraus du siehst, mein lieber Watson, wie gefährlich es stets ist, zu urteilen, wenn man noch nicht alle Fakten kennt. Die Anwesenheit einer Bande von Zigeunern brachte mich dazu, an diese zu denken, als ich hörte, was Julias letzte Worte waren, obwohl die unglückliche Frau tatsächlich zweifellos den Eindruck bezeichnen wollte, den die Gestalt der Schlange im Scheine des Zündhölzchens auf sie gemacht hatte. So etwas hätte mir nicht passieren dürfen. Ich kann nur das Verdienst für mich in Anspruch nehmen, dass ich meinen Irrtum sofort korrigiert habe, als mir klar wurde, dass, welche Gefahr auch immer der Bewohnerin des Zimmers drohte, diese jedenfalls weder durch die Tür noch durch das Fenster kommen konnte.

Meine Aufmerksamkeit richtete sich dann sehr schnell auf das Lüftungsloch mit dem Klingelzug daneben, der auf das Bett herabhing. Die Entdeckung, dass es gar keine Klingel gab und dass das Bett am Boden befestigt war, erweckte bei mir augenblicklich den Verdacht, dass das Seil nur dazu diente, um irgendetwas an ihm durch das Lüftungsloch auf das Bett herunterzulassen. Ich dachte sofort an eine Schlange und die Tatsache, dass der Doktor sich immer wieder Tiere aus Indien schicken ließ, bestärkte mein Gefühl, dass ich jetzt auf der richtigen Spur war. Einem Mann mit den Kennnissen und der Skrupellosigkeit des Doktors, der lange im Orient gelebt hatte, war es auf jeden Fall zuzutrauen, dass er auf den Gedanken kam, sich einer Art von Gift zu bedienen, das sich durch keinerlei chemische Untersuchung nachweisen ließ. Die rasche Wirkung eines solchen Giftes musste ihm von seinem Standpunkt aus ebenfalls sehr erwünscht sein. Der Leichenbeschauer hätte wirklich ein scharfes Auge haben müssen, um die zwei winzigen dunklen Pünktchen wahrzunehmen, die einzige Spur, die der Biss der Giftzähne hinterließ. Dann dachte ich über das Pfeifen nach. Er musste natürlich die Schlange wieder zurückrufen, ehe es hell wurde, damit das Opfer sie nicht entdecken konnte. Deshalb hatte er sie, wahrscheinlich mittels der Milch, die wir bei ihm vorfanden, so abgerichtet, dass sie auf seinen Pfiff zu ihm kam. Wann immer die Zeit ihm dazu geeignet schien, ließ er sie dann wieder durch das Lüftungsloch hinüberschlüpfen; er konnte sich darauf verlassen, dass sie an dem Klingelzug auf das Bett hinunterkroch. Ob sie die Schlafende sofort beißen würde, war allerdings nicht sicher; möglich, dass diese eine ganze Woche lang der Gefahr Nacht für Nacht entging; aber früher oder später musste sie dem Tier doch zum Opfer fallen.

Zu diesen Schlussfolgerungen war ich bereits gelangt, ehe ich überhaupt des Doktors Zimmer betreten hatte. An seinem Stuhl sah ich dann, dass er sich regelmäßig daraufzustellen pflegte; natürlich, denn er hätte ja sonst nicht zu dem Lüftungsloch hinaufzureichen vermocht. Der Anblick des eisernen Schrankes, der Untertasse mit Milch und der Schlinge an der Peitschenschnur genügten dann vollends, um jeden Zweifel bei mir zu verscheuchen. Der metallene Klang, den Miss Stoner hörte, rührte offenbar von der Tür des Schrankes her, den ihr Stiefvater hinter seiner grausigen Bewohnerin hastig zuschlug. Was ich dann in die Wege leitete, um die Richtigkeit meiner Vermutungen zu bestätigen, weißt du ja. Ich hörte, du ja zweifellos auch, die Schlange zischen, machte augenblicklich Licht und ging auf sie los.«

»Was zur Folge hatte, dass sie sich schleunigst durch das Lüftungsloch davonmachte.«

»Und zur weiteren Folge, dass sie sich drüben auf ihren Herrn stürzte. Ein paar von den Hieben meines Stocks saßen ganz gehörig; dadurch erwachte bei der Schlange ihre natürliche Bösartigkeit, sodass sie auf den nächsten Besten losging. In dieser Beziehung trage ich zweifellos mittelbar die Schuld an des Doktors Tode, aber ich glaube kaum, dass dies mein Gewissen sonderlich schwer belasten wird.«

Der blaue Karfunkel

Es war am zweiten Morgen nach Weihnachten, als ich vormittags meinen Freund Sherlock Holmes besuchte, um ihm meine guten Wünsche zum Fest auszusprechen. Ich traf ihn in einem purpurroten Schlafrock auf dem Sofa liegend, einen Pfeifenständer in Reichweite zur Rechten, in der Nähe ein Stapel zerknitterter Morgenzeitungen, die er offensichtlich gerade durchgesehen hatte. Neben dem Sofa stand ein Holzstuhl, an dessen Lehne ein schäbiger, unansehnlicher Bowler-Hut aus rauem Filz hing, der durch häufigen Gebrauch abgetragen und an mehreren Stellen eingedrückt war. Ein Vergrößerungsglas und eine Pinzette auf dem Stuhlsitz deuteten an, dass der Hut an der Lehne zum Zweck einer genaueren Untersuchung aufgehängt war.

»Du bist beschäftigt«, sagte ich. »Ich störe dich vielleicht?«

»Durchaus nicht. Im Gegenteil, ich bin ganz froh darüber, dass ich einen Freund habe, mit dem ich über die Ergebnisse meiner Untersuchung sprechen kann. Der Gegenstand« – dabei deutete er mit dem Daumen auf den alten Hut hin – »scheint ja wirklich völlig unbedeutend, aber es gibt da einiges, das mit ihm zusammenhängt, das nicht ganz uninteressant, ja geradezu lehrreich ist.«

Ich ließ mich in seinem Sessel nieder und wärmte die

Hände am prasselnden Feuer, denn es war draußen sehr kalt geworden und die Fenster waren mit dicken Eiskristallen überzogen. »Vermutlich«, bemerkte ich, »steckt hinter diesem Ding da, so harmlos es aussieht, eine Mordgeschichte und du nimmst es zum Anlass, irgendein rätselhaftes Geheimnis aufzudecken und dafür zu sorgen, dass ein Verbrechen bestraft wird.«

»Nein, nein! Kein Verbrechen«, verbesserte mich Holmes lachend, »nur einer jener absonderlichen kleinen Zwischenfälle, wie sie immer wieder vorkommen, wo sich vier Millionen menschliche Wesen auf einem Raume von wenigen Quadratmeilen drängen. Bei einem so dichten Schwarm von Menschen, die agieren und aufeinander reagieren, muss man auf jede nur mögliche Verkettung von Ereignissen gefasst sein und man trifft auf mancherlei kleine Rätsel, die verblüffend und absonderlich sind, aber nichts mit einem Verbrechen zu tun haben. Wir hatten schon mehrere solcher Fälle.«

»Wie recht du hast«, stimmte ich ihm zu. »Tatsächlich hatten drei der letzten sechs Fälle, von denen ich mir Aufzeichnungen gemacht hatte, keinerlei Straftaten im Sinne des Gesetzes zum Gegenstand.«

»Ganz genau, du denkst da zum Beispiel an den Mann mit der entstellten Lippe. Nun, ich zweifle nicht, dass auch dieser kleine Fall in die gleiche Kategorie gehören wird. Du kennst doch Peterson, den Portier?«

»Ja.«

»Ihm gehört dieses Prachtstück.«

»Es ist sein Hut?«

»Aber nein, er hat ihn gefunden. Der Eigentümer desselben ist unbekannt. Ich bitte dich jetzt, in dem Hut nicht eine arg mitgenommene Melone zu sehen, sondern einen Prüfstein für unsern Scharfsinn. Als Erstes, wie kam er hierhin? Er machte seine Aufwartung am Weihnachtsmorgen in Gesellschaft einer guten, fetten Gans, welche ohne allen Zweifel jetzt gerade in Petersons Küche gebraten wird. Die Sache trug sich folgendermaßen zu: Etwa um vier Uhr am Morgen nach Heiligabend ging Peterson – wie du weißt, ein höchst anständiger Bursche – von einer kleinen, vergnügten Weihnachtsparty nach Hause, wobei ihn sein Weg durch die Tottenham Court Road führte. Vor ihm her ging, wie er beim Schein der Laterne bemerkte, mit etwas schwankenden Schritten ein hochgewachsener Mann, der eine weiße Gans auf der Schulter trug. An der Ecke Goodge Street geriet dieser in Streit mit ein paar Gassenjungen. Einer derselben stieß ihm den Hut herunter, worauf er, um sich zu verteidigen, seinen Stock erhob und ihn über seinem Kopf kreisen ließ. Dabei schlug er das hinter ihm befindliche Ladenfenster ein.

Peterson hatte seinen Schritt beschleunigt, um den Unbekannten gegen seine Angreifer zu beschützen. Dieser ließ jedoch in seinem Schrecken über das zerbrochene Fenster und das eilige Herannahen eines Mannes, der in seiner Portiers-Uniform einem Polizeibeamten nicht unähnlich sah, die Gans fallen, machte sich auf die Socken und verschwand in dem Gewirr von Gässchen hinter der Tottenham Court Road.

Die Straßenjungen hatten sich bei Petersons Erscheinen

gleichfalls aus dem Staub gemacht, sodass dieser nun nicht nur das Schlachtfeld beherrschte, sondern auch den zerknüllten Hut sowie eine nicht unansehnliche Weihnachtsgans als Siegesbeute betrachten durfte.«

»Die er gewiss dem Eigentümer wieder zustellte!«

»Da, mein Guter, steckt eben das Problem. Freilich befand sich an dem linken Bein des Tieres eine kleine Karte, auf der die Worte ›Für *Mrs Henry Baker*‹ geschrieben standen, und desgleichen stehen die Anfangsbuchstaben *H. B.* innen auf dem Futter des Hutes, aber da es in London ein paar Tausend *Baker* und ein paar Hundert *Henry Baker* gibt, so ist es keine leichte Sache, einem derselben einen verlorenen Gegenstand wieder zuzustellen.«

»Na, was hat Peterson also getan?«

»Er hat beides, Hut und Gans, am Weihnachtsmorgen bei mir vorbeigebracht, da er weiß, dass ich mich auch für die kleinen Rätsel interessiere. Die Gans behielt ich bis heute Morgen hier. Da aber trotz des leichten Frosts abzusehen war, dass es ratsam sein würde, sie ohne weiteren Verzug zu verspeisen, hat ihr Finder sie eben mitgenommen, um sie der endgültigen Bestimmung aller Gänse entgegenzuführen, während ich den Hut des unbekannten Herrn, der so um seinen Weihnachtsbraten gekommen ist, noch hier habe.«

»Hat dieser keine Anzeige in der Zeitung aufgegeben?«

»Nein.«

»Wie willst du denn an irgendeinen Hinweis auf seine Identität kommen?«

»Indem wir alles zusammentragen, was wir ableiten können.«

»Aus dem Hut?«

»Genau.«

»Du machst Witze; was kannst du denn aus diesem alten, zerknüllten Filz ablesen?«

»Hier ist meine Lupe. Du weißt ja, wie ich es mache. Sieh selbst, was der Hut über denjenigen verrät, der ihn getragen hat.«

Ich nahm den alten, verbeulten Deckel und drehte ihn rat- und hilflos in den Händen herum. Es war ein gewöhnlicher schwarzer Hut, rund, steif und längst nicht mehr salonfähig. Das Futter war von roter Seide gewesen, hatte jedoch die Farbe verloren. Der Name des Fabrikanten fand sich nicht darin, dagegen waren, wie Holmes bereits bemerkt hatte, die Buchstaben *H. B.* hineingekritzelt. In der Krempe befand sich ein Loch für einen Huthalter, aber die Gummischnur, die den Hut am Fortfliegen hindern konnte, fehlte. Im Übrigen war der Hut voller Knicke, äußerst staubig und an mehreren Stellen befleckt; es war jedoch anscheinend der Versuch gemacht worden, die betreffenden Stellen mit Tinte zu verdecken.

»Ich vermag nichts zu sehen«, sagte ich, indem ich meinem Freund den Hut zurückgab.

»Im Gegenteil, Watson, du siehst es alles. Du versäumst nur, daraus das Richtige abzuleiten. Du bist nicht mutig genug in deinen Schlussfolgerungen.«

»Dann sag du mir bitte, was du aus diesem Hut ablesen kannst.«

Er nahm diesen in die Hand und betrachtete ihn in der prüfenden Weise, die für ihn charakteristisch war.

»Der Hut könnte vielleicht noch mehr verraten, als er es tatsächlich tut«, bemerkte er. »Und doch lassen sich aus ihm ein paar Dinge mit aller Bestimmtheit und wieder ein paar andere wenigstens mit einem hohen Grad von Wahrscheinlichkeit ableiten. Dass der Mann ein bedeutendes Denkvermögen besitzt, ist auf den ersten Blick ersichtlich, ebenso, dass er im Lauf der letzten drei Jahre in ziemlich guten Verhältnissen gelebt hat, während jetzt schlimmere Zeiten für ihn angebrochen sind. Er war vordem bemüht, mehr als jetzt Vorsorge für die Zukunft zu treffen, ist aber jetzt offenbar heruntergekommen, was mit der Verschlechterung seiner Vermögensumstände einhergeht, aber auch auf irgendeinen schlimmen Einfluss, wahrscheinlich Trunksucht, hinweist. Dies mag auch die Schuld daran tragen, dass seine Frau ihm sichtlich nicht mehr besonders zugetan ist.«

»Mein lieber Holmes!«

»Trotzdem hat er sich noch ein gewisses Maß von Selbstachtung bewahrt«, fuhr Holmes fort, ohne meinen Einwurf zu beachten. »Es ist ein Mann, der eine sitzende Lebensweise führt, wenig ausgeht, kaum körperliche Anstrengung gewöhnt ist, in mittlerem Alter steht und gräuliche Haare hat, die er erst in den allerletzten Tagen hat schneiden lassen und die er mit Pomade einfettet. Dies sind die Tatsachen, die sich mit ziemlicher Sicherheit aus seinem Hut entnehmen lassen. Beiläufig bemerkt ist es außerdem im höchsten Grade unwahrscheinlich, dass er eine Gasleitung im Haus hat.«

»Jetzt machst dich aber über mich lustig, Holmes.«

»Nicht im Mindesten. Es kann doch wohl nicht sein, dass

du jetzt, wo ich dir die Ergebnisse mitgeteilt habe, immer noch nicht siehst, wie ich darauf gekommen bin.«

»Ich gebe ja unumwunden zu, dass ich recht dumm bin, aber ich muss gestehen, ich vermag dir nicht zu folgen. Zum Beispiel, wie kamst du darauf, dass der Mann ein bedeutendes Denkvermögen besitzt?«

Als Antwort stülpte Holmes den Hut auf seinen Kopf. Er rutschte ihm ganz über die Stirne, sodass er auf dem Nasenrücken aufsaß.

»Das ist lediglich eine Raumfrage«, erklärte er, »wer einen so mächtigen Schädel besitzt, hat auch in der Regel was Ordentliches darin.«

»Nun, dann die Verschlechterung seiner Vermögensverhältnisse?«

»Der Hut ist drei Jahre alt. Diese flachen, am Rande aufgebogenen Krempen kamen damals auf. Es ist ein Hut allererster Qualität. Sieh nur das Band von gerippter Seide und das ausgezeichnete Futter. Wenn dieser Mann vor drei Jahren imstande war, sich einen so teuren Hut anzuschaffen und seitdem keinen neuen mehr gekauft hat, hat er sicher einen Niedergang seines Vermögens erlebt.«

»Nun, das ist überzeugend. Aber wie steht es damit, dass er früher mehr als heute Vorsorge für die Zukunft getroffen hat?«

Holmes lachte. »Seine frühere Fürsorglichkeit und Ordnungsliebe siehst du hier«, erwiderte er, indem er seinen Finger auf die Stelle legte, die für den Huthalter vorgesehen war. »Im Laden werden Hüte immer ohne einen solchen Halter verkauft. Wenn dieser Mann also einen solchen anschaffte, beweist dies, dass er außerordentliche Vorsorge gegen einen möglichen Sturm treffen wollte. Nachdem aber das Gummiband gerissen war, gab er sich nicht die Mühe, es zu erneuern. Es ist also klar, dass er nicht mehr so viel Wert auf seine äußere Erscheinung legte, ein Indiz dafür, dass er sich auch allgemein gehen ließ. Er hat sich allerdings bemüht, einige Flecken auf dem Filz mit Tinte zu verdecken, was darauf hinweist, dass er noch nicht alle Selbstachtung verloren hat.«

»Ich gebe zu, das klingt alles plausibel.«

»Die weiteren Punkte, nämlich dass er mittleren Alters ist, graues Haar hat, das er gerade hat schneiden lassen und mit Pomade frisiert, ergeben sich sämtlich aus einer genauen Prüfung des unteren Teils des Futters. Unter der Lupe sieht man eine große Anzahl durch die Schere des Barbiers glatt abgeschnittener Haarspitzen, die sämtlich ankleben und deutlich nach Pomade riechen. Der Staub außen am Hut ist, wie du bemerken wirst, nicht der sandige Staub der Straße, sondern der weiche braune Hausstaub, der zeigt, dass der Hut die meiste Zeit zu Hause hing, während die Innenseite erkennen lässt, dass sein Träger gewaltig schwitzen muss und deshalb kaum an körperliche Anstrengung gewöhnt sein kann.«

»Aber seine Frau? Du sagtest ja, dass sie ihm nicht mehr so zugetan sei.«

»Dieser Hut ist seit Wochen nicht mehr ausgebürstet worden. Sollte ich einmal dir, mein lieber Watson, mit dem Staub einer ganzen Woche auf deinem Hut begegnen und hätte dich deine Frau in einem solchen Zustand ausgehen lassen, so müsste ich wirklich fürchten, es habe dich gleichfalls das Unglück betroffen, die Liebe deiner Frau zu verlieren.«

»Aber er könnte doch auch Junggeselle sein.«

»Nein, er brachte die Gans als Versöhnungsgeschenk für seine Frau nach Hause. Denke nur an die Karte, die sie an dem einen Bein trug.«

»Du weißt auf alles Antwort, aber wie in aller Welt willst du aus dem Hut entnehmen, dass er kein Gas im Haus hat?«

»Ein Talgfleck oder auch zwei können zufällig entstehen, aber wenn ich hier nicht weniger als fünf wahrnehme, kann es, denke ich, wenig Zweifel daran geben, dass der Mann öfters mit brennendem Talg in Berührung gekommen ist. Er hielt vermutlich, wenn er nachts die Treppe hinaufging, den Hut in der einen Hand und in der andern eine tropfende Talgkerze. Von einer Gasbeleuchtung bekommt man keine Talgflecken. Bist du nun zufrieden?«

»Nun ja, das ist höchst scharfsinnig«, erwiderte ich lachend, »aber da, wie du eben bemerkt hast, kein Verbrechen vorliegt und außer dem Verlust einer Gans auch kein Schaden entstanden ist, so kommt es mir vor, als sei das alles doch eine recht überflüssige Mühe.«

Holmes hatte eben die Lippen geöffnet, um mir zu erwidern, als die Tür aufgerissen wurde und Peterson, der Portier, mit tief geröteten Wangen und allen Zeichen höchster Erregung hereinstürzte. *»Die Gans, Mr Holmes! Die Gans!«*, stotterte er hervor.

»Nun, was ist denn damit los? Ist sie wieder lebendig geworden und zum Küchenfenster hinausgeflattert?« Holmes drehte sich auf dem Sofa herum, um dem Mann besser in sein erregtes Gesicht blicken zu können.

»Sehen Sie hier. Das hat meine Frau in ihrem Kropf gefunden.« Dabei streckte er die Hand aus, auf deren innerer Fläche ein prächtig funkelnder blauer Stein sichtbar wurde, etwas kleiner als eine Bohne, aber so klar und strahlend, dass er in der dunklen Höhlung seiner Hand blitzte wie ein elektrischer Funke.

Mit einem Ruck richtete sich Holmes auf. »Hui!«, rief er. »Beim Himmel, Peterson, das nenne ich ja mal einen Schatzfund. Ich denke, Sie wissen doch, was sie da erwischt haben?«

»Einen Diamanten. Einen kostbaren Stein. Er schneidet Glas, als ob es Kitt wäre.«

»Es ist mehr als *ein* kostbarer Stein. Es ist geradezu *der* kostbarste Stein.«

»Doch nicht etwa der blaue Karfunkel der Gräfin von Morcar?«, rief ich dazwischen.

»Genau der; ich muss ja ganz genau wissen, wie er aussieht, habe ich doch in letzter Zeit Tag für Tag die ihn betreffende Anzeige in der *Times* gelesen. Er ist ganz einzig, und sein Wert lässt sich nur vermuten. Aber die tausend Pfund, die als Belohnung für seine Wiederbeschaffung ausgesetzt sind, stellen sicher noch nicht einmal den zwanzigsten Teil seines Verkaufswertes dar.«

»Tausend Pfund. Großer, gütiger Gott!«

Peterson ließ sich auf einen Stuhl fallen und starrte uns der Reihe nach an.

»Genau diese Summe ist als Belohnung ausgesetzt und ich habe Grund anzunehmen, dass mit dem Stein Erinnerungen der Gräfin sehr persönlicher Art verknüpft sind, sodass sie für seine Wiederbeschaffung gern ihr halbes Vermögen hingeben würde.«

»Er kam, wenn ich mich recht erinnere, im Hotel ›Cosmopolitan‹ abhanden«, bemerkte ich.

»Gewiss; am 22. Dezember, genau vor fünf Tagen. Der Klempner John Horner wurde bezichtigt, ihn aus dem Schmuckkästchen der Dame entwendet zu haben. Die Indizien gegen ihn wogen so schwer, dass der Fall ans Geschworenengericht verwiesen wurde. Ich glaube, ich habe hier irgendwo einen Bericht darüber.« Er suchte unter seinen Zeitungen und fand auch wirklich den betreffenden Artikel.

Dieser lautete:

Juwelendiebstahl im Hotel »Cosmopolitan«

Dem Polizeigericht vorgeführt wurde John Horner, 26 Jahre alt, Klempner, angeklagt, am 22. dieses Monats aus dem Schmuckkästchen der Gräfin von Morcar den unter dem Namen der blaue Karfunkel bekannten kostbaren Stein entwendet zu haben. James Ryder, erster Hausdiener im Hotel, bezeugte, er habe Horner am Tag des Diebstahls in das Ankleidezimmer der Gräfin begleitet, wo derselbe eine Stange des Kaminrostes, die lose war, wieder anbringen sollte. Er war kurze Zeit bei Horner geblieben, jedoch schließlich abgerufen worden. Bei seiner Rückkehr fand er Horner nicht mehr vor und entdeckte gleichzeitig, dass der Schreibtisch aufgebrochen worden war und das kleine Lederkästchen, worin, wie sich später herausstellte, die Gräfin ihre Juwelen aufzubewahren pflegte, leer auf dem Tische lag. Ryder schlug augenblicklich Alarm und Horner wurde noch am selben Abend festgenommen, ohne dass jedoch der Stein bei ihm selbst oder in seiner Behausung gefunden worden wäre. Catherine Cusack, Kammermädchen der Gräfin, bestätigte, dass sie das Zimmer so vorgefunden hatte, wie Ryder es beschrieben hatte, als sie auf dessen Schrei hin hinzugeeilt war, konnte aber sonst nichts weiter beitragen. Polizeiinspektor Bradstreet berichtete im Zeugenstand über die Verhaftung Horners, dass dieser sich dabei wütend gewehrt und seine Unschuld hoch und heilig beteuert habe. Da Horner schon eine Vorstrafe wegen Diebstahls hatte, lehnte der Untersuchungsbeamte eine schnelle Verhandlung des Falls ab und verwies diesen an das Schwurgericht. Horner, der sich während des ganzen Verfahrens hochgradig erregt gezeigt hatte, fiel bei der Verkündung dieser Entscheidung in Ohnmacht und musste aus dem Saal herausgetragen werden.

»Hm! So viel, was die Verhandlung vor dem Polizeigericht betrifft«, sagte Holmes nachdenklich, während er die Zeitung wegschob. »Unsere Aufgabe ist es jetzt, die Kette von Ereignissen zu rekonstruieren, die von dem aufgebrochenen Schmuckkästchen, mit dem die Geschichte begann, bis zum Gänsekropf am Schluss führt. Du siehst, Watson, unsere kleinen Beobachtungen und Schlussfolgerungen haben mit einem Mal ein weit gewichtigeres und weniger unschuldiges Gesicht bekommen. Der Stein ist hier, der Stein kam aus der Gans und die Gans kam von Mr Henry Baker, dem Herrn mit dem schlechten Hut und all den besonderen Kennzeichen, mit denen ich dich so gelangweilt habe. So müssen wir denn nun allen Ernstes daran gehen, diesen Herrn und die Rolle, die er in der geheimnisvollen Geschichte gespielt hat, zu ermitteln. Um das zu bewerkstelligen, müssen wir zuerst den einfachsten Weg versuchen, und der ist zweifellos eine Anzeige in sämtlichen Abendzeitungen. Wenn wir damit keinen Erfolg haben, werde ich zu anderen Mitteln greifen.«

»Was soll denn in der Anzeige stehen?«

»Gib mir mal einen Bleistift und das Stück Papier da. – Also dann:

Gefunden an der Ecke von Goodge Street eine Gans und ein schwarzer Filzhut. Mr Henry Baker kann die Gegenstände heute Abend um 6.30 Uhr in der Baker Street Nr. 221B abholen.

Das ist kurz und klar.«

»Allerdings; aber wird er es auch zu Gesicht bekommen?«

»Nun, sicherlich wird er die Zeitungen mit Aufmerksamkeit verfolgen, denn für einen armen Mann wie ihn war das ja ein schwerer Verlust. Offenbar war er durch sein Missgeschick mit dem Fenster so bestürzt, dass er bei Petersons Erscheinen an nichts als Flucht dachte, aber seither hat er ganz gewiss den raschen Entschluss, seine Gans fallen zu lassen, bitter bereut. Dann wird auch die Nennung seines

Namens dazu beitragen, dass es ihm zu Gesicht kommt, denn jeder, der ihn kennt, wird seine Aufmerksamkeit darauf lenken. Da Sie gerade da sind, Peterson, laufen Sie doch mal schnell zum Anzeigenbüro und lassen Sie das in die Abendblätter setzen.«

»In welche?«

»Oh, in den *Globe,* den *Star,* die *Pall Mall, St. James, Evening News, Standard, Echo* und was Ihnen sonst noch einfällt.«

»In Ordnung, das mache ich. Und was ist mit diesem Stein?«

»Ach ja, den will ich bei mir behalten. Danke schön. Und dann, Peterson, bringen Sie mir auf dem Rückweg nur gleich eine Gans mit, wir müssen doch dem Eigentümer eine andere geben als Ersatz für die, welche eben bei Ihnen verzehrt wird.«

Als Peterson fort war, nahm Holmes den Stein und hielt ihn gegen das Licht. »Ein allerliebstes Ding!«, sagte er. »Sieh nur, wie es blitzt und funkelt und das Verbrechen geradezu anzieht. So ist es mit allen echten Steinen. Sie sind die Lieblingsköder des Teufels. Bei den größeren älteren Steinen steht wohl jede einzelne Facette für eine Bluttat. Dieser hier ist noch keine zwanzig Jahre alt. Er stammt vom Ufer des Amoy-Flusses im Norden Chinas und zeichnet sich dadurch aus, dass er alle charakteristischen Merkmale eines Karfunkels hat, außer dass er einen blauen Farbton statt eines rubinroten hat. Obwohl er, wie gesagt, noch jung ist, hat er schon eine recht traurige Geschichte. Zwei Mordtaten, eine Begießung mit Schwefelsäure, einen Selbstmord und mehrere Diebstähle haben diese zehn Karat kristallisierten Kohlenstoffs schon auf dem Gewissen. Wer würde in so einem niedlichen Spielzeug schon einen so erfolgreichen Zulieferer für Galgen und Zuchthaus vermuten? Ich will den Stein jetzt in meinem Safe einschließen und der Gräfin kurz schreiben, dass wir ihn haben.«

»Hältst du diesen Horner für unschuldig?«

»Das kann ich nicht sagen.«

»Denkst du denn vielleicht, dass dieser andere, der Henry Baker, hinter der Sache steckt?«

»Ich halte es für weit wahrscheinlicher, dass Henry Baker absolut unschuldig ist und keine Ahnung davon hatte, dass die Gans, die er trug, ein Beträchtliches mehr wert war, als wäre sie von purem Gold gewesen. Das werde ich übrigens auf ganz einfache Weise feststellen, wenn wir erst eine Antwort auf unsere Anzeige haben.«

»Und bis dahin kannst du nichts tun?«

»Nichts.«

»Nun, dann werde ich jetzt mit den üblichen Hausbesuchen bei meinen Patienten weitermachen und heute Abend zu der angegebenen Stunde wieder hier sein, denn ich möchte doch gern sehen, wie dieser verwickelte Knoten sich auflöst.«

»Ich freu mich drauf. Abendessen ist um sieben; ich glaube, Mrs Hudson hat Schnepfen besorgt. Eigentlich sollte ich ihr wohl im Licht unserer neuesten Erfahrungen den Auftrag geben, dass sie vor der Zubereitung die Kröpfe der Vögel untersucht.«

Ein Patientenbesuch hatte mich länger in Anspruch genommen als gedacht und so wurde es kurz nach halb sieben, ehe ich mich wieder in der Baker Street einfand. Während ich auf das Haus zuschritt, sah ich in dem halbkreisförmigen Schein, den die Gaslampe von innen durch das Oberlicht an der Haustür warf, einen großen Mann mit einer karierten Mütze auf dem Kopfe und einem bis unters Kinn zugeknöpften Rock stehen und warten. Jetzt wurde gerade die Tür geöffnet und wir traten beide gleichzeitig in Holmes' Zimmer ein.

»Mr Henry Baker vermutlich«, begann dieser, indem er sich aus seinem Lehnstuhl erhob und seinen Besucher mit der herzlichsten Freundlichkeit begrüßte, die er so leicht anzunehmen verstand. »Bitte, setzen Sie sich hier auf diesen Stuhl beim Feuer, Mr Baker. Es ist eine kalte Nacht heute und es scheint mir, der Sommer ist Ihnen zuträglicher als der Winter. Ha, Watson, du bist gerade zur rechten Zeit gekommen. Ist dies Ihr Hut, Mr Baker?«

»Jawohl. Das ist unzweifelhaft mein Hut.«

Baker war ein großer, breitschultriger Mann mit einem starken Kopf und einem offenen, gescheiten Gesicht, das in einen spitzen, mit etwas Grau gemischten Bart endete. Ein rötlicher Schein auf Nase und Wangen zusammen mit einem leichten Zittern seiner ausgestreckten Hand ließ an die Vermutung denken, die Holmes bezüglich seiner Gewohnheiten geäußert hatte. Sein abgetragener schwarzer Gehrock war bis oben zugeknöpft, der Kragen heraufgeschlagen und seine langen Handgelenke standen weit aus den Ärmeln hervor, ohne dass die Spur einer Manschette oder eines Hemdes zu bemerken gewesen wäre. Er sprach langsam und abgehackt, wobei er seine Worte sorgfältig wählte, und machte in allem den Eindruck eines gebildeten und belesenen Mannes, dem das Schicksal übel mitgespielt hatte.

»Wir haben diese Sachen ein paar Tage lang behalten«, erklärte Holmes, »weil wir dachten, wir würden durch eine Anzeige von Ihrer Seite Ihre Adresse erfahren. Ich verstehe nicht, warum Sie keine Anzeige aufgaben.«

Unser Besuch ließ ein ziemlich verlegen klingendes Lachen hören. »Mit meiner Kasse ist es in letzter Zeit nicht mehr so gut bestellt wie einst einmal«, erklärte er. »Ich war fest überzeugt, dass die Strolche Hut und Gans mit fortgenommen haben, und wollte für den hoffnungslosen Versuch, sie wiederzubeschaffen, nicht noch mehr Geld ausgeben.«

»Ganz natürlich. Ach ja, was die Gans betrifft, so haben wir sie aufessen müssen.«

»Aufessen müssen?« Unser Besucher wäre beinahe von seinem Stuhl aufgesprungen.

»Ja, wissen Sie, wenn wir es nicht getan hätten, so hätte niemand etwas davon gehabt. Aber ich denke, die andere Gans, die dort auf der Anrichte liegt und die nahezu ebenso schwer und vollkommen frisch ist, wird Ihnen ganz denselben Dienst tun.«

»Oh freilich, freilich!«, erwiderte Mr Baker mit einem Seufzer der Erleichterung.

»Natürlich haben wir noch Federn, Beine, Kopf und so weiter von Ihrer eigenen Gans, und wenn Sie wünschen –«

Der Mann brach in ein herzhaftes Lachen aus. »Die könnte ich allenfalls als Souvenir an mein Abenteuer aufheben«, meinte er, »aber sonst wüsste ich nicht, was ich mit den Reliquien meiner alten Bekannten anfangen sollte. Nein, mit Ihrer Erlaubnis gedenke ich meine Aufmerksamkeit ausschließlich dem vortrefflichen Exemplar zuzuwenden, das ich hier auf der Anrichte liegen sehe.«

Holmes warf mir einen scharfen Blick zu und zuckte dabei kaum merklich mit den Schultern.

»Nun, hier ist also Ihr Hut und hier die Gans«, sagte er. »Beiläufig bemerkt, möchten Sie mir vielleicht sagen, woher Sie die andere Gans hatten? Ich bin nämlich so etwas wie ein Geflügelnarr und ein schöneres Tier ist mir selten vorgekommen.«

»Sehr gerne«, erwiderte Baker, der unterdessen aufgestanden war und seinen neu errungenen Besitz unter den Arm genommen hatte. »Ich bin mit ein paar meiner Bekannten abends Stammgast in einem Pub mit Namen *Alpha Inn* in der Nähe des Britischen Museums, in dem wir uns – Sie werden das verstehen – gern den Tag über aufhalten. Dieses Jahr nun hat unser braver Wirt, Windigate mit Namen, einen Gänse-Sparclub gegründet, bei dem wir jeder wöchentlich ein paar Pence einzahlen, um dann zu Weihnachten eine Gans zu erhalten. Ich habe meinen Beitrag immer pünktlich bezahlt und das Übrige wissen Sie ja. Ich bin Ihnen auch für den Hut sehr verpflichtet, denn eine karierte Mütze passt für mein Alter ebenso wenig wie für mein doch eher ruhiges Wesen.« Mit komischer, nahezu höfischer Geste stülpte er seinen zerknüllten Filzhut auf, machte vor jedem von uns eine feierliche Verbeugung und ging dann seines Weges.

»So viel zu Mr Henry Baker«, sagte Holmes, als sich die Tür hinter diesem schloss. »Es ahnt ganz sicher nicht das Geringste von der Geschichte. Bist du hungrig, Watson?«

»Nicht besonders.«

»Dann schlage ich vor, wir nehmen unsere Mahlzeit erst später ein und verfolgen diese Spur, solange sie noch frisch ist.«

»Völlig einverstanden.«

Es war eine bitterkalte Nacht und wir hüllten uns deshalb warm in Überröcke und Schals ein. Draußen blinkten die Sterne frostig am wolkenlosen Himmel und der Atem der Passanten stieß aus den Mündern hervor wie der Rauch des Mündungsfeuers bei Pistolenschüssen. Scharf und laut klangen unsere Tritte, als wir durch das Ärzteviertel, Wimpole Street, Harley Street und dann durch die Wigmore Street in die Oxford Street, unserem Ziel zustrebten. Nach einer Viertelstunde hatten wir den besagten kleinen Pub in Bloomsbury erreicht. Wir begaben uns in den Schankraum für die gehobene Gesellschaft, wo Holmes bei dem rotbackigen Wirt mit weißer Schürze zwei Glas Bier bestellte.

»Wenn Ihr Bier so gut ist wie Ihre Gänse, dann muss es ausgezeichnet sein«, sagte er.

»Meine Gänse?« – Der Mann schien überrascht.

»Ja. Es ist noch keine halbe Stunde her, dass ich mit Mr Henry Baker gesprochen habe, der zu Ihrem Gänse-Sparclub gehört.«

»Ach ja, jetzt verstehe ich. Aber sehen Sie, die Gänse waren nicht von mir.«

»Wirklich? Von wem denn?«

»Nun, ich habe die zwei Dutzend von einem Händler in Covent Garden bezogen.«

»So? Ich kenne ein paar von ihnen; welcher war es?«

»Breckinridge heißt er.«

»Ah, den kenne ich nicht. Nun, auf Ihr Wohl, Wirt, und auf das Gedeihen Ihres Hauses! Gute Nacht!«

»Jetzt zu Mr Breckinridge«, fuhr er fort, indem er beim Hinaustreten in die kalte Luft seinen Rock zuknöpfte.

»Vergiss nicht, Watson, dass die Kette, deren Glieder wir verfolgen, uns von einer höchst harmlosen Gans aus zu einem Mann führt, dem sieben Jahre Zwangsarbeit sicher sind, sofern wir nicht seine Unschuld nachweisen können. Möglich, dass unsere Nachforschung lediglich seine Schuld zu bestätigen vermag, aber in jedem Falle verfolgen wir eine Spur, welche der Polizei entgangen ist und die uns ein eigentümlicher Zufall in die Hand gespielt hat. Wir wollen sie bis zum bitteren Ende verfolgen. Also auf gen Süden und frisch voran!«

Als wir nach längerer Wanderung durch Holborn und zahlreiche armselige Gässchen endlich den Covent-Garden-Markt erreicht hatten, lasen wir an einem der größten Geschäfte dort den Namen Breckinridge. Der Eigentümer, ein vierschrötig aussehender Mann mit scharfen Zügen und wohl gepflegtem Backenbart, war gerade dabei, mithilfe eines jungen Burschen die Läden zu schließen.

»Guten Abend. Eine kalte Nacht heute!«, sagte Holmes.

Der Händler nickte und warf einen fragenden Blick auf meinen Begleiter.

»Alle Ihre Gänse ausverkauft, soviel ich sehe«, fuhr

Holmes fort, indem er auf die leeren Marmortische deutete.

»Können morgen früh 500 Stück haben.«

»Das hilft mir nichts.«

»Nun, dort gibt's ja noch welche, in dem Laden mit der Gaslaterne.«

»Ganz recht, aber ich bin an Sie empfohlen.«

»Von wem?«

»Vom Wirt des *Alpha.*«

»Ah ja, dem habe ich zwei Dutzend geschickt.«

»Es waren sehr schöne Tiere. Wo hatten Sie die eigentlich her?«

Zu meiner Überraschung rief diese Frage bei dem Händler einen Zornesausbruch hervor.

»Nun, Herr«, sagte er, indem er den Kopf zurückwarf und die Arme in die Seite stemmte, »worauf wollen Sie eigentlich hinaus? Sprechen Sie sich deutlich aus, ohne Umschweife.«

»Das ist doch deutlich genug. Ich möchte gerne wissen, wer Ihnen die Gänse verkauft hat, die Sie an das *Alpha* geliefert haben?«

»Nun, und ich sage es Ihnen nicht. Jetzt wissen Sie's!«

»Oh, es liegt nicht so viel daran, aber ich begreife gar nicht, warum Sie über eine solche Kleinigkeit so in Wallung kommen.«

»In Wallung? Sie kämen wohl auch in Wallung, wenn man Sie so belästigte wie mich. Wenn ich gutes Geld für gute Ware gezahlt habe, so sollte das Geschäft abgemacht sein; aber nein, da geht's los: ›Wo sind die Gänse?‹, ›An wen haben Sie die Gänse verkauft?‹, ›Was wollen Sie für die Gänse?‹. Man könnte geradezu glauben, es gäbe sonst keine Gänse auf der Welt, wenn man das Getue hört, das darum gemacht wird.«

»Also, wenn sonst noch Leute sich nach den Gänsen erkundigt haben, so habe ich mit denen nichts zu tun«, erklärte Holmes leichthin. »Wenn Sie's uns nicht sagen wollen, lässt sich meine Wette eben nicht entscheiden. Es ist nur einfach so, dass ich mir einbilde, ein Experte in Sachen Geflügel zu sein, und darum einen Fünfer darauf gewettet habe, dass die Gans, die ich an Weihnachten verzehrt habe, vom Lande stammte.«

»Nun, dann haben Sie Ihren Fünfer verloren, denn es war Stadtware«, unterbrach ihn der Händler bissig.

»Ach – niemals.«

»Ich sag aber, es ist so.«

»Und ich glaub's nicht.«

»Wollen Sie mehr vom Geflügel verstehen als ich, der ich immer damit zu tun gehabt habe, seit ich krabbeln kann? Ich sage Ihnen, alle Gänse, die ans *Alpha* gekommen sind, waren Stadtware.«

»Das glaube ich im Leben nicht.«

»Wollen wir wetten?«

»Ich nehme Ihnen lediglich Ihr Geld ab, denn ich weiß, dass ich recht habe. Aber ich setze ein Pfund darauf, nur um Ihnen zu zeigen, dass man nicht so verstockt sein sollte.«

Der Händler lachte grimmig auf. »Bring mir die Bücher, Bill!«, rief er. Der kleine Junge brachte ein kleines, dünnes

Buch und ein großes mit fettigem Rücken herbei und legte beide aufgeschlagen unter die Hängelampe.

»Nun also, Sie Besserwisser«, sagte der Händler, »ich meinte, ich sei für heute ausverkauft, was Gänse betrifft, aber wenn ich mit Ihnen fertig bin, werden Sie sehen, dass hier doch noch eine vor mir im Laden steht. Schauen sie, dieses kleine Buch!«

»Nun?«

»Das enthält die Liste der Leute, von denen ich kaufe. Sehen Sie? Nun, also auf dieser Seite stehen die Leute vom Land, und die Nummern hinter ihren Namen zeigen an, wo in dem großen Buch ihre Konten stehen. Nun, und dann sehen Sie diese andere Seite in roter Tinte? Das ist die Liste meiner Stadtlieferanten. Jetzt suchen Sie den dritten Namen. Lesen Sie ihn mir einmal vor.«

»Mrs Oakshott, Brixton Road 11«, las Holmes.

»So ist's. Nun schlagen Sie das im Kontobuch nach!«

Holmes schlug die angegebene Seite auf.

»Hier haben Sie's wieder: Mrs Oakshott, Brixton Road 117. Eier- und Geflügel-Lieferantin. Nun also, was ist der letzte Eintrag?«

»22. Dez. 24 Gänse zu sieben Schilling und sechs Pence.«

»So ist's. Da haben Sie's. Und drunter?«

»Verkauft an Mr Windigate vom *Alpha* zu zwölf Schilling.«

»Na, was haben Sie jetzt noch zu sagen?«

Holmes sah ganz niedergeschlagen aus, er zog eine Pfundmünze aus der Tasche, warf sie auf den Tisch und ging hinaus mit einer Miene, als sei er zutiefst entrüstet, um noch Worte zu finden. In einiger Entfernung blieb er unter einer Laterne stehen und brach in das für ihn charakteristische herzliche und doch geräuschlose Lachen aus.

»Wenn du einen Burschen mit einem solchen Backenbart im Gesicht und der *Sporting Times* mit den Voraussagen für die Pferderennen in der Tasche vor dir hast, so kannst du ihn immer mit einer Wette drankriegen«, sagte er. »Wenn ich ihm hundert Pfund für die erwünschte Auskunft geboten hätte, er hätte sie mir nie so vollständig gegeben, wie jetzt, wo er die Aussicht hatte, eine Wette zu gewinnen. Nun, Watson, ich glaube, wir nähern uns dem Ende unserer Forschungsreise und es fragt sich jetzt nur noch, ob wir diese Mrs Oakshott noch heute Abend aufsuchen oder ob wir uns dies für morgen aufsparen wollen. Aus dem, was der grobe Geselle sagte, geht klar hervor, dass auch noch andere Leute außer uns hinter der Sache her sind, und ich würde –«

Seine Bemerkungen wurden plötzlich durch ein lautes Geschrei unterbrochen, das von dem Laden her klang, den wir soeben verlassen hatten. Wir kehrten um und sahen einen kleinen Burschen mit fahlem Gesicht mitten im hellen Schein der über der Ladentür pendelnden Laterne stehen und sich vor dem Händler ducken, während dieser unter der Ladentür grimmig die Fäuste gegen ihn schüttelte.

»Jetzt habe ich's satt mit euch und euren Gänsen!«, schrie er dabei. »Ich wollte, Ihr schertet euch alle miteinander zum Teufel. Wenn Sie noch einmal kommen und mich mit Ihrem dummen Geschwätz auf die Palme bringen, so hetz ich den Hund auf Sie! Mrs Oakshott soll selber kommen, dann will ich ihr schon Rede und Antwort geben, aber was geht's denn dich an?«

»Nun, eine davon gehörte doch mir«, wimmerte der kleine Mann.

»Dann fragen Sie doch Mrs Oakshott danach!«

»Die hat mich ja an Sie verwiesen.«

»Nun, so fragen Sie doch den König von Preußen, ist mir doch egal. Ich hab die Faxen dicke. Raus mit Ihnen!« Er machte eine drohende Bewegung vorwärts und der Frager verschwand in der Finsternis.

»Ha, das erspart uns möglicherweise den Besuch in der Brixton Road«, flüsterte Holmes, »komm mit mir, wir wollen sehen, was wir aus dem Burschen herausbekommen.«

Rasch wand sich mein Begleiter zwischen den Gruppen, die vor den beleuchteten Ladenfenstern standen, durch, holte den kleinen Mann ein und klopfte ihm auf die Schulter. Blitzschnell fuhr dieser herum und im Schein der Laterne sah ich, dass jede Spur von Farbe aus seinem Gesicht gewichen war.

»Wer sind sie? Was wollen Sie?«, fragte er mit unsicherer Stimme.

»Entschuldigen Sie«, erwiderte Holmes freundlich, »aber ich konnte nicht umhin, bei Ihrem Gespräch mit dem Händler soeben zuzuhören; ich glaube, ich könnte Ihnen behilflich sein.«

»Sie? Wer sind Sie? Wie können Sie etwas über die Sache wissen?«

»Mein Name ist Sherlock Holmes. Es gehört zu meinem Geschäft, Dinge zu wissen, die andere Leute nicht wissen.«

»Aber davon können Sie doch nichts wissen.«

»Bitte um Entschuldigung, ich weiß alles. Sie möchten gerne ein paar Gänse ausfindig machen, die von Mrs Oakshott in der Brixton Road an den Händler Breckinridge, von ihm wiederum an den Wirt Windigate vom *Alpha* und von diesem an seine Stammgäste, zu denen ein Mr Henry Baker gehört, verkauft worden sind.«

»Oh, Sir, Sie kommen mir wie gerufen!«, rief der kleine Bursche mit ausgestreckten Händen und zitternden Fingern. »Sie glauben gar nicht, wie viel mir an der Sache liegt.«

Holmes winkte eine Pferdedroschke heran, die gerade vorüberfuhr.

»In diesem Fall sprechen wir darüber besser in einem gemütlichen Zimmer als auf diesem windigen Marktplatz«, meinte er. »Aber, bitte, sagen Sie mir zuvor, wem ich das Vergnügen habe, meinen Beistand zu leihen.«

Der Bursche zögerte einen Augenblick. »Ich heiße John Robinson«, antwortete er dann, den Blick zur Seite wendend.

»Nein, nein, den richtigen Namen«, sagte Holmes freundlich. »Es ist immer unerfreulich, mit jemandem Geschäfte zu machen, der sich nicht zu erkennen geben will.«

Der Fremde, der eben noch so bleich gewesen war, bekam jetzt einen roten Kopf. »Nun denn«, sagte er, »mein richtiger Name ist James Ryder.«

»So ist's recht. Sie sind erster Hausdiener im Hotel ›Cosmopolitan‹. Bitte, steigen Sie nur ein und ich werde Ihnen jede Auskunft geben können, die Sie wünschen.«

Der kleine Mann blieb stehen und schaute einen um den andern von uns mit halb ängstlichem, halb hoffnungsvollem Blicke an, als wisse er nicht recht, ob er einem unerwarteten Glücksfall oder einer Katastrophe entgegengehe. Dann stieg er in den Wagen ein und knapp zehn Minuten später befanden wir uns in der Wohnung meines Freundes. Kein Wort war während der Fahrt gewechselt worden, nur die scharfen, kurzen Atemzüge unseres Begleiters und ein nervöses Auf- und Zuklappen seiner Hände gaben Kunde von der Erregung seines Inneren.

»Da wären wir«, sagte Holmes heiter, während wir in das Zimmer traten.

»Das Feuer kann man bei diesem Wetter gut gebrauchen. Sie sehen durchgefroren aus, Mr Ryder; nehmen Sie doch bitte den Korbsessel. Ich will nur noch eben meine Pantoffeln anziehen, bevor wir uns Ihres kleinen Problems annehmen. – Also gut, Sie möchten gerne wissen, was aus den Gänsen geworden ist?«

»Ja, Sir.«

»Oder besser gesagt aus *der* Gans, es war doch wohl *eine* Gans, an der Ihnen gelegen war – weiß, mit schwarzem Streifen auf dem Schwanz.«

Ryder zitterte vor Erregung. »Ach, Sir«, rief er, »können Sie mir sagen, wo die hingekommen ist?«

»Sie kam hierher.«

»Hierher?«

»Jawohl. Und sie entpuppte sich als ein höchst bemerkenswerter Vogel. Es wundert mich gar nicht, dass Sie Interesse an diesem zeigen. Er hat nach seinem Tod ein blaues

Ei gelegt, das niedlichste, prächtigste kleine Ei, das je zu sehen war. Ich habe es hier in meiner Sammlung.«

Unser Gast richtete sich unsicher auf und klammerte sich mit der rechten Hand an den Kaminsims.

Holmes schloss seinen Safe auf und hielt den blauen Karfunkel empor, der wie ein Stern in kaltem, glänzendem, blitzendem Feuer strahlte.

Ryder stand mit langem Gesicht da, unschlüssig, ob er den Stein als sein Eigentum ansprechen oder verleugnen sollte.

»Das Spiel ist aus, Ryder«, sagte Holmes ruhig. »Jetzt reißen Sie sich zusammen, Mann – oder Sie kommen in Teufels Küche. Hilf ihm wieder in seinen Stuhl, Watson, er hat nicht Nerv genug für ein kaltblütiges Verbrechen. Gib ihm einen Schluck Brandy. – So! Nun sieht er ein wenig menschlicher aus. Wahrhaftig, was für ein Bürschchen!«

Einen Augenblick hatte Ryder gewankt und wäre fast gefallen, aber der Branntwein brachte wieder eine Spur von Farbe in seine Wangen und angstvoll heftete er nun von seinem Sessel aus die Blicke auf seinen Ankläger.

»Ich habe so ziemlich alle Zusammenhänge durchschaut und bin im Besitz aller Beweise, die ich etwa brauchen könnte; so können Sie mir eigentlich nur wenig Neues sagen. Aber dieses wenige sollte man vielleicht auch noch aufklären, um den Fall abzurunden. Sie hatten von diesem blauen Stein der Gräfin Morcar gehört, nicht wahr, Ryder?«

»Ja, Katharine Cusack erzählte mir davon«, erwiderte er mit heiserer Stimme.

»Ach freilich, die Kammerzofe der Dame. Nun, der Versuchung, sich auf so leichte Weise mit einem Mal zum reichen Mann zu machen, haben schon bessere Leute als Sie nachgegeben; aber in der Wahl der Mittel hatten Sie wenig Skrupel. Ich meine, Ryder, da steckt schon ein gehöriges Stück von einem Schurken in Ihnen. Sie wussten, dass dieser Klempner Horner früher schon einmal in einen ähnlichen Fall verwickelt war und dass er deshalb umso leichter in Verdacht geraten würde. Was taten Sie also? Sie richteten es mit Ihrer Komplizin, der Cusack, so ein, dass im Zimmer der Gräfin eine kleine Reparatur zu besorgen war und dass Horner zu diesem Zweck geholt wurde. Nach seinem Abgang plünderten Sie dann den Schmuckkasten, riefen Alarm und ließen den Unglücklichen festnehmen. Darauf –«

Hier warf sich Ryder plötzlich zu Boden und umklammerte die Knie meines Freundes. »Um Gottes willen, haben Sie Erbarmen«, rief er, »denken Sie an meinen Vater, an meine Mutter! Es würde ihnen das Herz brechen! Ich habe noch nie etwas Schlechtes getan und will es auch nie wieder tun, ich schwöre es, schwöre es bei allem, was heilig ist. Oh, bringen Sie mich nur nicht vor Gericht, um Christi willen nicht!«

»Setzen Sie sich wieder hin!«, erwiderte Holmes streng. »Es ist keine Kunst, sich jetzt zu winden und zu krümmen, aber den armen Horner unter ungerechtem Verdacht auf die Anklagebank zu bringen, das machte Ihnen wenig Kopfzerbrechen.«

»Ich will fliehen, Mr Holmes, ich will außer Landes gehen, dann wird man die Untersuchung gegen ihn einstellen.«

»Hm. Darüber reden wir noch. Und jetzt erzählen Sie uns wahrheitsgemäß, wie es weiterging. Wie kam der Stein in die Gans und wie kam die Gans auf den Markt? Sagen Sie uns die Wahrheit. Darin liegt für Sie die einzige Hoffnung auf Rettung!«

Ryder fuhr sich mit der Zunge über seine trockenen Lippen. »Ich will es Ihnen erzählen, ganz wie es sich zugetragen hat«, begann er dann. »Als Horner festgenommen worden war, dachte ich, es werde das Beste für mich sein, mich mit dem Stein unverzüglich aus dem Staub zu machen, es konnte ja der Polizei jeden Augenblick einfallen, mich und mein Zimmer zu durchsuchen. Im ganzen Bereich des Hotels gab es kein sicheres Versteck dafür. Ich ging deshalb aus, als hätte ich etwas zu besorgen, und suchte meine Schwester auf. Sie heißt seit ihrer Heirat Oakshott und wohnt in der Brixton Road, wo sie Geflügel zum Verkauf mästet. Auf dem ganzen Weg hielt ich jeden, der mir begegnete, für einen Schutzmann oder einen Detektiv, sodass mir trotz der kalten Nacht der Schweiß herunterlief, noch ehe ich dort war. Meine Schwester fragte mich, was es denn gebe und warum ich so blass sei, aber ich erzählte ihr, ich sei wegen des Juwelenraubs im Hotel so durcheinander. Dann ging ich in den Hinterhof und dachte, an die Wand gelehnt, bei einer Pfeife darüber nach, was jetzt wohl am besten zu tun sei.

Ich hatte früher einen Freund namens Maudsley gehabt, der auf die schiefe Bahn geraten und gerade aus dem Gefängnis entlassen worden war. Mit dem hatte ich mich einmal darüber unterhalten, wie Diebe so vorgehen und wie sie dann ihre Beute wieder loswerden. Der würde mich nicht verraten, denn ich wusste auch so das eine oder andere über ihn. Also entschloss ich mich, ihn in Kilburn aufzusuchen und ins Vertrauen zu ziehen. Er würde mir sicher Mittel und Wege zeigen, wie ich den Stein zu Geld machen könnte. Aber wie konnte ich unbehelligt zu ihm gelangen? Ich dachte an die Höllenqualen, die ich auf dem Weg vom Hotel hierhin ausgestanden hatte. Jeden Augenblick konnte man mich fassen und durchsuchen und dann fand man den Stein in meiner Westentasche. Während mir diese Gedanken durch den Kopf schossen, schaute ich den Gänsen zu, die vor meinen Füßen herumwatschelten. Da hatte ich plötzlich eine geniale Idee, mit der ich selbst den besten Detektiv der Welt hinters Licht führen könnte.

Meine Schwester hatte mir ein paar Wochen vorher versprochen, dass ich ihre beste Gans für Weihnachten bekommen würde, und ich wusste, dass sie ihr Wort unter allen Umständen hielt. Diese Gans wollte ich jetzt mitnehmen und in ihr meinen Stein nach Kilburn transportieren. Bei meiner Schwester im Hof steht ein kleiner Schuppen. Hinter diesen trieb ich eine von den Gänsen, eine schöne, große weiße mit gestreiftem Schwanz. Ich fing sie ein, sperrte ihr den Schnabel auf und stopfte ihr den Stein in den Hals hinunter, soweit mein Finger reichte. Sie schluckte und ich fühlte, wie der Stein durch den Schlund in ihren Kropf hinabglitt. Aber sie flatterte und strampelte dermaßen dabei, dass meine Schwester herauskam und fragte, was los sei. Wie ich ihr eben Antwort geben wollte, riss sich das Vieh los und flog mitten hinein in die Herde.

›Was in aller Welt hast du nur mit der Gans gemacht, James?‹, fragte sie.

›Nun‹, sage ich, ›du hast mir ja eine für Weihnachten versprochen gehabt, da wollte ich nur fühlen, welche am fettesten sei.‹

›Oh‹, sagte sie, ›die für dich haben wir schon reserviert. Wir nennen sie nur noch James' Christbraten, es ist die weiße dort drüben. Sechsundzwanzig Stück sind's, macht eine für dich, eine für uns und zwei Dutzend für den Markt.‹

›Schönen Dank, Maggie‹, sage ich, ›aber wenn dir's einerlei ist, so möchte ich lieber die haben, die ich eben zwischen den Händen hatte.‹

›Die andere ist gut drei Pfund schwerer‹, sagte sie, ›wir haben sie besonders für dich gemästet.‹

›Egal, ich will lieber die andere und will sie jetzt gleich mitnehmen‹, sagte ich darauf.

›Oh, ganz wie du willst‹, sagte sie wieder, ein bisschen gekränkt. ›Welche willst du denn also?‹

›Die weiße dort mit dem gestreiften Schwanz, gerade mittendrin.‹

›Oh, na meinetwegen, dann stich sie ab und nimm sie mit.‹

Nun, Mr Holmes, genau das tat ich und trug die Gans dann den ganzen Weg nach Kilburn, wo ich meinem Kameraden die Geschichte von Anfang bis Ende erzählte. Da er Geschichten dieser Art liebt, wäre er dabei vor Lachen fast erstickt. Wir nahmen dann ein Messer und schnitten die Gans auf. Da stand mir fast das Herz still, denn von dem Stein war keine Spur zu finden. Da wusste ich, dass es zu einem schrecklichen Versehen gekommen war. Ich ließ den Vogel im Stich und rannte, was ich konnte, zurück zu meiner Schwester und in den Geflügelhof; doch da war alles leer.

›Wo sind sie denn die ganzen Gänse hingekommen, Maggie?‹, rief ich entsetzt meiner Schwester zu.

›Zum Händler, James.‹

›Zu welchem?‹

›Breckinridge in Covent Garden.‹

›Aber gab es denn noch eine mit gestreiftem Schwanz?‹, fragte ich. ›Gerade wie die, die ich mir ausgewählt habe?‹

›Ja, James, da waren zwei mit gestreiftem Schwanz, die konnte ich nie auseinanderhalten.‹

Da wurde mir natürlich auf einen Schlag die ganze Sache klar. Ich rannte sogleich, so schnell mich meine Füße tragen wollten, zu diesem Breckinridge. Aber er hatte die ganze Partie gleich weiterverkauft und wollte mir um keinen Preis sagen, an wen. Sie haben ihn ja heute Abend selbst gehört. So hat er mich von Anfang an abblitzen lassen. Meine Schwester meint, ich werde verrückt; und manchmal kommt es mir selber so vor. Und jetzt – jetzt bin ich als Dieb gebrandmarkt und habe noch nicht einmal einen Zipfel des Reichtums gepackt, für den ich meinen ehrlichen Namen verkauft habe. Gott steh mir bei! Gott steh mir bei!« Er begrub sein Gesicht in den Händen und brach in ein krampfhaftes Schluchzen aus. Ein langes Schweigen folgte; nichts unterbrach die Stille als die schweren Atemzüge des Unglücklichen und das taktmäßige Trommeln der Fingerspitzen meines Freundes auf dem Tischrand.

Endlich erhob sich mein Freund und machte die Tür auf. »Verschwinden Sie«, sagte er.

»Wie, Sir? Oh, Gott vergelte es Ihnen!«

»Kein weiteres Wort, verschwinden Sie!«

Und es bedurfte auch keiner weiteren Worte. Im Nu war er draußen und die Treppe hinunter. Dann hörte man die Tür gehen, ehe seine eiligen Tritte vor dem Hause verhallten.

»Schließlich, Watson«, meinte Holmes, indem er nach seiner Pfeife griff, »bin ich doch nicht dazu da, der Polizei überall nachzuhelfen, wo sie nicht allein fertig wird. Stünde die Sache für Horner bedenklich, so wäre es etwas anderes, aber dieser Bursche wird ja nicht gegen ihn auftreten und so muss der Fall eingestellt werden. Vielleicht, dass ich damit ein Unrecht begehe, aber es ist auch gerade so gut möglich, dass ich so eine Seele vor dem Verderben rette. Dieser Bursche wird sich nie mehr etwas zuschulden kommen lassen. Dafür war seine Angst jetzt ein zu einschneidendes Erlebnis. Ihn jetzt ins Gefängnis bringen, hieße, ihn für sein ganzes Leben zum Zuchthäusler zu stempeln. Außerdem ist Weihnachten die Zeit der Vergebung, und was uns betrifft, so wurden wir mit einem rätselvollen, merkwürdigen Fall beschert, dessen befriedigende Lösung ein echtes Geschenk ist.«

Das Reigate-Rätsel

Ehe mein Freund Holmes sich von den ungeheuren Anstrengungen im Frühjahr 1887 erholte und wieder zu Kräften kam, dauerte es eine geraume Zeit. Da die mit der Holland-Sumatra-Gesellschaft und den gigantischen Betrugsplänen des Barons Maupertuis verbundenen Ermittlungen aber noch ganz frisch in der öffentlichen Erinnerung sind und viele heikle Fragen aus Politik und Finanzwelt tangieren, taugt der Fall nicht für eine Aufnahme in eine Sammlung kurzer Geschichten. Die Umstände brachten es aber mit sich, dass Holmes infolge dieser Ereignisse mit einem einzigartigen komplexen Problem in Berührung kam, welches ihm Gelegenheit gab, im Kampf gegen das Verbrechen, den er sich zur Lebensaufgabe gemacht hatte, eine ganz neue Waffe in Anwendung zu bringen.

Es war, wie ich aus meinem Notizbuch weiß, am 14. April, als ich durch ein Telegramm aus Lyon die Nachricht erhielt, Holmes liege dort in einem Hotel krank darnieder. Ich reiste sofort ab und stand schon vierundzwanzig Stunden später an seinem Lager, wo ich mich glücklicherweise sogleich überzeugen konnte, dass die Symptome der Krankheit nicht allzu besorgniserregend waren. Er war nur trotz seiner eisernen Konstitution unter der Last zusammengebrochen, die er sich seit Monaten aufbürdete. Während dieser Zeit hatte er seine Nachforschungen unablässig betrieben, täglich mindestens fünfzehn Stunden gearbeitet und sich oft, wie er mir versicherte, fünf Tage hintereinander ausschließlich der ihm gestellten Aufgabe gewidmet. Die Folgen einer so furchtbaren Überanstrengung konnte selbst der triumphale Erfolg seiner Bemühungen nicht abwenden. Während ganz Europa vom Ruhm seines Namens widerhallte und er von allen Seiten mit Dankschreiben und Glückwunschtelegrammen überschüttet wurde, fand ich ihn in einem Zustand tiefster Niedergeschlagenheit. Was die Polizei dreier Länder vergebens versuchte, war ihm gelungen – er hatte den meisterhaftesten Schwindler der Welt in jeder Hinsicht ausmanövriert, aber nicht einmal das Wissen hierum vermochte ihn aus seiner völligen Erschlaffung aufzurütteln.

Drei Tage später waren wir zurück in der Baker Street. Es war aber offensichtlich, dass ihm eine Luftveränderung guttun würde und auch für mich hatte der Gedanke, eine Woche im Frühling auf dem Lande zuzubringen, großen Reiz.

Mein alter Freund, Oberst Hayter, dem ich in Afghanistan ärztlichen Beistand geleistet hatte, wohnte seit einiger Zeit in der Nähe von Reigate in Surrey und er hatte mich wiederholt aufgefordert, ihn doch einmal in seinem Landhaus zu besuchen. Noch kürzlich hatte er geäußert, er würde auch meinen Freund, falls er mich begleiten wollte, sehr gern als Gast bei sich empfangen. Es bedurfte zuerst einiger Überredungskünste, aber als Holmes erfuhr, der Oberst sei Junggeselle und er brauche daher keine Rücksicht auf eine Familie zu nehmen, sondern habe dort alle Freiheit der Welt, willigte er ein. Etwa eine Woche nach unserer Rückkehr aus Lyon befanden wir uns bereits unter Hayters gastlichem Dach. Der Oberst war ein tapferer alter Krieger, der viel von der Welt gesehen hatte, und meine Erwartung, dass Holmes und er allerlei gemeinsame Anknüpfungspunkte finden würden, ging rasch in Erfüllung.

Am Abend unserer Ankunft saßen wir nach Tisch im Waffenzimmer des Obersts. Holmes lag auf dem Sofa ausgestreckt, während ich mit Hayter die Kollektion von Waffen aus dem Osten in Augenschein nahm.

»Übrigens«, sagte er plötzlich, »es wäre vielleicht ganz gut, wenn ich eine der Pistolen mit hinauf in mein Schlafzimmer nähme, für den Fall, dass eingebrochen wird.«

»Eingebrochen?«

»Ja, wir sind kürzlich hier in ziemlichen Schrecken versetzt worden. Bei dem alten Acton, einem der größten Grundbesitzer der Grafschaft, hat man letzten Montag eingebrochen. Viel Schaden haben die Diebe nicht angerichtet, aber die Schurken sind immer noch auf freiem Fuß.«

»Gibt es keine Spur?«, fragte Holmes, wobei er dem Oberst verschlafen zublinzelte.

»Bis jetzt nicht«, erklärte der Oberst. »Die Sache ist zu unbedeutend, eines der kleinen Delikte, wie sie hier auf dem Lande vorkommen. Etwas so Geringfügiges dürfte kaum Ihre Aufmerksamkeit erregen, Mr Holmes, zumal nach diesem bedeutenden internationalen Erfolg.«

»Ach was!«, sagte Holmes bescheiden, zeigte aber mit einem Lächeln, dass er sich über das Kompliment freute. »Gab es denn gar nichts Interessantes an dem Vorfall?«

»Ich glaube kaum. Die Diebe durchsuchten die Bibliothek, fanden aber wenig, was sich der Mühe lohnte. Sie haben das Unterste zuoberst gekehrt, sämtliche Schubladen aufgebrochen und die Schränke durchwühlt, aber alles, was hinterher verschwunden war, waren ein Band der Homer-Übersetzung von Alexander Pope, zwei versilberte Leuchter, ein Briefbeschwerer aus Elfenbein, ein kleines, holzgerahmtes Barometer und eine Rolle Bindfaden.«

»Was für eine merkwürdige Auswahl!«, rief ich.

»Die Kerle haben offenbar zusammengerafft, was sie nur kriegen konnten.«

Holmes brummte etwas auf dem Sofa vor sich hin.

»Die Polizei sollte sich das als Fingerzeig dienen lassen«, sagte er dann. »Es ist doch völlig klar, dass –«

Doch schon hob ich warnend die Hand in die Höhe. »Du bist hier, um dich auszuruhen, alter Junge. Lass dich nur um Gottes willen auf keine neue Untersuchung ein, solange deine Nerven noch ganz zerrüttet sind.«

Holmes zuckte die Achseln und warf dem Oberst einen Blick zu, der Resignation ausdrückte, zugleich aber verriet, dass er das nicht ganz ernst meinte. Die Unterhaltung danach bewegte sich dann wieder in minder gefährlichen Bahnen.

Das Schicksal wollte es jedoch, dass alle ärztliche Vorsicht vergebens sein sollte. Schon am nächsten Morgen drängte sich uns das Problem in einer Weise auf, dass wir es nicht länger ignorieren konnten. Unser Aufenthalt auf dem Land erfuhr dadurch eine Wende, die niemand von uns hätte voraussehen können.

Wir saßen noch beim Frühstück, als der Butler des Obersts unter Verzicht auf jede Art von Förmlichkeit ins Zimmer gestürzt kam.

»Haben Sie die Neuigkeit schon gehört, Sir?«, stieß er keuchend heraus. »Was bei den Cunninghams geschehen ist?«

»Wieder ein Einbruch?«, rief der Oberst und stockte mitten in der Bewegung, mit der er seine Kaffeetasse soeben zum Mund führen wollte.

»Nein, ein Mord.«

»Wahrhaftig? – Wer ist denn tot – der Friedensrichter oder sein Sohn?«

»Keiner von beiden, sondern William, der Kutscher. Mitten durchs Herz geschossen – konnte keinen Laut mehr von sich geben.«

»Wer hat ihn denn erschossen?«

»Der Einbrecher. Er ist wie der Blitz davongeschossen und entkommen. William kam gerade dazu, als der Kerl das Vorratskammerfenster eindrückte. Während er seines Herrn Eigentum rettete, fand er selbst den Tod.«

»Wann war das?«

»Letzte Nacht, Sir, gegen zwölf Uhr.«

»Also dann werden wir uns gleich nachher hinüberbegeben«, sagte der Oberst. Setzte seine Kaffeetasse ab und frühstückte gelassen weiter. »Eine abscheuliche Geschichte«, fuhr er fort, als der Butler sich entfernt hatte. »Er ist der erste Mann hier am Ort, der alte Cunningham, und ein guter Kerl obendrein. Er wird sich die Sache schrecklich zu Herzen nehmen, denn der Kutscher ist seit Jahren in seinem Dienst und hat ihm immer treu gedient. Offenbar waren es dieselben Schurken, die bei Acton eingebrochen sind.«

»Wo sie die merkwürdige Auswahl von Gegenständen gestohlen haben«, sagte Holmes nachdenklich.

»Jawohl.«

»Hm! Möglich, dass es dafür eine ganz simple Erklärung gibt, aber auf den ersten Blick scheint es doch ein wenig sonderbar, meinen Sie nicht auch? Diebe, die in Landhäusern einbrechen, pflegen sonst den Schauplatz ihrer Taten zu wechseln und nicht innerhalb weniger Tage zwei Nachbarn einen Besuch abzustatten. Als Sie gestern Abend von Vorsichtsmaßregeln sprachen, fuhr mir in der Tat der Gedanke durch den Kopf, dass diese Gemeinde für den Augenblick wahrscheinlich die letzte in England sein würde, auf welche der Dieb oder die Diebe erneut die Aufmerksamkeit richten würden – ein Beweis, dass ich noch immer viel zu lernen habe.«

»Vermutlich stammt der Dieb hier aus dem Ort«, sagte der Oberst. »In diesem Fall würde er sich natürlich Acton und Cunningham ausgesucht haben, die beiden größten Grundbesitzer hier in der Gegend.«

»Auch die reichsten?«

»Das sollten sie eigentlich sein. Aber sie haben jahrelang miteinander prozessiert und das hat sie finanziell ziemlich ausbluten lassen, möchte ich meinen. Der alte Acton erhebt Ansprüche auf Cunninghams halbes Gut und die Advokaten haben mit beiden Händen zugegriffen.«

»Wenn der Dieb von hier ist, wird man ihn ohne Schwierigkeit fassen können«, äußerte Holmes und gähnte dazu. »Ich weiß schon, was du sagen willst, Watson; aber keine Sorge, ich mische mich nicht ein.«

In diesem Augenblick riss der Butler die Tür auf: »Polizeiinspektor Forrester!«, meldete er.

Der Beamte, ein junger Mann mit klugem, durchdringendem Blick, trat rasch ein. »Guten Morgen, Herr Oberst«, sagte er, »entschuldigen Sie, wenn ich störe. Mir wurde gesagt, Mr Holmes aus der Baker Street sei hier.«

Der Oberst zeigte auf meinen Freund und Forrester verbeugte sich.

»Wir glaubten, Sie hätten vielleicht Interesse, mit hinüberzukommen.«

»Das Schicksal hat andere Vorstellungen als du, Watson«, sagte Holmes lachend. »Wir sprachen gerade von der Angelegenheit, als Sie kamen, Herr Inspektor. Vielleicht berichten Sie uns noch einige Einzelheiten.«

Die Art, wie er sich bei diesen Worten in den Stuhl zurücklehnte, war mir wohlbekannt. Ich sah ein, dass der Fall hoffnungslos war

»In der Acton-Sache haben wir nach wie vor keine Spur. Aber hier haben wir eine Menge Greifbares. Es gibt keinen Zweifel, dass es sich in beiden Fällen um denselben Täter handelt. Der Mann ist gesehen worden.«

»Ach!«

»Ja, Sir. Aber nachdem der Schuss gefallen war, der den armen William Kirwan das Leben kostete, ist er entflohen wie ein gehetztes Reh. Mr Cunningham sah ihn von seinem Schlafzimmer aus und sein Sohn Alec vom Flur zur

Hintertür. Es war Viertel vor zwölf, als sich der Lärm erhob. Der alte Cunningham war gerade zu Bett gegangen und Mr Alec rauchte noch eine Pfeife in seinem Ankleidezimmer. Beide hörten, wie der Kutscher William um Hilfe rief. Mr Alec lief hinunter, um zu sehen, was los war. Die Hintertür stand offen, und als er am Fuß der Treppe war, sah er draußen zwei Männer, die miteinander rangen. Da fiel ein Schuss, der eine Mann sank zu Boden, der Mörder aber stürzte durch den Garten und sprang über die Hecke. Cunningham sah noch vom Fenster aus, wie der Kerl die Landstraße erreichte, dann verlor er ihn aus den Augen. Mr Alec blieb bei dem Sterbenden, um zu sehen, ob noch Hilfe möglich sei, so hatte der Bösewicht Zeit zu entkommen. Wir wissen nur, dass es ein mittelgroßer Fremder war, der einen dunklen Anzug trug. Von seinem Äußeren ist sonst nichts bekannt; doch wird eifrig nach ihm gefahndet, und wenn sich hier ein Fremder blicken lässt, werden wir ihn bald haben.«

»Was hat denn jener William an dem Ort zu suchen gehabt? Hat er vor seinem Tode etwas ausgesagt?«

»Kein Wort. Er wohnte mit seiner Mutter im Pförtnerhäuschen und war der Herrschaft treu ergeben; wir glauben, dass er nur noch einmal nachsehen wollte, ob im Herrenhaus alles in Ordnung sei. Seit der Sache bei Acton war natürlich jeder hier auf der Hut. Der Räuber muss gerade die Tür aufgebrochen haben – das Schloss war gewaltsam geöffnet –, als William hinzukam.«

»Hat William nichts zu seiner Mutter gesagt, ehe er fortging?«

»Sie ist taub und sehr alt, aus ihr ist nichts herauszubekommen. Der Schreck hat sie fast wahnsinnig gemacht; es heißt aber auch, sie sei nie recht klar im Kopfe gewesen. Es gibt aber noch etwas Wichtiges, das ich Ihnen zeigen muss. Hier – schauen Sie!«

Er zog einen Fetzen Papier aus seinem Notizbuch und glättete ihn auf seinem Knie.

»Dies hier fand sich in der Hand des Toten zwischen Daumen und Zeigefinger. Es scheint von einem größeren Blatt abgerissen zu sein. Sie werden beobachten, dass die darauf erwähnte Zeit genau die ist, zu der den armen Menschen sein Schicksal ereilte. Entweder hat der Mörder ihm den Zettel entrissen oder er selbst hat die Ecke von einem Blatt abgerissen, das der Mörder in der Hand hielt. Sieht fast so aus, als hätte es sich um eine Verabredung gehandelt.«

Holmes nahm das Stückchen Papier in die Hand und studierte es:

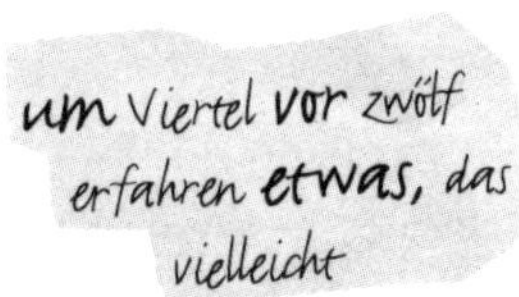

»Falls es sich um die Verabredung zu einem Treffen handelte«, fuhr der Inspektor fort, »ist die Theorie nicht abwegig, dass William Kirwan trotz seines Rufs, ein ehrlicher Mann zu sein, mit dem Dieb unter einer Decke gesteckt hat. Er kann ihn hier getroffen, ihm vielleicht geholfen haben, die Tür aufzubrechen, und dann sind sie miteinander in Streit geraten.«

»Die Schrift ist außerordentlich interessant«, sagte

Holmes, der sich ganz in die Betrachtung des Papiers vertieft hatte. »Das sind viel tiefere Wasser, als ich gedacht hatte.« Er vergrub nun den Kopf in beide Hände, während der Inspektor lächelte, als er sah, welchen Eindruck sein Kriminalfall auf den berühmten Londoner Spezialisten machte.

»Ihre letzte Bemerkung«, fuhr Holmes nach einer Weile fort, »dass möglicherweise zwischen dem Dieb und dem Kutscher ein Einverständnis bestand und er durch diesen Zettel an den Ort bestellt wurde, ist eine sehr scharfsinnige und keineswegs abwegige Vermutung. Aber jene Schriftzüge lassen noch eine andere zu.« Er hielt sich abermals die Hand vor die Augen und versank in tiefes Nachsinnen. Als er wieder aufblickte, bemerkte ich zu meinem Erstaunen, dass seine Wangen gerötet waren und seine Augen so lebhaft funkelten wie vor der Krankheit. Er sprang mit der alten Tatkraft auf.

»Wisst ihr, was«, rief er, »ich möchte mir gern in aller Ruhe einen kleinen Einblick in den Fall verschaffen, er fesselt mich ungemein. Wenn Sie nichts dagegen haben, Herr Oberst, überlasse ich Ihnen einstweilen meinen Freund Watson und begleite den Inspektor zum Tatort, um mich zu überzeugen, ob ein paar Ideen, die mir eben gekommen sind, richtig sein können. In einer halben Stunde bin ich wieder da.«

Es vergingen aber fast anderthalb Stunden und dann kehrte der Inspektor allein zurück.

»Mr Holmes spaziert draußen im Felde auf und ab«, sagte er. »Er möchte, dass wir alle vier zusammen zu dem Haus gehen.«

»Zu Mr Cunninghams Haus?«

»Ja, Sir.«

»Weswegen?«

Forrester zuckte die Achseln. »Ich weiß es nicht genau, Sir. Unter uns gesagt, glaube ich, dass Mr Holmes seine Krankheit noch nicht völlig überwunden hat. Er ist schrecklich aufgeregt und führt sich ganz sonderbar auf.«

»Ich glaube nicht, dass Sie das beunruhigen muss«, sagte ich. »Ich habe fast immer feststellen können, dass auf ihn der Spruch zutrifft: *Und scheint's auch Wahnsinn, so hat es doch Methode.*«

»Es gibt Leute, die vielleicht so etwas sagen würden«, brummte der Inspektor. »Aber auf jeden Fall brennt er darauf, ans Werk zu gehen; wir wollen ihn lieber nicht aufhalten, wenn es Ihnen recht ist, Herr Oberst.«

Die Hände in den Taschen, den Kopf auf die Brust gesenkt, schritt Holmes draußen auf und ab.

»Die Sache wird immer interessanter«, sagte er. »Dein Ausflug aufs Land, Watson, ist über alles Erwarten gelungen. Ich hätte mir keinen schöneren Morgen wünschen können.«

»Sie haben den Schauplatz des Verbrechens in Augenschein genommen, wie ich höre«, sagte der Oberst.

»Ja, wir sind zusammen auf Kundschaft ausgezogen, der Inspektor und ich.«

»Mit Erfolg?«

»Nun, wir haben manches gesehen, was interessant war. Ich kann davon auf dem Weg einiges erzählen. Also zuerst haben wir die Leiche des Unglücklichen in Augenschein genommen. Er ist durch einen Pistolenschuss getötet worden, ganz wie man uns berichtet hat.«

»Hatten Sie denn daran Zweifel?«

»Man tut immer gut daran, alles selbst zu untersuchen. Unser Gang war jedenfalls durchaus nicht vergeblich. Wir hatten dann eine Unterredung mit Herrn Cunningham und seinem Sohn, die mir genau die Stelle bezeichnen konnten, wo der Mörder auf der Flucht durch die Gartenhecke gebrochen war. Das interessierte mich sehr.«

»Natürlich.«

»Dann suchten wir die Mutter des armen Menschen auf, erfuhren jedoch nichts von ihr; sie ist sehr alt und fast dement.«

»Und was war das Ergebnis Ihrer Ermittlungen?«

»Die Überzeugung, dass wir es mit einem sehr eigenartigen Verbrechen zu tun haben. Vielleicht trägt unser jetziger Besuch dazu bei, das Dunkel zu lichten. – Nicht wahr, Herr Inspektor, Sie sind doch auch meiner Meinung, dass der abgerissene Papierfetzen in der Hand des Ermordeten, auf dem seine Todesstunde verzeichnet ist, von allergrößter Wichtigkeit ist?«

»Ich denke, er könnte ein Schlüssel zur Aufklärung des Falles sein.«

»Das ist er auch. Niemand sonst hat ihn geschrieben, als derjenige, der William Kirwan zu dieser späten Stunde dazu brachte, sein Bett zu verlassen. – Aber wo ist das fehlende Stück des Papiers hingekommen?«

»Ich habe überall auf dem Erdboden gesucht, in der Hoffnung, es zu finden«, erklärte der Inspektor.

»Jemand hat es dem Toten aus der Hand gerissen. Warum war dieser Jemand so erpicht darauf, es in seinen Besitz zu bringen? Weil es den Verdacht auf ihn lenkte. Und was würde er wohl damit gemacht haben. Wahrscheinlich doch es in seine Tasche stecken, ohne zu bemerken, dass der Tote noch eine Ecke davon in der Hand behielt. Wenn wir uns den Rest des Blatts verschaffen könnten, wären wir gewiss einen großen Schritt zur Lösung des Rätsels weiter.«

»Ja, aber wie kann man die Taschen des Verbrechers durchsuchen, ehe man diesen hat?«

»Stimmt, aber man tut jedenfalls gut daran, diese Sache im Auge zu behalten. Es gibt da aber noch etwas, das auf der Hand liegt. William muss die Botschaft irgendwie erhalten haben. Unwahrscheinlich, dass der Schreiber selbst sie ihm überbracht hat. Durch wen also ist der Brief abgegeben worden? Oder kam er vielleicht mit der Post?«

»Ich habe mich danach erkundigt«, sagte Forrester. »William hat gestern Nachmittag einen Brief durch die Post erhalten. Den Umschlag hat er aber vernichtet.«

»Vortrefflich«, rief Holmes und klopfte dem Polizisten auf die Schulter. »Sie haben auch schon mit dem Briefträger gesprochen. Mit Ihnen zu arbeiten, ist ein wahres Vergnügen. – Da sind wir ja an der Pförtnerwohnung; kommen Sie, Herr Oberst, ich zeige Ihnen den Schauplatz des Verbrechens.«

Wir schritten an dem hübschen Häuschen vorbei, das der Ermordete bewohnt hatte, und durch eine breite Eichenallee bis zu dem stattlichen alten Herrenhaus im Queen-Anne-Stil, über dessen Eingangsportal man *1709* las, das Jahr der Schlacht von Malplaquet im Spanischen Erbfolgekrieg. Zur Landstraße hin war der Garten von einer grünen Hecke umgeben. Holmes und der Inspektor gingen voran, um das Haus herum zum Seiteneingang. Wenn man hier aus dem Haus kam, gelangte man in ein Stück Garten, das am Ende durch die schon erwähnte Hecke von der Straße getrennt war. Hier an der Tür, die zur Küche führte, hielt ein uniformierter Polizist Wache.

»Öffnen Sie, bitte, die Tür, Konstabler!«, forderte Holmes ihn auf. »Also hier auf der Treppe«, erklärte er, als das geschehen war, »stand der junge Cunningham und sah die beiden Männer miteinander ringen, gerade an der Stelle, wo wir jetzt sind. Der alte Cunningham war oben am Fenster – am zweiten links – und sah den Kerl dort hinter dem Busch verschwinden. Sein Sohn ebenfalls. Beide wissen das ganz genau, sie haben sich den Busch gemerkt. Dann lief Mr Alec zu dem Verwundeten und kniete neben ihm. Der Boden ist sehr hart, man findet keine Spuren mehr, an die man sich halten kann.«

Während Holmes noch sprach, kamen zwei Männer vom Gartenpfad her um die Hausecke, ein ältlicher Herr mit stark gefurchtem, ausdrucksvollem Gesicht und Augen, die tief in ihren Höhlen lagen, und ein junger Mensch, dessen modische Kleidung und heiteres, unbekümmertes Wesen schlecht zu passen schienen zu dem traurigen Geschäft, das uns hergeführt hatte.

»Noch immer auf der Suche?«, sagte er zu Holmes gewendet. »Ich dachte, ihr Londoner wüsstet immer, wo's langgeht. So sehr schnell scheint ihr hier aber doch nicht zu sein.«

»Sie müssen uns schon etwas Zeit lassen«, erwiderte Holmes gutmütig.

»Ja, die werden Sie wohl auch brauchen«, fuhr der junge Cunningham fort, »mir scheint, es gibt nicht die geringste Spur.«

»Wir haben *eine«,* widersprach ihm der Inspektor. »Wir glauben, dass, wenn sich entdecken ließe – Aber um Himmels willen, Mr Holmes – was fehlt Ihnen?«

Die Züge meines armen Freundes hatten urplötzlich einen entsetzlichen Ausdruck der Qual angenommen, sie verzerrten sich krampfhaft, seine Augen rollten wild umher und unter dumpfem Stöhnen sank er hin, mit dem Gesicht auf den Boden. Zu Tode erschrocken über diesen unerwarteten, schweren Anfall, trugen wir Holmes in die Küche, wo er, in einen Armstuhl zurückgelehnt, mehrere Minuten lang mühsam nach Atem rang. Endlich erhob er sich wieder und stammelte eine verwirrte Entschuldigung wegen seiner Schwäche.

»Watson kann Ihnen sagen, dass ich soeben erst von schwerer Krankheit genesen bin«, fügte er als Erklärung hinzu. »Solche plötzlichen Nervenanfälle kommen bei mir bisweilen vor.«

»Soll ich Sie im Wagen nach Hause schicken?«, fragte der alte Cunningham.

»Vielleicht, aber da ich nun schon einmal hier bin, möchte ich mir erst noch über einen Punkt Gewissheit verschaffen, der sich leicht ermitteln lassen wird.«

»Und der wäre?«

»Ich halte es für sehr gut möglich, dass Ihr armer Kutscher nicht *vor* dem Einbrecher hier war, sondern nachdem dieser ins Haus eingedrungen war. Sie scheinen es aber als sicher anzusehen, dass die Tür zwar aufgebrochen war, der Täter das Haus aber nicht betreten hat.«

»Das liegt meiner Ansicht nach auf der Hand«, versetzte Cunningham bedächtig. »Mein Sohn Alec war ja noch nicht zu Bett gegangen und hätte sicherlich jedes Geräusch im Hause gehört.«

»Wo genau saß er denn?«

»Ich rauchte meine Pfeife im Ankleidezimmer«, griff Alec ein.

»Welches Fenster ist das?«

»Das letzte links, neben dem Schlafzimmer meines Vaters.«

»Natürlich war in beiden noch Licht?«

»Ja natürlich.«

»Das ist doch wirklich sehr auffallend«, sagte Holmes lächelnd. »Finden Sie es nicht auch höchst sonderbar, dass ein Dieb, der noch dazu kein Neuling ist, mit aller Ruhe in einem Hause einbricht, wo er am Licht erkennen kann, dass zwei Mitglieder der Familie noch auf den Beinen sind?«

»Es muss eben äußerst kaltblütig gewesen sein.«

»Ja, wissen Sie«, sagte der junge Cunningham, »wenn der Fall nicht absonderlich wäre, brauchten wir uns nicht an Sie um Aufklärung zu wenden. Die Annahme aber, dass der Mann schon seine Beute gemacht hatte, bevor William sich ihm in den Weg stellte, halte ich für völlig absurd. Wir hätten doch sonst unsere Sachen in Unordnung gefunden und irgendetwas vermisst, das er gestohlen hat.«

»Das kommt darauf an. Wir dürfen nicht vergessen, dass wir es mit keinem gewöhnlichen Einbrecher zu tun haben. Er liebt es, auf seine eigene Art vorzugehen. Bedenken Sie nur, was für ein wunderliches Sammelsurium er bei Acton hat mitgehen lassen – was war es doch? – eine Rolle Bindfaden, ein Briefbeschwerer und allerlei Krimskrams.«

»Nun, wir verlassen uns ganz auf Sie, Mr Holmes«, sagte der alte Cunningham. »Was Sie oder der Inspektor vorschlagen, soll unverzüglich geschehen.«

»Erstens möchte ich, dass sofort eine Belohnung ausgesetzt wird, am besten von Ihnen selbst, denn wenn die Polizei erst anfängt, über die Höhe der Summe hin und her zu beraten, geht zu viel Zeit verloren, die wir nicht haben. Ich habe bereits den Wortlaut aufgesetzt, es fehlt nur noch Ihre Unterschrift. Fünfzig Pfund halte ich für ausreichend.«

»Fünfhundert wären mir nicht zu viel«, meinte der Friedensrichter, während er Zettel und Stift nahm, welche Holmes ihm hinreichte.

»Aber das ist nicht ganz richtig«, sagte er, das Blatt überfliegend.

»Ich habe es in großer Eile geschrieben.«

»Sehen Sie, hier steht: *In der Nacht von Montag auf Dienstag um Viertel vor eins wurde ein Einbruchsversuch* usw. In Wirklichkeit hat sich die Sache um Viertel vor *zwölf* zugetragen.«

Mir war dieser Irrtum sehr peinlich und unangenehm, denn ich wusste, wie schwer meinen Freund irgendein Fehler dieser Art treffen würde. Peinliche Genauigkeit in

Bezug auf Fakten waren seine Spezialität und das Versehen hier war mir ein neuer Beweis dafür, wie sehr die Krankheit ihn angegriffen hatte und wie wenig er noch der Sherlock Holmes von früher war. Er selbst war offensichtlich für einen Moment sehr verlegen, zumal der Inspektor die Augenbrauen in die Höhe zog und Alec Cunningham laut lachte. Der alte Herr aber gab Holmes den Zettel zurück, nachdem er den Fehler verbessert hatte.

»Lassen Sie die Anzeige so schnell wie möglich drucken«, sagte er. »Ihr Vorschlag scheint mir vortrefflich.«

Holmes verwahrte das Papier sorgfältig in seinem Notizbuch. »Und nun lassen Sie uns zusammen das Haus unter die Lupe nehmen, um herauszufinden, ob der sonderbare Einbrecher nicht vielleicht doch etwas mitgenommen hat.«

Zuerst untersuchte mein Freund die aufgebrochene Tür. Offenbar hatte man das Schloss mit einem starken Messer oder einem Meißel aufgehebelt. Man sah noch die Spuren am Holz, wo das Werkzeug hineingetrieben worden war.

»Legen Sie nachts keine Eisenstangen vor?«, fragte er.

»Wir hielten das bisher für unnötig.«

»Sie haben auch keinen Hund?«

»Doch; aber er ist an anderer Stelle angekettet.«

»Wann geht die Dienerschaft zu Bett?«

»Gegen zehn Uhr.«

»Nicht wahr, auch William schlief gewöhnlich schon um diese Stunde?«

»Jawohl.«

»Also ist es sonderbar, dass er gerade heute Nacht noch

so spät auf war. – Jetzt lassen Sie uns, bitte, ins Haus gehen, Mr Cunningham.«

Aus einem mit Steinfliesen belegten Gang, in den die Küchenräume mündeten, gelangte man auf einer hölzernen Stiege unmittelbar in einen Vorraum im ersten Stockwerk, wohin nicht nur die reich verzierte Haupttreppe aus der unteren Halle mündete, sondern auch die Türen des Wohnzimmers und mehrerer Schlafzimmer, darunter auch die Mr Cunninghams und seines Sohnes. Holmes untersuchte langsamen Schritts minutiös die gesamte Bauart des Hauses. Ich sah an seinem Gesichtsausdruck, dass er auf einer heißen Spur war, konnte mir aber in keiner Weise vorstellen, wohin diese führte.

»Guter Herr«, sagte der Friedensrichter erkennbar etwas ungeduldig, »Sie machen sich ganz unnütze Mühe. Dort gegenüber der Treppe liegt mein Schlafzimmer und daneben das meines Sohnes. Nun urteilen Sie selbst, ob es möglich war, dass der Dieb hier heraufkommen konnte, ohne dass wir das Geräusch hörten.«

»Sie müssen sich wohl von Ihren bisherigen Theorien verabschieden und nach einer neuen suchen«, sagte der Sohn mit spöttischem Lächeln.

»Mag sein, ich möchte Sie aber dennoch bitten, meine Marotten noch etwas länger hinzunehmen. Zum Beispiel wünsche ich festzustellen, wie weit man aus den Schlafzimmerfenstern den Schauplatz überblicken kann. – Dies also ist das Zimmer Ihres Sohnes«, sagte er, wobei er die Tür aufstieß, »und dahinter liegt vermutlich das Ankleidezimmer, wo er mit seiner Pfeife saß, als der Lärm entstand.

Nach welcher Seite hinaus geht denn das Fenster?« Er ging durch das Schlafzimmer, öffnete die Tür zu dem anstoßenden Raum und sah sich darin um.

»Hoffentlich sind Sie nun zufrieden«, sagte Cunningham ärgerlich.

»Jawohl, danke; das war, glaube ich, alles, was ich sehen wollte.«

»Na, dann können wir ja auch noch in mein Zimmer gehen, wenn es durchaus sein muss.«

»Falls Sie nichts dagegen haben.«

Der Friedensrichter zuckte die Achseln und führte uns in sein Schlafzimmer, einen ganz einfachen Raum ohne irgendwelche auffällige Einrichtung. Als die Übrigen zum Fenster schritten, blieb Holmes etwas zurück, sodass wir beide die Letzten waren. Am Fußende des Bettes, auf einem kleinen Tisch, standen eine Wasserflasche und ein Teller mit Orangen. Auf einmal streckte Holmes zu meiner größten Verwunderung rasch die Hand aus und stieß das Tischchen um, samt allem, was darauf war. Das Glas zerbrach in tausend Stücke, das Wasser floss auf den Teppich und die Früchte rollten im ganzen Zimmer umher.

»Toll gemacht, Watson«, hörte ich Holmes rufen, »das ist ja eine schöne Bescherung auf dem Teppich!«

Ich bückte mich in nicht geringer Verlegenheit, um die Früchte aufzulesen, denn ich begriff wohl, dass mein Gefährte irgendeinen triftigen Grund haben müsse, mir die Ungeschicklichkeit in die Schuhe zu schieben. Die andern halfen mir und richteten den Tisch wieder auf.

»Oho«, rief der Inspektor, »wo ist er denn hingeraten?«

Holmes war verschwunden.

»Warten Sie einen Augenblick hier«, sagte Alec Cunningham, »mir scheint, der Bursche ist nicht ganz bei Sinnen. Komm, Vater, wir wollen sehen, wohin er geraten ist.«

Sie eilten beide hinaus, während der Inspektor, der Oberst und ich einander verwundert ansahen.

»Meiner Treu, ich glaube, Mr Alec hat recht«, sagte der Polizeibeamte. »Vielleicht ist es eine Nachwirkung der Krankheit, aber ich muss gestehen –«

Seine Rede wurde plötzlich durch das Geschrei: »Zu Hilfe, zu Hilfe, Mord, Mord!«, unterbrochen. Schaudernd erkannte ich meines Freundes Stimme und stürzte wie wahnsinnig auf den Korridor hinaus. Die Hilferufe klangen jetzt schwach und heiser aus dem Zimmer, das wir zuerst betreten hatten. Ich stürmte hindurch und in das dahinter gelegene Ankleidezimmer. Sherlock Holmes lag am Boden; die beiden Cunninghams hielten ihn gepackt, der Sohn drückte ihm mit den Händen die Kehle zu, während der Vater mit aller Macht an seinem Handgelenk zerrte. Im nächsten Augenblick hatten wir drei sie von ihm fortgerissen, Holmes erhob sich schwankend, er sah leichenblass und ganz erschöpft aus.

»Verhaften Sie diese beiden Männer, Herr Inspektor!«, stieß er keuchend hervor.

»Weswegen?«

»Sie haben den Kutscher William Kirwan ermordet.«

Verwirrt starrte der Inspektor um sich.

»Aber, Mr Holmes«, sagte er endlich, »das kann doch nicht Ihr Ernst sein.«

»Mein völliger Ernst. Schauen Sie ihnen doch nur ins Gesicht.«

Noch nie habe ich Menschen gesehen, denen die Schuld so deutlich auf der Stirn geschrieben stand wie diesen beiden. Der Alte war wie betäubt und gelähmt, seine scharf gezeichneten Züge trugen einen starren, finsteren Ausdruck. Der Sohn dagegen hatte das flotte Wesen des jungen Manns von Welt, das er zur Schau getragen hatte, völlig abgelegt. Sein hübsches Gesicht war verzerrt und in seinen Augen funkelte die Wut eines gefährlichen Raubtiers.

Der Inspektor schritt, ohne ein Wort zu sagen, zur Tür und ließ einen gellenden Pfiff hören, woraufhin zwei uniformierte Polizisten erschienen. »Mir bleibt keine Wahl, Mr Cunningham«, sagte er. »Ich hoffe, es wird sich als ein lächerlicher Irrtum herausstellen, aber Sie müssen einsehen – Oho, was soll das?«

Er schlug Mr Alec seinen Revolver aus der Hand, als der junge Mann gerade den Hahn spannen wollte. Die Waffe fiel klirrend zu Boden.

Holmes setzte rasch den Fuß darauf. »Nehmen Sie das Ding an sich, es wird Ihnen beim Prozess gute Dienste leisten. Aber hier ist das, wonach wir eigentlich gesucht haben.« Er hielt ein zerknittertes Stück Papier in die Höhe.

»Der abgerissene Teil des Blatts!«, rief der Inspektor.

»Genau der.«

»Und wo war er?«

»Wo ich ihn gleich vermutete. Ich will Ihnen später alles erklären. Es wird am besten sein, Herr Oberst, wenn Sie jetzt mit Watson nach Hause gehen; in höchstens einer

Stunde komme ich nach. Wir müssen noch ein Wort mit den Gefangenen reden, der Inspektor und ich, aber gegen Mittag bin ich bestimmt wieder da.«

Sherlock Holmes hielt Wort; gegen zwei Uhr fand er sich bei uns im Rauchzimmer des Obersts ein, begleitet von einem kleinen, ältlichen Mann, der mir als der Mr Acton vorgestellt wurde, in dessen Hause zuerst eingebrochen worden war.

»Ich habe mir gewünscht, dass Mr Acton dabei sein sollte, wenn ich euch darlegte, worum es in diesem kleinen Fall ging, dessen Einzelheiten für ihn natürlich von großem Interesse sind«, sagte Holmes. »Sie, Herr Oberst, werden es, fürchte ich, noch bereuen, dass Sie jemanden in Ihr Haus aufgenommen haben, der so viel Unruhe hineingebracht hat.«

»Im Gegenteil«, erwiderte der Oberst begeistert, »ich schätze es als einen besonderen Vorzug, dass mir gestattet wird, Einblick in Ihre Arbeitsweise zu nehmen. Ich gestehe, dass der Erfolg alle meine Erwartungen übertrifft und dass ich noch nicht die geringste Ahnung habe, wie Sie zu Ihrem Ergebnis gekommen sind.«

»Die Erklärung wird Sie vielleicht desillusionieren, doch pflege ich mein Verfahren weder vor meinem Freunde Watson noch vor sonst jemand zu verbergen, der echtes Interesse dafür zeigt. Aber da mich der Kampf in dem Ankleidezimmer dort drüben doch ziemlich übel mitgenommen hat, werde ich mich erst noch einmal an einem Schluck von Ihrem Weinbrand bedienen, Herr Oberst. Meine Kräfte sind in der letzten Zeit doch etwas sehr in Anspruch genommen worden.«

»Sie haben doch hoffentlich nicht wieder einen Nervenzusammenbruch?«

Sherlock Holmes lachte herzlich. »Davon reden wir später«, sagte er, »ich will Ihnen den Fall nun der Reihe nach darstellen und die Punkte erläutern, die mich bei der Untersuchung leiteten. Falls Sie etwas nicht vollkommen verstehen sollten, bitte ich darum, mich ohne Scheu zu unterbrechen.

Bei der Aufklärung eines Verbrechens ist es von höchster Wichtigkeit, dass man imstande ist, zu unterscheiden, welches die wesentlichen Tatsachen und welches nur Nebenumstände sind. Sonst läuft man Gefahr, seine Kraft und Aufmerksamkeit zu verzetteln, statt sie zielgerichtet einzusetzen. Im vorliegenden Falle hatte ich nicht den leisesten Zweifel, dass der Schlüssel des Ganzen in dem Blatt Papier zu finden war, das man dem Toten aus der Hand gerissen hatte.

Bevor ich darauf komme, möchte ich Ihre Aufmerksamkeit auf die folgende Tatsache lenken. Wenn Alec Cunninghams Aussage korrekt war und der Angreifer unmittelbar die Flucht ergriffen hatte, nachdem er William Kirwan erschossen hatte, konnte er ganz offenbar nicht gleichzeitig derjenige gewesen sein, der den Zettel aus der Hand des Toten gerissen hatte. Wenn er es aber nicht war, muss es Alec Cunningham selbst gewesen sein, denn als sein Vater herunterkam, waren schon mehrere Diener auf den Schuss hin herbeigeeilt. So einleuchtend das auch ist, so hatte der

Inspektor diesen Punkt doch übersehen, weil er von vornherein ausschloss, dass die beiden Gutsbesitzer bei der Sache beteiligt sein könnten. Mein Hauptgrundsatz ist aber, ohne jegliches Vorurteil zu Werke zu gehen und einfach den Tatsachen zu folgen, wohin sie mich auch führen mögen. So kam es, dass die Rolle, welche Alec Cunningham gespielt hatte, mich schon auf der ersten Stufe der Untersuchung ein wenig misstrauisch machte.

Alsdann unterzog ich die abgerissene Ecke des Zettels, die mir der Inspektor ausgehändigt hatte, einer genauen Untersuchung. Ich erkannte sie sofort als Teil eines Dokuments, der für unseren Fall von herausragender Bedeutung war. Hier zeige ich Ihnen noch einmal das Papier. Bemerken Sie etwas besonders Auffallendes daran?«

»Die Schrift ist ziemlich ungleichmäßig«, sagte der Oberst.

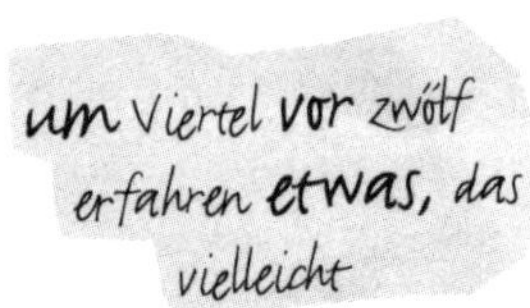

»Ja, mein lieber Oberst«, stimmte Holmes ihm mit Nachdruck zu und es kann auch nicht der geringste Zweifel daran bestehen, dass dies hier von zwei verschiedenen Leuten herrührt, die immer abwechselnd ein Wort geschrieben haben. Sehen Sie hier, die verschiedenen *r* in *Viertel* und *vor* und die Unterschiede in der Schriftgröße und -stärke. Auch sind die Buchstaben des einen verschnörkelter als die des anderen.«

»Mein Gott, jetzt seh ich's auch ganz klar«, rief der

Oberst. »Aber wozu in aller Welt sollten zwei Leute einen Brief auf solche Art abfassen?«

»Es handelte sich offenbar um ein krummes Geschäft und der eine Schreiber, der dem anderen misstraute, bestand darauf, dass sie die Verantwortung zu gleichen Teilen tragen müssten. Der, welcher das *um* und das *vor* geschrieben hat, war natürlich der Anstifter.«

»Woraus schließen Sie das denn?«

»Man könnte es schon aus dem Charakter der Schriften ableiten, wenn wir diese miteinander vergleichen. Aber es gibt noch ein deutlicheres Argument. Betrachten Sie das Papierfragment aufmerksam. Der Mann mit der stärkeren Schrift muss zuerst geschrieben und jeweils den Platz gelassen haben, den der andere ausfüllen sollte. Die Lücken waren aber nicht immer groß genug, sodass der andere bei dem Wort *Viertel* improvisieren musste. Der Mann, der zuerst geschrieben hat, ist also ohne Zweifel derjenige, der die Sache plante.«

»Vortrefflich!«, rief Acton.

»Aber noch sehr oberflächlich«, sagte Holmes. »Wir kommen jetzt aber an einen sehr wichtigen Punkt. Sie wissen vielleicht nicht, dass die Experten mittlerweile ziemlich weit damit gekommen sind, das Alter eines Schreibers aus seiner Handschrift ableiten zu können und damit sein Geburtsjahr im Normalfall bis auf die Dekade genau eingrenzen zu können. Ich sage ›im Normalfall‹, weil Krankheit und körperliche Schwäche auch bei einem jungen Menschen in der Schrift die typischen Kennzeichen des Alters hervorrufen können. In diesem Fall jedoch deutet die feste und sichere Schrift des einen darauf hin, dass er ein junger Mann war, während die krakeligere des anderen an einen Mann denken lässt, der schon fortgeschrittener an Jahren, aber noch nicht senil ist.«

»Vortrefflich!«, rief Acton erneut.

»Es gibt aber noch einen weiteren Punkt, der noch interessanter ist und sich nur bei noch genauerer Beobachtung der Schrift erschließt. Trotz der erwähnten Unterschiede ähneln sich die beiden Schriften so, dass sie auf zwei Schreiber aus derselben Familie hindeuten.

Das sind nur die wichtigsten Schlussfolgerungen aus meiner Schriftanalyse. Ich könnte hier noch dreiundzwanzig andere aufführen, die aber eher für Schriftsachverständige von Interesse sein dürften. Sie bestärkten mich aber alle in der Ansicht, dass die beiden Cunninghams, Vater und Sohn, den Brief geschrieben hatten.

Nachdem ich so weit gelangt war, musste ich natürlich noch die Einzelheiten des Verbrechens in Betracht ziehen. Ich ging mit dem Inspektor zu dem Haus und nahm alles in Augenschein, was zu sehen war. Die Wunde des Toten rührte von einem Revolverschuss her, welcher aus mindestens vier Meter Entfernung abgegeben worden war, das konnte ich mit vollkommener Sicherheit feststellen, da es keinerlei Pulverspuren an der Kleidung gab. Damit hatte Alec Cunningham gelogen, als er behauptete, er habe zwei Männer miteinander ringen sehen und dann sei der Schuss gefallen. Dann hinwiederum waren sich Vater und Sohn einig in ihrer Aussage bezüglich der Stelle, wo der Mörder durch die Hecke sei. Nun gibt es aber gerade dort einen ziemlich breiten Graben, dessen Sohle feucht ist. Es waren aber auf dieser nicht die geringsten Schuhabdrücke zu entdecken. Da war ich vollkommen überzeugt, dass die Cunninghams nicht nur hier, sondern generell die Unwahrheit gesagt hatten und dass gar kein fremder Räuber am Tatort gewesen war.

Nun galt es, das Motiv für das seltsame Verbrechen zu finden. Dazu versuchte ich, als Erstes zu ermitteln, welchen Zweck der erste Einbruchsdiebstahl bei Mr Acton gehabt haben könnte. Da fiel mir der Prozess zwischen Ihnen, Mr Acton, und den Cunninghams ein, von dem Sie, Herr Oberst, gesprochen hatten. Ich fragte mich, ob es nicht die Cunninghams gewesen sein könnten, die in die Bibliothek eingedrungen sind, um irgendeine Urkunde in die Hand zu bekommen, die in dem Rechtsstreit von Bedeutung hätte sein können.«

»Ganz richtig«, sagte Acton, »das war ohne Zweifel ihre Absicht. Ich habe wohlbegründete und wasserfest zu belegende Ansprüche auf die Hälfte ihres Besitztums. Hätten sie aber auch nur ein einziges meiner Papiere an sich bringen können – sie liegen glücklicherweise sicher im Tresor meines Anwalts –, so hätten sie sicherlich im Prozess alle Trümpfe auf ihrer Hand gehabt.«

»Da hätten wir's ja«, sagte Holmes lächelnd. »Es war ein gefährliches, tollkühnes Unternehmen, das, meines Erachtens, dem Kopf des jungen Alec entsprungen ist. – Da sie nichts fanden, suchten sie, um den Verdacht abzulenken, der Tat den Anschein eines gewöhnlichen Diebstahls zu geben, und nahmen die ersten besten Sachen mit, die ihnen in die Hände fielen. Das ist ganz klar, aber im Übrigen war mir noch vieles dunkel. Vor allem wünschte ich, den fehlenden Teil des Zettels aufzufinden. Ich zweifelte nicht, dass Alec ihn dem Toten aus der Hand gerissen und in die Tasche seines Schlafrocks gesteckt hatte. Wo sonst hätte er ihn hintun können? Es fragte sich nur, ob er jetzt noch darin war. Jedenfalls war es der Mühe wert nachzusehen und deshalb gingen wir alle miteinander zum Gutshaus.

»Die Cunninghams trafen, wie Sie wissen, mit uns draußen vor der Küchentür zusammen. Es war verständlicherweise von größter Wichtigkeit, dass sie nicht an die Existenz des Papiers erinnert wurden, weil sie dieses sonst natürlich unverzüglich vernichtet hätten. Der Inspektor war eben im Begriff, ihnen zu sagen, welchen Wert wir auf das Papier legten, als ich zum größten Glück gerade im entscheidenden Moment jenen Krampfanfall bekam, was das Gespräch in eine andere Richtung lenkte.«

»Ist es möglich!«, rief der Oberst lachend. »Also haben wir unser inniges Mitgefühl ganz verschwendet – Ihr Nervenanfall war nichts als Verstellung!«

»Als Arzt vom Fach kann ich nur zugeben, eine komödiantische Meisterleistung«, sagte ich und blickte voll Bewunderung auf diesen einzigartigen Mann, der mich ein um das andere Mal durch neue Beweise seines Listenreichtums in Erstaunen versetzte.

»Dergleichen Kunstgriffe sind oft sehr nützlich«, fuhr er fort. »Sobald ich mich erholt hatte, strengte ich meine Erfindungsgabe an, um den alten Cunningham zu veranlassen, das Wort *zwölf* zu schreiben, weil ich es mit dem Wort *zwölf* auf dem abgerissenen Papierstück zu vergleichen wünschte.«

»Oh, was für ein Dummkopf war ich doch!«

»Ich merkte wohl, Watson, wie du dir Sorgen um meinen geistigen Verfall gemacht hast«, rief Holmes lachend, »und es tat mir leid, dass ich dir diese Art von Mitleid zumuten musste. Wir gingen nun zusammen die Treppe hinauf und betraten das Zimmer. Ich sah den Schlafrock hinter der Tür hängen und suchte erfolgreich die allgemeine Aufmerksamkeit für einen Augenblick abzulenken, indem ich den Tisch umwarf, während ich zurücklief und die Taschen des Schlafrocks untersuchte. Kaum hatte ich jedoch, wie vermutet, den Zettel in einer derselben gefunden, als die Cunninghams sich wütend auf mich stürzten. Ich glaube wahrhaftig, ohne euren raschen hilfreichen Beistand hätten sie mich umgebracht. Noch immer fühle ich, wie mir der Sohn die Kehle zuschnürte, und der Alte drehte mir fast das Handgelenk um, als er mir das Papier entreißen wollte. Sie erkannten, dass ich die ganze Sache durchschaut hatte, und der plötzliche Umschwung von absoluter Sicherheit zu völliger Verzweiflung machte sie förmlich rasend.

Ich habe den alten Cunningham soeben ein wenig über die Beweggründe des Verbrechens ausgefragt. Er war ziemlich zugänglich, während sein Sohn sich wie ein Teufel gebärdete und am liebsten sich selbst oder sonst jemand eine Kugel durch den Kopf gejagt hätte, nur fehlte ihm der Revolver. Als der Alte sah, dass seine Sache verloren war, sank ihm der Mut und er legte ein offenes Geständnis ab. Es scheint, dass William in der Nacht, als die Cunninghams den Einbruch bei Acton verübten, den beiden Herren heimlich gefolgt war. Damit hatte er sie in der Hand und versuchte, sie zu erpressen, indem er damit drohte, sie anzuzeigen. Aber Mr Alec ist ein gefährlicher Mensch, der nicht mit sich spaßen lässt. Er hatte den wahrhaft geistreichen Einfall, die Angst vor den Einbrechern, welche die ganze Gegend in Unruhe versetzte, für seine Zwecke zu nutzen. Wenn er dem scheinbaren Einbrecher den Mord an dem Menschen, den er, Alec, fürchtete, in die Schuhe schob, würde niemand auf den Gedanken kommen, nach einem anderen Täter zu suchen. William ging in das ihm gestellte Netz und wurde erschossen. Hätten die Cunninghams das ganze Papier sichergestellt und auf einige Kleinigkeiten noch größere Aufmerksamkeit verwendet, so wären sie vermutlich nie in Verdacht geraten.«

»Und was stand auf dem Papier?«

»Hier, seht nur selbst!«, sagte Holmes und legte das wieder zusammengesetzte Blatt vor:

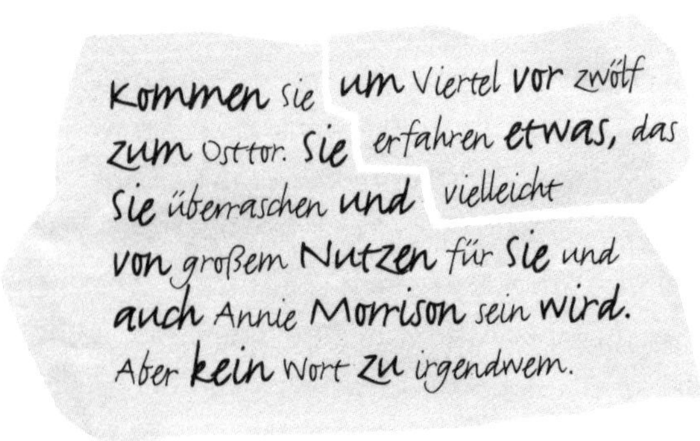
Kommen Sie um Viertel vor zwölf
zum Osttor. Sie erfahren etwas, das
Sie überraschen und vielleicht
von großem Nutzen für Sie und
auch Annie Morrison sein wird.
Aber kein Wort zu irgendwem.

»Es sieht fast so aus, wie ich mir gedacht habe«, sagte er. »Natürlich wissen wir noch nicht, wer Anne Morrison ist und welcher Zusammenhang zwischen ihr, Alec Cunningham und William Kirwan bestand. Dass Kirwan aber auf die Botschaft angesprungen ist, zeigt, dass der Köder, mit dem er in die Falle gelockt wurde, geschickt gewählt war.

Und nun zu dir, mein lieber Watson. Du hättest keinen besseren Landaufenthalt wählen können. Morgen werde ich mit neu gestärkten Kräften in die Baker Street zurückkehren können.«

Silberstrahl

Mir bleibt wohl nichts anderes übrig, Watson, als hinzufahren«, sagte Holmes eines Morgens zu mir, als wir beim Frühstück saßen.

»So? Wohin denn?«

»Nach Dartmoor – nach King's Pyland.«

Das überraschte mich nicht; im Gegenteil, ich hatte mich schon gewundert, dass er nicht längst zur Mitarbeit an dem ungewöhnlichen Fall aufgefordert worden war, der in ganz England das Tagesgespräch bildete. Mit gerunzelten Brauen, den Kopf auf die Brust gesenkt, war mein Gefährte einen ganzen Tag lang ruhelos im Zimmer auf und ab gegangen, hatte immer wieder den stärksten schwarzen Tabak in seine Pfeife gestopft und war für alle meine Fragen und Bemerkungen stocktaub gewesen. Die neuesten Nummern sämtlicher Tagesblätter überflog er nur mit einem Blick und warf sie dann in den Winkel. Er blieb stumm, aber ich wusste genau, worüber er brütete. Es lag ja nur *ein* Fall vor, der genug öffentliches Aufsehen erregte, um ihn zu bewegen, die ganze Kraft seines kritischen Scharfsinns aufzubieten, nämlich das seltsame Verschwinden des Rennpferdes, welches als der Favorit schlechthin auf den Wessex Cup galt, und die rätselhafte Ermordung seines Trainers. Als Holmes mir daher plötzlich mitteilte, er wolle sich auf den Schauplatz des Dramas begeben, entsprach das ganz dem, was ich erwartet und gehofft hatte.

»Ich würde dich sehr gern begleiten, wenn ich dir nicht im Wege bin«, sagte ich.

»Mein lieber Watson, du würdest mir damit einen großen Gefallen tun. Und es wäre auch keine Zeitverschwendung für dich, denn der Fall enthält so interessante Aspekte, dass er sich als absolut einzigartig herausstellen wird. Wir können, glaube ich, gerade noch unseren Zug im Bahnhof Paddington erreichen, auf der Reise werde ich dann eingehender mit dir über die Sache reden. Du würdest mir einen großen Gefallen tun, wenn du deinen hervorragenden Feldstecher mitnimmst.«

So saß ich denn etwa eine Stunde später in der Ecke eines Wagens erster Klasse. Während der Zug mit uns im Eiltempo Richtung Exeter brauste, vergrub Sherlock Holmes sein scharf geschnittenes, ausdrucksvolles Gesicht, das eingerahmt war von der Reisemütze mit den Ohrenklappen, in einen Haufen neuer Zeitungen, die er sich am Bahnhof gekauft hatte. Erst als Reading längst hinter uns lag, warf er die letzte unter den Sitz, holte sein Zigarrenetui heraus und forderte mich auf zuzugreifen.

»Wir sind gut in der Zeit«, sagte er, nachdem er einen Blick aus dem Fenster geworfen und auf seine Uhr gesehen hatte, »unsere Fahrgeschwindigkeit beträgt augenblicklich dreiundfünfzig und eine halbe Meile in der Stunde.«

»Ich habe mir nicht die Zeit genommen, die Meilensteine zu zählen.«

»Ich auch nicht«, erwiderte er. »Aber die Telegrafenstangen auf dieser Strecke haben einen Abstand von sechzig Yards, da lässt sich's leicht berechnen. Vermutlich weißt du schon etwas über die Ermordung John Strakers und das Verschwinden von Silberstrahl?«

»Ich habe gelesen, was *Telegraph* und *Chronicle* darüber berichtet haben.«

»Nun, es handelt sich hier um einen Fall, bei dem die Kunst des Ermittelnden eher darin bestehen sollte, die bekannten Details genau zu betrachten und zu ordnen, als nach immer neuen Beweisstücken zu suchen. Die Tragödie, die sich hier abgespielt hat, ist von solchem Ausmaß, ist so ungewöhnlich und hat für so viele Leute große persönliche Bedeutung, dass wir an einer Fülle von Mutmaßungen, unbegründeten Annahmen und Hypothesen zu ersticken drohen. Da gilt es vor allem, die nackten Tatsachen, soweit sie unleugbar und bestimmt feststehen, von dem unnützen Beiwerk zu trennen, welches Reporter und Kommentatoren hinzugefügt haben. Erst wenn man eine sichere Grundlage gewonnen hat, wird man Schlüsse ziehen und die besonderen Punkte ins Auge fassen können, um welche sich das ganze Geheimnis dreht. Am Dienstagabend habe ich zwei Telegramme erhalten. Darin haben mich sowohl Oberst Ross, der Eigentümer des Pferdes, als auch Polizeiinspektor Gregory, der den Fall untersucht, zur Mitarbeit eingeladen.«

»Am Dienstagabend!«, rief ich. »Aber jetzt ist doch schon Donnerstagmorgen. Warum bist du denn nicht gestern hingefahren?«

»Weil ich einen groben Fehler gemacht habe, mein lieber Watson – was leider häufiger vorkommt, als die Leute glauben mögen, die mich nur aus deinen Aufzeichnungen kennen. Ich war nämlich der irrigen Auffassung, dass das berühmteste Rennpferd Englands unmöglich lange verborgen bleiben könnte, noch dazu in einer so öden Gegend, wie es der Norden von Dartmoor ist. Von Stunde zu Stunde habe ich gestern auf die Nachricht gewartet, dass man sein Versteck entdeckt hat und dass der Räuber des Pferdes zugleich John Strakers Mörder ist. Als aber die Zeitungen heute, außer der Festnahme des jungen Fitzroy Simpson, nichts Neues brachten, da fühlte ich wohl, dass etwas geschehen müsse und es für mich an der Zeit sei einzugreifen. Trotzdem halte ich auch den gestrigen Tag nicht gerade für verloren.«

»Also hast du schon eine Theorie?«

»Zumindest ist mir klar geworden, welches die wesentlichen Tatsachen sind. Ich werde sie dir aufzählen, denn es gibt kein besseres Mittel, Licht in einen Fall zu bringen, als wenn man ihn jemand anderem darstellt. Außerdem kann ich ja kaum mit deiner Mitwirkung rechnen, wenn ich dich im Unklaren lasse, wovon wir bei diesem Fall auszugehen haben.«

Ich lehnte mich in die Polster zurück und rauchte meine Zigarre, während Holmes vornübergebeugt dasaß und den Ablauf der Ereignisse skizzierte, welche uns zu der Reise veranlasst hatten. Dabei hakte er mit seinem langen, dünnen Zeigefinger auf dem linken Handteller die verschiedenen Punkte ab, die ihm wichtig erschienen.

»Silberstrahl«, sagte er, »ist ein Abkömmling des berühmten Isomomy und seine Erfolgsbilanz ist ebenso glänzend wie die seines großen Vorfahren. Das Pferd ist jetzt fünfjährig und hat seinem glücklichen Besitzer, Oberst Ross, nacheinander bereits sämtliche denkbaren Preise eingebracht. Auch der Wessex Cup war ihm so gut wie sicher; die Wetten standen drei zu eins auf ihn. – Überhaupt ist Silberstrahl von jeher der bevorzugte Liebling des Rennpublikums gewesen und hat die auf ihn gesetzten Hoffnungen noch nie enttäuscht, sodass trotz der schlechten Quoten enorme Summen auf das Pferd gewettet worden sind. Daraus lässt sich leicht entnehmen, dass eine ganze Menge Leute das stärkste Interesse daran haben mussten, sein Erscheinen auf dem Rennplatz am nächsten Dienstag zu verhindern.

Auch in King's Pyland, wo Oberst Ross seinen Reitstall hat, war man sich dieser Tatsache wohl bewusst und traf umfassende Maßregeln zum Schutz des edlen Tieres. John Straker, ein früherer Jockey des Obersts, hatte bei allen Rennen dessen Farben getragen, bis er zu viel auf die Waage brachte und die Aufgabe des Trainers übernahm. In den fünf Jahren als Jockey und den sieben Jahren als Trainer hat er sich immer als zuverlässig erwiesen und dem Oberst fleißig und treu gedient. Ihm unterstanden drei Stallknechte, die sich mit ihm um die vier Pferde kümmerten. Einer von diesen pflegte immer die Nacht über im Stall zu wachen, während die beiden andern auf dem Heuboden schliefen. Alle drei standen in bestem Ruf und galten als sehr zuverlässig. John Straker war verheiratet und wohnte in einem kleinen Landhaus, das kaum zweihundert Meter von den

Stallgebäuden entfernt liegt; er hatte keine Kinder, hielt sich ein Hausmädchen und lebte in guten Verhältnissen. Die Gegend ist wohl einsam, doch hat ein Bauunternehmer aus Tavistock etwa eine halbe Meile nördlich ein paar Häuser für Invaliden und andere errichtet, die in der reinen Luft von Dartmoor Genesung und Erholung suchen. Der Ort Tavistock selbst liegt zwei Meilen westlich; jenseits des Moors befindet sich in gleicher Entfernung das große Gestüt von Mapleton, welches Lord Backwater gehört. Dieses wird von einem Silas Brown verwaltet. Nach jeder anderen Richtung hin ist das Moor völlig sich selbst überlassen und unbewohnt, nur gelegentlich halten sich herumziehende Zigeuner dort auf.

So viel zur allgemeinen Situation, ehe sich letzten Montag die Katastrophe ereignete. Nachdem die Pferde am Abend wie üblich noch einen Trainingsritt absolviert hatten und getränkt worden waren, verschloss man um neun Uhr den Stall. Zwei von den Knechten begaben sich zum Haus des Trainers, wo sie in der Küche zu Abend aßen, während Ned Hunter, der dritte, als Wache zurückblieb. Einige Minuten nach neun brachte ihm das Hausmädchen, Edith Baxter, sein Abendessen – Hammelragout mit Curry – zum Stall. Zu trinken nahm sie nichts mit, da der Stall eine Wasserleitung hatte und die strenge Regel bestand, dass der wachhabende Knecht nichts anderes trinken durfte als Wasser. Das Mädchen trug eine Laterne bei sich, da es sehr dunkel war und der Pfad über das offene Moorgelände führte.

Als sie sich dem Stall bis auf etwa dreißig Yards genähert

hatte, tauchte plötzlich aus der Finsternis ein Mann auf und forderte sie auf, stehen zu bleiben. Im Licht der Laterne sah sie, dass er aus besseren Kreisen kam. Er trug einen grauen Anzug aus leichtem Wollstoff, Gamaschen und eine Tuchmütze, in der Hand hielt er einen schweren Stock mit dickem Knauf. Was ihr am meisten auffiel, war jedoch die entsetzliche Blässe seines Gesichts und sein ängstliches Benehmen; nach ihrer Ansicht mochte er eher über als unter dreißig Jahre alt sein.

›Können Sie mir vielleicht sagen, wo ich bin?‹, fragte er. ›Ich hatte mich schon damit abgefunden, die Nacht auf dem Moor zuzubringen, als ich das Licht Ihrer Laterne sah.‹

›Sie sind dicht bei den Trainingsställen von King's Pyland‹, sagte sie.

›Wirklich! Nun, das nenne ich Glück haben!‹, rief er. ›Man hat mir gesagt, dass sich heute Nacht dort nur ein einziger Stallknecht aufhält. Das ist doch nicht vielleicht sogar sein Abendessen, das Sie ihm gerade bringen wollten? Sie sind doch sicher nicht zu stolz, um sich das Geld für ein neues Kleid zu verdienen, oder?‹ Bei diesen Worten nahm er ein zusammengefaltetes kleines weißes Stück Papier aus der Westentasche und sagte: ›Sehen Sie zu, dass der Junge das heute Abend noch bekommt, dann sollen Sie den hübschesten Rock haben, den man für Geld kaufen kann.‹

Die Magd erschrak, als er sie mit einem so seltsamen Anliegen bedrängte, und lief schnell an ihm vorbei zu dem Fenster, durch welches sie das Essen hineinzureichen pflegte. Es war schon geöffnet. Hunter saß drinnen an einem kleinen Tisch. Eben hatte sie begonnen, ihm zu erzählen, was ihr gerade passiert war, als der Fremde selbst herzutrat.

›Guten Abend‹, sagte er, durch das Fenster blickend, ›Ich möchte gern ein paar Worte mit Ihnen reden.‹ – Das Mädchen hat unter Eid versichert, dass sie, während er sprach, einen Zipfel des weißen Papierpäckchens in seiner geschlossenen Hand bemerkte.

›Was haben Sie hier zu suchen?‹, fragte der Knecht.

›Etwas, wobei Sie ein gutes Stück Geld verdienen können‹, lautete die Antwort. ›Sie haben zwei Pferde hier, die für den Wessex Cup gemeldet sind – Silberstrahl und Bayard. Geben Sie mir einen bombensicheren Tipp und es soll nicht Ihr Schaden sein. Ist es wahr, dass Bayard dem andern beim Proberennen auf fünf Achtelmeilen hundert Meter Vorsprung abgewonnen hat und dass das Stallpersonal auf ihn wetten will?‹

›Sie sind also einer von diesen verdammten Wettbetrügern!‹, rief Hunter. ›Warten Sie nur, ich zeige Ihnen gleich, wie wir solchem Pack in King's Pyland mitspielen.‹ Er sprang auf und lief zur anderen Seite des Stalls, um den Hund loszuketten. Das Mädchen ergriff eilends die Flucht, blickte jedoch noch einmal zurück und sah, wie der Fremde sich zum Fenster hineinlehnte. Als Hunter gleich darauf mit dem Hund herausgestürzt kam, war jener verschwunden und keine Spur von ihm zu entdecken, obwohl der Stallknecht rings um das Haus herum nach ihm suchte.«

»Warte einen Augenblick«, unterbrach ich den Bericht meines Freundes. »Hat der Stallknecht, als er mit dem Hund herauskam, die Tür hinter sich offen gelassen?«

»Vortrefflich, Watson, vortrefflich«, murmelte Holmes. »Der Umstand schien auch mir von solcher Wichtigkeit, dass ich gestern eigens ein Telegramm nach Dartmoor sandte, um mir Gewissheit darüber zu verschaffen. Der Stallknecht *hat* die Tür zugeschlossen, als er hinausging, und das Fenster ist nicht so groß, als dass ein Mann dadurch hätte eindringen können.

Hunter wartete bis zur Rückkehr seiner beiden Kameraden und schickte dann dem Trainer einen Bericht über den Vorfall. Straker war zwar sehr ärgerlich, doch scheint er sich nicht klargemacht zu haben, was die Sache eigentlich zu bedeuten hatte. Sie beunruhigte ihn aber doch ein wenig, jedenfalls sah seine Frau, als sie um ein Uhr nachts aufwachte, dass er dabei war, sich anzukleiden. Auf ihre Fragen erwiderte er, seine Sorge um die Pferde lasse ihn nicht schlafen, er wolle im Stall nachsehen, ob alles in Ordnung sei. Sie hörte den Regen an die Scheiben klatschen und bat ihren Mann daheimzubleiben, aber es war vergebens; er zog seinen großen Regenmantel an und verließ das Haus.

Als Frau Straker um sieben Uhr erwachte, war ihr Mann noch nicht zurückgekehrt. Rasch kleidete sie sich an, rief das Mädchen und eilte hinüber zu den Ställen. Die Tür stand offen; drinnen saß Hunter auf einem Stuhl zusammengesunken und völlig betäubt; Silberstrahls Box war leer, von seinem Trainer war keine Spur zu sehen.

Man weckte die beiden Stallknechte, die auf dem Heuboden über der Geschirrkammer schliefen. Sie hatten während der Nacht kein Geräusch gehört. Hunter musste wohl ein starkes Schlafmittel erhalten haben und litt noch an den Folgen. Da nichts Vernünftiges aus ihm herauszubringen war, ließ man ihn weiterschlafen. Die beiden Frauen und die beiden anderen Stallknechte machten sich inzwischen auf, um nach den Abwesenden zu suchen. Sie hegten immer noch die leise Hoffnung, der Trainer könnte aus irgendeinem Grund das Pferd aus der Box geholt haben, um mit ihm einen Trainingsritt am frühen Morgen zu unternehmen. Als sie aber die kleine Anhöhe in der Nähe des Hauses erklommen hatten, von der aus man das Moor ringsum überblicken kann, sahen sie keine Spur des edlen Rennpferdes, sondern stattdessen etwas, das ihnen die Ahnung von einer schrecklichen Tragödie vermittelte. Etwa eine Viertelmeile von dem Stallgebäude entfernt flatterte John Strakers Regenmantel an einem Ginsterbusch und direkt dahinter, in einer muldenförmigen Vertiefung des Bodens, fand man die Leiche des bedauernswerten Trainers. Sein Schädel war durch einen wuchtigen Schlag mit einem schweren Gegenstand zerschmettert worden und am Schenkel hatte er eine lange Schnittwunde, die von einer scharfen Waffe herrühren musste. Offenbar hatte sich Straker, so gut er konnte, gegen seine Angreifer verteidigt, denn in der rechten Hand hielt er ein kleines Messer, das über und über mit geronnenem Blut bedeckt war. Seine Linke aber umklammerte eine rot und schwarz gestreifte seidene Krawatte; eine solche hatte, nach Aussage des Hausmädchens jener Fremde getragen, den sie am Abend zuvor beim Stall getroffen hatte.

Als Hunter aus seiner Betäubung erwachte, bezeugte auch er, dass der Fremde eine solche Krawatte getragen habe. Nach seiner Ansicht hatte ihm der Fremde das Schlafpulver vom Fenster aus in das Hammelragout geschüttet, sodass der Stall ohne wirksame Bewachung war.

Was nun das fehlende Rennpferd betrifft, so fanden sich am Boden der verhängnisvollen Mulde zahlreiche Beweise, dass auch dieses zur Zeit des Kampfes am Tatort gewesen sein musste. Aber seit jenem Morgen blieb es verschwunden, und obwohl eine hohe Belohnung ausgesetzt ist und alle Zigeuner von Dartmoor sich an der Suche beteiligen, weiß niemand, wo es geblieben sein kann. Schließlich ist noch zu bemerken, dass die Analyse eine Menge Opiumpulver in den Resten des Abendessens nachgewiesen hat, das der Stallknecht zu sich genommen hat, während das gleiche Gericht für diejenigen, die im Haus gegessen haben, ohne nachteilige Folgen blieb.

Das ist der Sachverhalt, kurz und knapp mit seinen wesentlichen Fakten wiedergegeben. Nun will ich noch rekapitulieren, was die Polizei bisher unternommen hat.

Inspektor Gregory, dem man den Fall anvertraut hat, ist ein außerordentlich fähiger Beamter. Er würde große Dinge in seinem Beruf leisten, wenn er mit ein wenig Intuition und Vorstellungsvermögen begabt wäre. Das Erste, was er tat, war, den Mann ausfindig zu machen und festzunehmen, auf dem natürlich der größte Verdacht ruhte. Ihn zu finden, war nicht schwer, denn er wohnte in einem der Häuser in der Nachbarschaft, das ich erwähnt habe. Sein Name ist anscheinend Fitzroy Simpson, er stammt aus einer angesehenen, gebildeten Familie, hat ein Vermögen mit Pferdewetten auf der Rennbahn durchgebracht und verdient seinen Lebensunterhalt jetzt als kleiner Buchmacher bei den Londoner Rennclubs. Eine Durchsicht seines Wettbuchs ergab, dass er Wetten bis zum Betrag von 5.000 Pfund gegen den Favoriten Silberstrahl angenommen hat.

Bei seiner Verhaftung bekannte er freiwillig, er sei nach Dartmoor gekommen, um Erkundigungen über die Pferde in King's Pyland einzuziehen und zugleich etwas Näheres über den zweiten Favoriten, Desborough, zu erfahren, der unter der Obhut von Silas Brown im Gestüt Mapleton trainiert wird. Simpson versuchte gar nicht erst abzustreiten, dass er sich am Abend vorher wie beschrieben verhalten hatte, erklärte jedoch, er hätte keinerlei böse Absicht gehabt, sondern nur den Wunsch, sich Nachricht aus erster Hand zu verschaffen. Als man ihn mit der Krawatte konfrontierte, erblasste er sichtlich und war außerstande, anzugeben, auf welche Weise sie in die Hand des Ermordeten gelangt sein könne. Sein nasser Anzug trug deutliche Spuren, dass er in der Regennacht draußen gewesen war, und sein Stock, ein mit Blei beschwerter sogenannter Totschläger, war genau die Waffe, mit der die Verletzung hervorgebracht worden sein konnte, welcher der unglückliche Trainer erlegen war.

Andererseits hatte Simpson selbst keine Wunde am Körper, während der Zustand von Strakers Messer nahelegte, dass zumindest einer seiner Angreifer Spuren einer Verletzung an sich haben müsste. – So, Watson, das ist, kurz zusammengefasst, der ganze Sachverhalt und ich wäre dir zu großem Dank verpflichtet, wenn du jetzt etwas Erhellendes beitragen könntest.«

Ich hatte der Darstellung des Sachverhalts, den Holmes in gewohnter Klarheit vor mir entfaltet hatte, mit großer Spannung zugehört. Zwar waren mir die Tatsachen schon vorher größtenteils bekannt gewesen. Welche Bedeutung sie aber hatten und wie die zusammenhingen, das wusste ich erst jetzt annähernd einzuschätzen.

»Wäre es nicht möglich«, warf ich ein, »dass sich Straker bei den krampfhaften Zuckungen, welche mit jeder Verletzung des Gehirns verbunden zu sein pflegen, die Schnittwunde mit seinem eigenen Messer beigebracht hat und das Blut darauf sein eigenes ist?«

»Nicht nur möglich, sondern höchstwahrscheinlich«, versetzte Holmes. »In diesem Fall wird die fehlende Verletzung als Hauptargument für eine mögliche Unschuld des Angeklagten hinfällig.«

»Und doch«, erwiderte ich, »verstehe ich noch nicht, welche Theorie über den Ablauf der Ereignisse die Polizei verfolgt.«

»Ich fürchte, gegen jede Theorie, die man vorbringen könnte, kann man gewichtige Einwendungen erheben«, sagte mein Gefährte. »Die Polizei ist, glaube ich, der Ansicht, dass Simpson zuerst dem Stallknecht das Schlafmittel verabreicht hat. Irgendwie hatte er sich schon vorher einen Nachschlüssel zu verschaffen gewusst. Mit dessen Hilfe hat er sich dann in den Stall geschlichen, um das Pferd zu entführen. Er muss ihm auch Zaumzeug angelegt haben, da auch dieses verschwunden ist. Während er nun, ohne die Stalltür hinter sich zu schließen, das Tier über das Moor davonführte, kam ihm Straker entgegen oder holte ihn ein.

Natürlich entspann sich ein Kampf, bei dem Simpson seinen Gegner mit dem schweren Stock erschlug. Straker versuchte zwar, sich mit dem kleinen Messer zu verteidigen, starb aber, ohne Simpson zu verwunden. Hierauf gelang es dem Dieb, entweder das Pferd in ein geheimes Versteck zu bringen, oder es hat sich losgerissen und irrt nun im Moor umher. – So denkt sich die Polizei den Fall und trotz vieler Unwahrscheinlichkeiten, auf die wir bei dieser Erklärung stoßen, ist zuzugeben, dass jede andere Erklärung noch weniger plausibel ist. Sobald ich an Ort und Stelle bin, werde ich der Sache übrigens besser auf den Grund gehen können, einstweilen müssen wir uns wohl oder übel mit dem Stand der Dinge abfinden, den wir gegenwärtig erreicht haben.«

Erst gegen Abend kamen wir in der kleinen Stadt Tavistock an. Zwei Herren erwarteten uns am Bahnhof, der eine groß und blond, mit Haar und Bart, die einer Löwenmähne glichen, und scharfen hellblauen Augen, der andere, ein kleiner, beweglicher Mann in Gehrock und Gamaschen, sehr geschniegelt und elegant, mit akkurat geschnittenem Backenbart und Kneifer. Das war Oberst Ross, der in der Welt des Sports in hohem Ansehen stand, Ersterer aber war Polizeiinspektor Gregory, der sich im Dienste der englischen Kriminalpolizei rasch einen Namen gemacht hatte.

»Ich bin sehr froh, dass Sie gekommen sind, Mr Holmes«, sagte der Oberst. »Zwar hat der Inspektor alles nur Erdenkliche getan, aber ich möchte nichts unversucht lassen, um den Tod des armen Straker zu sühnen und wieder in den Besitz meines Pferdes zu gelangen.«

»Haben Sie irgendeine neue Spur entdeckt?«, fragte Holmes.

»Leider sind wir nur wenig weitergekommen«, entgegnete der Inspektor. »Draußen wartet ein offener Wagen auf uns«, fuhr er fort, »Sie werden gewiss den Schauplatz sehen wollen, ehe es dunkel wird, und wir können das Nähere während der Fahrt besprechen.«

Gleich darauf fuhren wir durch die Straßen des altertümlichen Städtchens. Inspektor Gregory hatte nichts als den Fall im Kopf und überschüttete uns mit der Flut seiner Betrachtungen, während von Holmes nur dann und wann eine Frage oder eine Zwischenbemerkung kam. Oberst Ross lehnte sich, die Arme verschränkt und den Hut tief ins Gesicht gezogen, in den Sitz zurück, während ich aufmerksam dem Gespräch der beiden Männer zuhörte. Gregorys Theorie über den Hergang der Sache entsprach fast genau dem, was Holmes mir im Zug vorhergesagt hatte.

»Das Netz hat sich schon ziemlich dicht um Fitzroy Simpson zugezogen«, fasste der Inspektor seine Darstellung des Falles zusammen, »und ich für meine Person zweifle nicht, dass er der Täter ist. Bei alledem muss ich jedoch zugeben, dass diese Annahme nur auf Indizienbeweisen beruht, die durch neue Erkenntnisse hinfällig werden könnten.«

»Und wie steht's mit Strakers Messer?«

»Wir sind ziemlich sicher, dass Straker sich selbst verwundet hat, als er zu Boden fiel.«

»Mein Freund Dr. Watson hat sich bei unserer Herfahrt auch in diesem Sinne geäußert. Wenn es so ist, könnte Simpson auch nicht zu seiner Entlastung anführen, dass man bei ihm weder ein Messer noch Spuren einer Verletzung gefunden hat.«

»So ist es. Dafür gibt es eine ganze Menge, das ihn belastet und für ihn als Täter spricht. Sein großes Interesse am Verschwinden des Rennpferds, sein Versuch, den Stallknecht zu vergiften, der Umstand, dass er in der Regennacht draußen war, der schwere Stock, der ihm als Waffe diente, und die Krawatte in der Hand des Toten liefern hinreichend Verdachtsgründe, um ihn vor die Geschworenen zu bringen.«

Holmes schüttelte den Kopf. »Ein geschickter Anwalt würde dies ganze Gewebe in Fetzen reißen«, sagte er. »Warum sollte er das Pferd aus dem Stall führen? Wenn er ihm etwas antun wollte, warum nicht gleich an Ort und Stelle? Hat man einen Nachschlüssel bei ihm gefunden? Welcher Apotheker hat ihm das Opiumpulver verkauft? Und vor allem – wo hätte ein Mensch, der in der Gegend fremd ist, ein solches Pferd verbergen können? – Was hat er denn als Erklärung für das Papier gegeben, welches das Mädchen dem Stallknecht geben sollte?«

»Er sagt, es sei eine Zehnpfundnote gewesen. Eine solche fand sich auch in seiner Geldbörse. Im Übrigen sind Ihre Einwände nicht so stichhaltig, wie sie scheinen. Die Umgegend ist ihm bekannt, da er schon zweimal den Sommer in Tavistock verbracht hat. Das Opium hat er wahrscheinlich aus London mitgebracht. Den Nachschlüssel hat er natürlich weggeworfen, sobald er ihn nicht mehr brauchte, und das Pferd liegt vielleicht irgendwo im Moor auf dem Grunde eines alten Bergwerkschachts.«

»Was sagt er über die Krawatte?«

»Er gibt zu, dass sie ihm gehört, und behauptet, er habe sie verloren. Inzwischen ist ein neuer Verdacht aufgetaucht, der uns vielleicht Aufklärung bringt, weshalb Simpson das Pferd aus dem Stall geführt hat.«

Holmes horchte hoch auf.

»Wir haben Spuren gefunden, welche beweisen, dass ein Trupp Zigeuner am Montagabend eine Meile vom Schauplatz des Mordes entfernt sein Lager aufgeschlagen hatte. Am Dienstag früh waren sie verschwunden. Kann nicht Simpson im Einvernehmen mit diesen Leuten gestanden haben und im Begriff gewesen sein, das Pferd zu ihnen zu führen, als er sich verfolgt fühlte? Und könnte es nicht jetzt bei diesen sein?«

»Unmöglich wäre das nicht.«

»Ich lasse momentan im gesamten Moor nach den Zigeunern fahnden. Außerdem habe ich jeden Stall und jeden Schuppen in Tavistock und zehn Meilen ringsum untersuchen lassen.«

»Ich hörte, dass es hier ganz in der Nähe noch ein Gestüt Mapleton mit Trainingsstallungen gebe.«

»Das stimmt und diesen Umstand dürfen wir gewiss nicht aus den Augen lassen. Auch auf Desborough, das Spitzenpferd von Mapleton, sind große Wetten platziert worden. Man kann also durchaus annehmen, dass die Leute dort ein großes Interesse daran hätten, den Favoriten Silberstrahl aus dem Verkehr zu ziehen. Silas Brown, der Trainer von Desborough, soll viel Geld auf seinen Schützling gesetzt haben und er war überdies nicht gerade ein

Freund des Mordopfers. Natürlich haben wir die Mapleton-Ställe durchsucht. Es fand sich aber nichts, das Brown mit der Sache in Verbindung bringen könnte.«

»Auch kein Anzeichen, dass Simpson mit ihm in irgendwelcher Verbindung steht?«

»Nicht das geringste.«

Holmes lehnte sich in den Wagen zurück und die Unterhaltung stockte. Wenige Minuten später hielten sie vor einem hübschen kleinen Landhaus aus roten Ziegelsteinen mit vorspringendem Giebel, das dicht am Wege stand. In einiger Entfernung davon, jenseits einer Umfriedung, lag ein langes, mit grauem Schiefer gedecktes Gebäude. Nach allen anderen Richtungen dehnte sich, soweit das Auge reichte, der wellenförmige Boden des Moors aus, dem das welke Farnkraut eine Bronzefärbung verlieh. Nur die Kirchtürme von Tavistock und nach Westen zu die von ein paar Häusern umgebenen Stallungen von Mapleton unterbrachen die sonst eintönige Linie des Horizonts. Wir sprangen alle aus dem Wagen, einzig Holmes lehnte noch in seiner Ecke; er starrte unverwandt ins Weite und schien ganz in Gedanken versunken. Als ich seinen Arm berührte, fuhr er heftig zusammen, raffte sich empor und stieg gleichfalls aus.

»Entschuldigen Sie«, sagte er zu Oberst Ross, der ihn verwundert ansah, »ich habe bei helllichtem Tage geträumt.« Aber ein gewisses Leuchten seiner Augen und die geheime Erregung in seinem ganzen Wesen überzeugten mich, der ich seine Art kannte, dass er dem Geheimnis auf der Spur sei, wiewohl ich keine Ahnung hatte, wo er den Schlüssel gefunden haben könnte.

»Vielleicht möchten Sie gleich weiterfahren, Mr Holmes, um den Schauplatz des Verbrechens zu besichtigen?«, meinte Gregory.

»Nein, ich möchte lieber noch eine Weile hierbleiben, um ein paar Details genauer zu untersuchen. Vermutlich hat man Straker hierher geschafft?«

»Ja, er liegt im oberen Stock. Morgen soll die gerichtliche Untersuchung der Todesursache stattfinden.«

»Er stand doch schon seit mehreren Jahren in Ihrem Dienst, Herr Oberst, nicht wahr?«

»Ja, und ich war stets außerordentlich zufrieden mit ihm.«

»Sie haben gewiss ein Verzeichnis von den Gegenständen gemacht, die er zur Zeit seines Todes bei sich trug, Herr Inspektor?«

»Die Sachen sind alle im Wohnzimmer verwahrt, Sie können sie dort in Augenschein nehmen.«

»Das wäre mir lieb.«

Wir traten nun in das vordere Zimmer und nahmen rund um den Tisch in der Mitte Platz, während der Inspektor einen viereckigen Blechkasten aufschloss und eine Anzahl Gegenstände herausnahm. Das waren eine Schachtel Streichhölzer, ein kurzes Stückchen Talgkerze, eine Meerschaumpfeife, ein wenig aromatisierter Tabak in einem Beutel aus Seehundleder, eine silberne Taschenuhr mit goldener Kette, fünf goldene Pfundmünzen, eine Bleistiftdose aus Aluminium, verschiedene Papiere sowie ein Messer mit Elfenbeingriff und einer sehr feinen feststehenden Klinge mit der Herstellergravur *Weiß & Co. London.* Holmes nahm es in die Hand und untersuchte es gründlich.

»Ein sonderbares Messer«, sagte er. »Nach den Blutflecken zu urteilen, ist es wohl dasjenige, welches man in der Hand des Toten gefunden hat. Ich denke, auf diese Art Messer müsstest du dich eigentlich am besten von uns verstehen, Watson.«

»Es ist ein Messer, wie man es zu Staroperationen am Auge braucht«, antwortete ich.

»Ich dachte mir schon, dass man eine so feine Klinge nur zu einer Arbeit nutzt, die viel Feingefühl erfordert. Wie sonderbar, dass er ein solches Messer zu einer eher groberen Tätigkeit mitgenommen hat, besonders da er es nicht einmal in die Tasche stecken konnte, weil es sich nicht einklappen lässt.«

»Die Spitze war durch eine Korkscheibe geschützt, die wir neben der Leiche fanden«, berichtete der Inspektor. »Frau Straker sagt, das Messer hätte schon seit ein paar Tagen auf dem Tisch im Schlafzimmer gelegen und beim Hinausgehen habe ihr Mann es mitgenommen. Es war keine besonders geeignete Waffe, aber vielleicht die einzige, die er im Augenblick zur Hand hatte.«

»Wohl möglich. Und was für Papiere sind das?«

»Drei von Händlern quittierte Rechnungen für Heulieferungen; ein Schreiben von Oberst Ross mit Verhaltensmaßregeln, ferner die Rechnung einer Schneiderin über siebenunddreißig Pfund fünfzehn Schilling, ausgestellt von Madame Lesurier in der Bond Street gerichtet an William Derbyshire. Frau Straker teilte mir mit, dieser Derbyshire sei ein Freund ihres Mannes gewesen, und zuweilen seien Briefe an ihn hierher adressiert worden.«

»Frau Derbyshire hatte, wie es scheint, einen ziemlich teuren Geschmack«, bemerkte Holmes, die einzelnen Posten der Rechnung überfliegend. »Über dreiundzwanzig Pfund ist ein stolzer Betrag für ein einziges Kostüm. – Nun habe ich hier wohl alles gesehen und wir können uns an den Tatort selbst begeben.«

Als wir das Wohnzimmer verließen, trat eine Frau, die im Hausflur gewartet hatte, auf uns zu. Man sah es ihrem hagern, eingefallenen Gesicht und ihrer aufgeregten Miene an, dass sie erst kürzlich Entsetzliches erlebt hatte.

»Hat man die Kerle gefunden und festgenommen?«, stieß sie hastig hervor und legte ihre Hand auf den Arm des Inspektors.

»Nein, Frau Straker, aber Mr Holmes hier ist aus London gekommen, um uns zu helfen. Wir werden alles Menschenmögliche tun.«

»Habe ich Sie nicht kürzlich bei einem Gartenfest in Plymouth gesehen, Frau Straker?«, fragte Holmes.

»Nein, das muss ein Irrtum sein.«

»Wirklich? Ich hätte darauf schwören mögen; Sie trugen ein taubengraues Seidenkleid, besetzt mit Straußenfedern.«

»Ein solches Kleid habe ich noch nie besessen«, erwiderte die Dame.

»So? – Dann nichts für ungut, da muss ich mich getäuscht haben. Entschuldigen Sie bitte«, sagte Holmes und folgte dem Inspektor ins Freie.

Ein kurzer Weg über das Moor brachte uns zu der Mulde, in welcher man die Leiche gefunden hatte. Am Rande der

Bodensenke stand der Ginsterbusch, auf dem der Mantel gehangen hatte.

»Es ging in jener Nacht kein Wind, soviel ich weiß«, sagte Holmes.

»Nein, es regnete nur sehr stark.«

»Also ist der Mantel nicht in das Gebüsch geweht worden, sondern man hat ihn dort aufgehängt.«

»Ja, er war quer über den Busch gelegt.«

»Das finde ich höchst interessant. Der Boden ringsum ist ganz zertreten. Wahrscheinlich sind seit Montagnacht schon viele Leute hier gewesen.«

»Wir haben auf dieser Seite eine Matte ausgelegt und standen darauf.«

»Ausgezeichnet!«

»In dem Sack hier habe ich einen von den Stiefeln, welche Straker anhatte, einen Schuh von Fitzroy Simpson und ein Hufeisen von Silberstrahl.«

»Mein lieber Inspektor, Sie übertreffen sich selbst.«

Holmes nahm den Sack, stieg in die Mulde hinab und schob die Matte mehr der Mitte zu. Dann streckte er sich der Länge nach auf den Boden, stützte sein Kinn auf die Hände und begann, den zertretenen Boden sorgfältig zu betrachten.

»Halt, was ist das?«, rief er plötzlich.

Es war ein halb abgebranntes Streichhölzchen, aber so mit Schmutz überzogen, dass es auf den ersten Blick aussah wie ein Holzspan.

»Ich begreife nicht, wie ich das habe übersehen können«, sagte der Inspektor ärgerlich.

»Es war auch unsichtbar, ganz im Schlamm vergraben. Ich entdeckte es nur, weil ich danach suchte.«

»Was – Sie erwarteten, es zu finden?«

»Ich hielt es nicht für unwahrscheinlich.«

Holmes nahm jetzt den Schuh und den Stiefel aus dem Sack und verglich die Abdrücke, welche sie hinterließen, mit den Fußspuren auf dem Boden. Dann kletterte er an der Böschung hinauf und kroch unter den Farnkräutern und dem Gebüsch umher.

»Da werden kaum noch andere Spuren zu finden sein«, sagte der Inspektor. »Ich habe den Boden auf hundert Yard nach allen Richtungen hin sorgfältig untersucht.«

Holmes stand auf. »Wenn das der Fall ist«, meinte er, »so wäre es unverschämt von mir, wollte ich es noch einmal tun. Aber einen kleinen Gang über das Moor möchte ich doch machen, ehe es dunkel wird, damit ich morgen schon etwas Bescheid weiß. Auch möchte ich gern das Hufeisen in die Tasche stecken, das bringt Glück.«

Oberst Ross, der angesichts der ruhigen und systematischen Arbeit meines Freundes eine gewisse Ungeduld erkennen ließ, zog jetzt seine Uhr aus der Tasche.

»Es wäre mir lieb, wenn Sie mit mir zurückkämen, Herr Inspektor«, sagte er. »Ich möchte zu verschiedenen Punkte Ihren Rat hören; besonders frage ich mich, ob wir nicht dem Publikum gegenüber verpflichtet sind, den Namen des Pferdes aus der Startliste für den Cup zu streichen.«

»Auf gar keinen Fall!«, rief Holmes mit Entschiedenheit. »Lassen Sie den Namen nur stehen!«

Der Oberst verbeugte sich. »Es freut mich sehr, Ihre Meinung hierzu gehört zu haben«, sagte er. »Sie werden uns im Haus des armen Straker finden, wenn Sie von Ihrem Gang zurückkommen, und wir fahren dann wieder gemeinsam nach Tavistock.«

Er kehrte in Begleitung des Inspektors um, während wir, Holmes und ich, langsam über das Moor schritten. Die Sonne begann eben hinter den Stallgebäuden von Mapleton zu sinken; über der weiten, abschüssigen Ebene vor uns breitete sich ein goldener Schimmer aus, der sich in ein sattes, prächtiges Rotbraun verwandelte, wo der Abendschein auf das dürre Farnkraut und das Dorngesträuch fiel. Aber all die landschaftliche Schönheit ging spurlos an meinem Gefährten vorüber, der tief in Gedanken versunken war.

»Es wird am besten sein, Watson«, sagte er endlich, »wir lassen die Frage, wer John Straker umgebracht hat, fürs Erste ganz aus dem Spiel und beschränken uns darauf zu ergründen, was aus dem Pferd geworden ist. Nehmen wir an, es hätte sich vor oder nach dem tragischen Ereignis losgerissen, wohin könnte es gelaufen sein? – Das Pferd ist von Natur aus ein Herdentier. Seinen Instinkten folgend hätte es also seinesgleichen gesucht und wäre entweder nach King's Pyland zurückgekehrt oder hinübergelaufen nach Mapleton. Warum hätte Silberstrahl ziellos auf dem Moor umherirren sollen? Jedenfalls hätte man ihn dann schon gefunden. Auch dass die Zigeuner ihn gestohlen haben, ist unwahrscheinlich. Diese Leute machen sich immer aus dem Staube, wenn sie von etwas hören, das ihnen Ärger mit der Polizei einbringen könnte. Sie könnten auch ein solches Pferd nicht verkaufen, und wenn sie es mitnähmen, würden sie sich der Gefahr der Entdeckung aussetzen, ohne den geringsten Gewinn davon zu haben. Das liegt doch auf der Hand.«

»Wo soll es denn aber sein?«

»Wie ich dir schon gesagt habe – Silberstrahl muss nach King's Pyland oder nach Mapleton gelaufen sein. In King's Pyland ist er nicht, also ist er in Mapleton. Lass uns fürs Erste von dieser Annahme ausgehen und sehen, wohin sie uns führt. Dieser Teil des Moors ist, wie der Inspektor richtig bemerkt hat, sehr hart und trocken. Aber nach Mapleton zu fällt das Gelände leicht ab und der lange Hohlweg, den wir dort drüben sehen, muss Montagnacht ziemlich nass gewesen sein. Wenn ich recht habe mit meiner Vermutung, müsste das Pferd diesen gekreuzt haben, sodass wir ebenda nach seiner Spur suchen müssen.«

Wir waren während dieses Gesprächs rasch weitergegangen und hatten in wenigen Minuten den Hohlweg erreicht. Holmes bat mich, diesem nach rechts zu folgen, während er sich nach links wandte. Ich war aber noch keine fünfzig Schritte weit, als er mir etwas zurief und mich mit der Hand zu sich winkte. Und wirklich, die Spur des Pferdes war in dem weichen Boden deutlich erkennbar und das Hufeisen, das Holmes aus der Tasche zog, passte genau in den Abdruck.

»Nun siehst du, was ich mit Vorstellungsvermögen meinte«, sagte Holmes. »Das ist das Einzige, woran es Gregory fehlt. Wir haben uns vorgestellt, was geschehen sein könnte; wir handelten danach und fanden, dass wir uns nicht geirrt hatten. Komm, lass uns weitergehen!«

Nachdem wir die sumpfige Sohle des Hohlwegs überquert hatten, stiegen wir an dessen anderer Wand wieder hinauf. Es folgte eine kleine Strecke trockenen Grasbodens, wo keine Hufspuren zu entdecken waren, wohl aber dann, als das Gelände wieder ein wenig abfiel. Zwar verloren wir die Fährte abermals für etwa eine halbe Meile, stießen aber ganz dicht bei Mapleton von Neuem darauf. Holmes entdeckte sie zuerst und wies mit triumphierendem Blick darauf hin. Und jetzt sah man nicht nur die Hufspuren des Pferdes, sondern daneben auch menschliche Fußabdrücke.
»Bisher war das Pferd allein!«, rief ich.

»Jawohl, bisher! Aber halt, was ist das?«

Die Doppelspur brach abrupt ab, um sich dann Richtung King's Pyland fortzusetzen. Holmes stieß einen Pfiff aus und wendete sich in die neue Richtung, wobei er die Spuren keine Sekunde lang aus den Augen ließ. Ich folgte ihm, aber als ich ein wenig zur Seite blickte, entdeckte ich zu meiner Überraschung, dass die gleichen Spuren in entgegengesetzter Richtung zurückkamen.

»Ein Punkt für dich, bravo, Watson!«, sagte Holmes, als ich ihn darauf aufmerksam machte. »Du hast uns einen weiten Weg erspart, der uns doch nur wieder auf den alten Fleck zurückgebracht hätte. Also folgen wir jetzt der Spur nach rückwärts.«

Wir brauchten nicht weit zu gehen. Sie endete bei dem Asphaltpflaster, das bis ans Tor der Stallungen von Mapleton führte. Als wir uns näherten, kam ein Stallknecht eilig heraus.

»Wir mögen hier keine Herumtreiber«, rief er uns zu.

»Ich wollte nur etwas fragen«, sagte Holmes, Daumen und Zeigefinger in seine Westentasche steckend. »Wäre es wohl zu früh, wenn ich Ihrem Boss, Mr Silas Brown schon morgen früh um fünf Uhr meine Aufwartung machte?«

»Du meine Güte, Sir! Wenn dann überhaupt schon jemand wach ist, dann er. Er ist immer der Erste aus den Federn, aber fragen Sie ihn doch selbst, da kommt er eben, Sir. – Nein, nein, jetzt kann ich nichts nehmen; sobald er sieht, dass Sie mir Geld geben wollen, verliere ich meine Stelle. – Hinterher vielleicht, wenn's Ihnen dann noch beliebt.« –

Gerade als Sherlock Holmes die halbe Krone, die er aus der Tasche geholt hatte, wieder einsteckte, kam ein grimmig dreinschauender älterer Mann, die Reitpeitsche schwingend, aus dem Tor.

»Was soll das heißen, Dawson?«, schrie er. »Ich dulde kein Geschwätz! Geh an deine Arbeit! Und Sie – was zum Henker wollen Sie hier?«

»Zehn Minuten Unterhaltung mit Ihnen, werter Herr«, sagte Holmes in verbindlichstem Ton.

»Ich habe keine Zeit, mich mit jedem Herumtreiber einzulassen. Fremde haben hier nichts zu suchen. Machen Sie, dass Sie fortkommen, sonst sollen die Hunde Ihnen Beine machen.«

Holmes beugte sich nieder und flüsterte dem Stallmeister etwas ins Ohr. Dieser schrak heftig zusammen und wurde rot bis an die Schläfen.

»Das ist nicht wahr«, schrie er. »Das ist eine verdammte Lüge.«

»Sehr wohl. Sollen wir hier draußen öffentlich darüber verhandeln oder doch lieber drinnen in Ihrem privaten Wohnzimmer?«

»Kommen Sie meinetwegen herein, wenn Sie wollen.«

Holmes lächelte. »Ich bin gleich wieder hier, du brauchst nur ein paar Minuten auf mich zu warten, Watson«, sagte er. »Nun stehe ich ganz zu Ihrer Verfügung, Mr Brown.«

Es vergingen wohl zwanzig Minuten; das Abendrot hatte bereits einer grauen Dämmerung Platz gemacht, als Holmes und der Stallmeister wieder erschienen. Niemals zuvor habe ich eine so radikale Veränderung bei einem Menschen gesehen als die, welche in dieser kurzen Zeit in Silas Brown vor sich gegangen war. Sein Gesicht war aschfahl, Schweißtropfen standen ihm auf der Stirn und er zitterte so heftig, dass die Reitpeitsche in seiner Hand hin und her schwankte, wie ein Zweig, den der Wind bewegt. Das herrische, unverschämte Wesen, das er zur Schau getragen hatte, war völlig verschwunden und er zeigte sich neben meinem Freund so unterwürfig wie ein Hund, der neben seinem Herrn herläuft.

»Ich werde Ihre Anweisungen befolgen, werde sie haargenau befolgen«, sagte er.

»Sie dürfen sich nicht den geringsten Fehler erlauben«, warnte ihn Holmes mit einem drohenden Blick in den Augen, der sein Gegenüber zusammenzucken ließ.

»Nein, keinen Fehler, Sie können sich darauf verlassen. Ich werde zur Stelle sein. Soll ich jetzt die Veränderung vornehmen oder nicht?«

Holmes überlegte ein wenig, brach dann aber in lautes

Lachen aus. »Nein, tun Sie's nicht«, sagte er. »Ich gebe Ihnen dazu noch eine schriftliche Anweisung. Aber keine Tricks, sonst –«

»Oh, Sie können mir trauen; verlassen Sie sich fest auf mich.«

»Na gut, ich glaube, Sie werden Wort halten. Sie hören morgen noch von mir.« Er wandte sich brüsk ab, ohne zu beachten, dass der andere ihm zitternd die Hand bot, und wir machten uns auf den Weg nach King's Pyland.

»Ein solches Gemisch von Unverschämtheit, Feigheit und Hinterlist wie bei diesem Mr Silas Brown ist mir noch selten begegnet«, äußerte Holmes, während wir mühsam zurückwanderten.

»Also, er hat das Pferd?«

»Er versuchte, es zu leugnen; aber ich habe ihm alles, was er an jenem Morgen getan hat, detailliert vor Augen gehalten, und er ist überzeugt, dass ich ihn dabei beobachtet haben muss. Natürlich sind dir bei dem Abdruck der Stiefel die ungewöhnlich breiten Spitzen aufgefallen und dass seine eigenen Stiefel genau dieselbe Form hatten. Keiner seiner Untergebenen hätte es sich herausgenommen, Stiefel dieser Art zu tragen. Ich habe dem Kerl dann genau beschrieben, wie sich alles abgespielt hat: wie er als Frühaufsteher als Erster draußen war und ein fremdes Pferd auf dem Moor hatte herumlaufen sehen, wie er diesem entgegengegangen ist und mit Staunen den weißen Streifen vorn am Kopf erkannt hat, von dem Silberstrahl seinen Namen hat, wie ihm dann bewusst wurde, dass der Zufall ihm das einzige Pferd in die Hände gespielt hatte, welches das eigene, auf das er sein Geld gesetzt hatte, schlagen könnte. Ich sagte ihm auf den Kopf zu, dass es sein erster Impuls gewesen war, das Tier nach King's Pyland zurückzuführen, dass ihm aber auf dem Weg eine teuflisch raffinierte Methode eingefallen war, wie er Silberstrahl in Mapleton bis nach dem Rennen verstecken könnte und dass er dazu mit ihm umgekehrt sei. Als ich ihm das alles haarklein auseinandersetzte, gab er das Leugnen auf und war nur noch darauf bedacht, seine Haut zu retten.«

»Aber seine Ställe sind doch durchsucht worden.«

»Bah, ein alter Rosstäuscher wie Brown versteht sich auf allerlei Kniffe.«

»Aber fürchtest du denn nicht, das Pferd in seiner Gewalt zu lassen? Er könnte ihm doch etwas antun.«

»Er wird es hüten wie seinen Augapfel, liebster Freund. Nur wenn er es gesund und heil vorzeigen kann, darf er auf Gnade hoffen.«

»Oberst Ross sieht mir nicht gerade aus wie jemand, der sehr geneigt wäre, Gnade vor Recht ergehen zu lassen.«

»Darüber hat der Oberst nicht zu entscheiden. Ich verfahre stets nach eigener Methode und teile anderen so viel oder so wenig mit, wie mir beliebt. Das ist der Vorteil, wenn man privat ermittelt. Ich weiß nicht, ob du bemerkt hast, Watson, dass der Oberst mich etwas von oben herab behandelt, dafür will ich mir jetzt einen kleinen Spaß auf seine Kosten erlauben. Erwähne ihm gegenüber nichts von dem Pferd!«

»Das tue ich gewiss nicht ohne deine Erlaubnis.«

»All das hat natürlich nur sehr geringe Bedeutung, verglichen mit der Frage, wer John Straker getötet hat.«

»Und dieser Frage wirst du dich wohl als Nächstes widmen?«

»Ganz im Gegenteil, wir kehren beide mit dem Nachtzug nach London zurück.«

Ich war bei diesen Worten meines Freundes wie vom Donner gerührt. Dass er eine Untersuchung, die er mit so glänzendem Erfolg begonnen hatte, wieder aufgeben wollte, nachdem wir uns kaum ein paar Stunden in Devonshire aufgehalten hatten, schien mir ganz unbegreiflich. Doch konnte ich nichts mehr aus ihm herausbringen, bis wir wieder in Strakers Wohnung angekommen waren. Der Oberst und der Inspektor erwarteten uns im Besuchszimmer.

»Mein Freund und ich kehren mit dem Nachtexpresszug zurück nach London«, erklärte Holmes. »Die gute Luft von Dartmoor hat uns bei unserer kleinen Wanderung sehr wohlgetan.«

Der Inspektor machte große Augen und um den Mund des Obersten zuckte es spöttisch.

»Sie geben also die Hoffnung auf, den Mörder des armen Straker zu überführen?«, sagte er.

Holmes zuckte die Achseln. »Die Sache ist ohne Zweifel sehr schwierig. Dagegen besteht begründete Hoffnung, dass Ihr Pferd am nächsten Dienstag am Rennen teilnehmen wird. Halten Sie jedenfalls den Jockey in Bereitschaft. Jetzt möchte ich Sie nur noch um ein Foto von John Straker bitten.«

Der Inspektor zog einen Umschlag aus der Tasche, nahm das gewünschte Bild heraus und händigte es Holmes aus.

»Mein lieber Gregory, Sie scheinen meine Wünsche schon immer im Voraus zu kennen. Seien Sie doch bitte so freundlich, noch einen Augenblick hier zu warten, ich möchte noch eine Frage an das Hausmädchen richten.«

»Ich muss schon sagen, dass mich unser Londoner Berater gründlich enttäuscht hat«, sagte Oberst Ross ganz unumwunden, sobald mein Freund das Zimmer verlassen hatte. »Soviel ich sehe, sind wir um keinen Schritt weiter als vor seiner Ankunft.«

»Zumindest haben Sie doch seine Versicherung, dass Ihr Pferd beim Rennen starten wird.«

»Ja, ich habe die Versicherung«, meinte der Oberst und zuckte mit den Achseln, »aber mir wäre lieber, ich hätte das Pferd.«

Ich wollte eben etwas erwidern und meinen Freund in Schutz nehmen, als er selbst eintrat.

»Nun, meine Herren«, sagte er, »bin ich zur Abfahrt nach Tavistock bereit.«

Als wir in die Kutsche einstiegen, hielt einer der Stalljungen den Schlag für uns auf. Da schien Holmes ein plötzlicher Einfall durch den Kopf zu schießen, jedenfalls lehnte er sich nach vorn und berührte den Jungen am Ärmel.

»Ihr haltet doch ein paar Schafe im Pferch«, sagte er. »Wer kümmert sich denn um die?«

»Ich, Sir.«

»Gab es in letzter Zeit bei den Tieren etwas, das nicht ganz in Ordnung war?«

»Nichts von Bedeutung; drei Schafe sind allerdings seit Kurzem lahm.«

Die Antwort machte Holmes sichtlich große Freude, denn er lachte und rieb sich die Hände.

»Ein Treffer, Watson, ein Volltreffer«, sagte er und kniff mich in den Arm. »Gregory, ich empfehle diese seltsame Krankheit unter den Schafen Ihrer Aufmerksamkeit. – Aber nun wollen wir abfahren.«

Im Gesicht des Obersts stand deutlich zu lesen, welch geringe Meinung er von der Eignung meines Gefährten hegte, aber die Miene des Inspektors ließ ebenso deutlich erkennen, dass Holmes' Bemerkung sein Interesse geweckt hatte.

»Halten Sie das für wichtig?«, fragte er.

»Für außerordentlich wichtig.«

»Gibt es vielleicht noch irgendeinen Punkt, auf den Sie mich aufmerksam machen möchten?«

»Jawohl – auf das merkwürdige Verhalten des Hundes während der Nacht.«

»Der Hund hat sich doch in der Nacht ganz ruhig verhalten.«

»Ja, eben darin bestand das merkwürdige Verhalten«, bemerkte Sherlock Holmes.

Vier Tage später saßen Holmes und ich abermals im Zug, um in Winchester das Rennen um den Wessex Cup zu besuchen. Oberst Ross empfing uns, wie zuvor verabredet, am Bahnhof und nahm uns in seinem Wagen zur Rennbahn mit, die außerhalb der Stadt lag. Er machte ein sehr ernstes Gesicht und sein Verhalten uns gegenüber war in höchstem Maße eisig.

»Ich habe bis jetzt nicht das Geringste von meinem Pferd gesehen«, sagte er.

»Sie würden es aber doch wiedererkennen, wenn Sie es sähen?«, wollte Holmes wissen.

Der Oberst war sehr ärgerlich. »Seit zwanzig Jahren halte ich Rennpferde«, rief er, »aber eine solche Frage hat noch nie ein Mensch an mich gestellt! Jedes Kind würde doch Silberstrahl an seiner weißen Stirn und dem gesprenkelten rechten Vorderbein erkennen.«

»Wie steht's mit den Wetten?«

»Nun, das ist das Seltsame an der Sache. Gestern standen sie noch fünfzehn zu eins auf Silberstrahl, aber seitdem ist die Quote stetig schlechter geworden und jetzt bekommt man für ein Pfund Wetteinsatz bei einem Sieg des Pferds kaum noch drei Pfund.«

»Hm«, meinte Holmes, »irgendjemand verfügt da über Informationen, das ist klar.«

Als der Wagen auf dem Halteplatz in der Nähe der Haupttribüne zum Stehen kam, warf ich einen Blick in das Programm und las:

Wessex-Pokal, Startgeld £ 50, Reugeld bei Rückzug der Nennung die Hälfte, für 4-jähr. und 5-jähr. Pferde. Siegprämie: Pokal und £ 1.000. Zweiter Preis: £ 300. Dritter Preis: £ 200. Neue Strecke (1 Meile und 5 Achtelmeilen).

1. *Der Neger. Eigent. Mr Heath Newton (Mütze rot, Jacke zimtfarben).*

2. *Boxer. Eigent. Oberst Wardlaw (Mütze rosa, Jacke blau und schwarz).*
3. *Desborough. Eigent. Lord Backwater (Mütze und Ärmel gelb).*
4. *Silberstrahl. Eigent. Oberst Ross (Mütze schwarz, Jacke rot).*
5. *Iris. Eigent. Duke of Balmoral (Mütze und Jacke schwarz und gelb gestreift).*
6. *Raspler. Eigent. Lord Singleford (Mütze lila, Ärmel schwarz).*

»Wir haben unser zweites Pferd zurückgezogen und unsere ganze Hoffnung auf Ihr Wort gesetzt«, sagte der Oberst. »Zum Teufel, was soll das jetzt heißen? Silberstrahl ist Favorit?«, rief er dann, als man eine entsprechende Durchsage hörte. »Wie kann das sein, wo er doch immer noch verschwunden ist?«

»Eben wird die Tafel mit den Nummern angehängt«, rief ich. »Alle sechs stehen darauf.«

»Alle sechs! Dann läuft also mein Pferd auch?«, sagte der Oberst in großer Erregung. »Aber ich sehe es nicht. Meine Farben sind nicht dabei.«

»Bis jetzt sind nur fünf vorübergekommen. Dies hier muss es sein.«

Als ich diese Worte sprach, trabte gerade ein mächtiger Brauner von der Waage her an uns vorbei; der Jockey auf seinem Rücken trug eine schwarze Mütze und eine rote Jacke, die wohlbekannten Farben des Obersts.

»Das ist nicht mein Pferd!«, rief der Besitzer. »Das Vieh

hat doch kein einziges weißes Haar am Leib. Was haben Sie da nur angerichtet, Mr Holmes?!«

»Lassen Sie uns doch erst sehen, was es zu leisten vermag«, sagte mein Freund mit unerschütterlicher Ruhe. Einige Minuten lang ließ er meinen Feldstecher nicht vom Auge. »Vortrefflich! Ein ausgezeichneter Start!«, rief er plötzlich. »Da – jetzt kommen sie eben um die Kurve!«

Von unserem Wagen aus konnten wir die gerade Bahn ihrer ganzen Länge nach prächtig übersehen. Die sechs Pferde waren ganz nahe beisammen, man hätte sie alle mit einem einzigen Teppich bedecken können. Auf halber Strecke erschien dann aber das Gelb von Mapleton an der Spitze, doch nicht für lange. Noch ehe die Pferde auf unserer Höhe waren, hatte *Desborough* sein Pulver verschossen und das Pferd des Obersts flog vorbei und erreichte das Ziel mit reichlich sechs Längen vor seinem Konkurrenten. Dritte wurde, deutlich abgeschlagen, *Iris* aus dem Stall des Duke of Balmoral.

»Jedenfalls habe ich das Rennen gewonnen«, stieß der Oberst keuchend heraus und fuhr sich mit der Hand über die Stirn. »Aber ich kann mir nicht den geringsten Reim darauf machen. Meinen Sie nicht, Mr Holmes, Sie haben Ihr Geheimnis nun lange genug für sich behalten?«

»Aber ja doch, Herr Oberst. Sie sollen alles wissen. Kommen Sie, wir wollen uns das Pferd zusammen betrachten. – Da ist es«, fuhr er fort, als wir die Umzäunung bei der Waage betraten, zu der nur die Besitzer der Rennpferde und ihre Freunde Zutritt haben. »Sie brauchen ihm nur das Gesicht und das Vorderbein mit Spiritus abzureiben, dann haben Sie Ihren alten Silberstrahl unverändert wieder.«

»Das raubt mir ja den Atem!«

»Ich fand ihn in den Händen eines Betrügers und nahm mir die Freiheit, ihn das Rennen so mitmachen zu lassen, wie er hierhergeschickt worden war.«

»Mein bester Herr, Sie haben Wunder getan. Das Pferd ist in vortrefflichem Zustand. So gut ist es noch nie gelaufen. Ich muss mich tausendmal bei Ihnen entschuldigen wegen meiner Zweifel an Ihrem Können. Sie haben mir durch die Auffindung des Pferdes einen großen Dienst erwiesen. Noch lieber wäre es mir freilich, wenn Sie auch den Mörder John Strakers fassen würden.«

»Den habe ich schon hier«, sagte Holmes mit größter Ruhe.

Der Oberst und ich starrten ihn mit offenem Munde an. »Sie haben ihn? Hier? Wo ist er denn?«

»Gerade jetzt in meiner nächsten Nähe.«

Der Oberst wurde rot vor Zorn. »Ich erkenne vollkommen an, dass ich Ihnen zu Dank verpflichtet bin, Mr Holmes«, sagte er, »aber, was Sie soeben sagen, kann ich nur als einen sehr schlechten Spaß oder eine Beleidigung ansehen.«

Sherlock Holmes lachte. »Ich versichere Ihnen, dass ich nicht Sie mit dem Verbrechen in Verbindung bringen will, Herr Oberst«, sagte er, »der wahre Mörder steht unmittelbar hinter Ihnen.«

Er schritt an ihm vorbei und legte seine Hand auf den glänzenden Hals des Vollblutpferdes.

»Silberstrahl!«, riefen der Oberst und ich wie aus einem Munde.

»Ja, das Pferd. Seine Schuld wird dadurch gemildert,

dass es aus Notwehr gehandelt hat und dass John Straker ein Mann war, der Ihres Vertrauens in keiner Weise würdig war. – Aber da tönt eben die Glocke; ich erwarte einen kleinen Wettgewinn beim nächsten Rennen und will daher meinen ausführlichen Bericht auf eine spätere Zeit verschieben.«

Als wir am Abend nach London zurückfuhren, hatten wir eine Ecke des luxuriösen Pullmanwagens ganz für uns. Vermutlich wird die Reise dem Oberst ebenso kurz vorgekommen sein wie mir, denn unterwegs erzählte uns mein Freund, was sich in jener Nacht im Stall von Dartmoor zugetragen hatte und auf welche Weise es ihm gelungen war, das Geheimnis zu enträtseln.

»Ich gestehe«, sagte er, »dass ich mit allem, was ich aus den Zeitungsberichten an Schlüssen gezogen hatte, auf dem Holzweg war. Und doch hätte man ihnen Hinweise auf die wahre Geschichte entnehmen können, wäre deren Bedeutung nicht durch andere Details überlagert worden, welche mich von der Fährte ablenkten. Als ich nach Devonshire fuhr, war ich überzeugt, dass Fitzroy Simpson das Verbrechen begangen hätte, obwohl ich natürlich sah, dass das Beweismaterial gegen ihn noch keineswegs ausreichte.

Im Wagen, auf unserer Fahrt zu Strakers Hause, kam mir zum ersten Mal der Gedanke, welche ungeheuer wichtige Rolle das Hammelragout mit Curry bei der Sache gespielt hatte. Sie erinnern sich vielleicht, dass ich in meiner Zerstreutheit noch sitzen blieb, während alle schon ausgestiegen waren. Da wunderte ich mich gerade innerlich darüber, wie in aller Welt ich eine so deutliche Spur hatte übersehen können.«

»Ich muss gestehen«, unterbrach ihn der Oberst, »ich vermag auch jetzt noch nicht zu sehen, wie einen das weiterbringen konnte«.

»Es war das erste Glied in der Kette meiner Beweisführung. – Opiumpulver ist keineswegs geschmacklos. Wenn man es unter irgendein normales Gericht mengen würde, würde der Speisende es zweifellos herausschmecken und vermutlich nicht weiteressen. Ein Curry-Gericht jedoch würde den Beigeschmack verdecken. Wie aber hätte Fitzroy Simpson, ein fremder Mann, der er war, es anstellen können, dafür zu sorgen, dass es an jenem Abend in Strakers Haus so etwas wie Hammelragout mit Curry zu essen gab. – Oder soll man etwa annehmen, dass er an dem Abend, an dem es zufällig dieses Curry-Gericht gab, mit einem Tütchen Opium in der Tasche vorbeikam? – Das ist undenkbar. Damit ist Simpson aus dem Fall heraus und wir müssen unsere Aufmerksamkeit auf Straker und seine Frau richten, denn das waren die beiden Einzigen, die für diesen Abend das Hammelragout auf die Speisekarte gesetzt haben konnten. Das Opiumpulver konnte zudem erst in die Portion des Stallknechts gemengt worden sein, nachdem diese beiseitegestellt worden war, denn sonst hätte sich bei den anderen dieselbe Wirkung gezeigt. Wer also hatte Gelegenheit, das zu tun, ohne dass es das Dienstmädchen bemerkte?

Bevor ich mir diese Frage beantwortete, war mir klargeworden, weshalb der Hund nicht angeschlagen hatte;

denn eine richtige Schlussfolgerung führt stets zu weiteren. Dass ein Hund im Stall gehalten wurde, bewies der Vorfall mit Simpson und doch hatte er nicht laut genug gebellt, um die beiden Knechte auf dem Heuboden zu wecken, als jemand in den Stall kam und ein Pferd hinausführte. Offenbar war der nächtliche Besucher jemand, den der Hund gut kannte.

Ich war jetzt so gut wie überzeugt, dass es John Straker war, der in tiefer Nacht in den Stall gegangen war, um Silberstrahl herauszuholen. Aber zu welchem Zweck? – Gewiss nicht in redlicher Absicht, sonst hätte er nicht seinen eigenen Stallknecht zu betäuben brauchen. Aber unerklärlich blieb es mir fürs Erste doch, bis mir einfiel, dass Trainer große Summen ergaunern können, wenn sie einen Mittelsmann beauftragen, gegen ihr eigenes Pferd zu wetten, und dann durch eine üble Machenschaft dafür sorgen, dass es nicht gewinnen kann. Es gibt Fälle, wo man den Jockey besticht, aber auch Methoden, die noch raffinierter und wirksamer sind. Worum aber handelte es sich hier? – Ich hoffte, der Inhalt von Strakers Taschen würde mir Aufklärung darüber geben und ich täuschte mich nicht.

Sie erinnern sich gewiss noch des seltsamen Messers, das man in der Hand des Toten gefunden hat; kein Mensch, der bei Sinnen ist, hätte es als Waffe gewählt. Messer von solcher Form werden, wie uns Doktor Watson mitgeteilt hat, bei sehr schwierigen chirurgischen Operationen verwendet. Und zu einer derartigen Operation sollte es auch in jener Nacht dienen. Bei Ihrer großen Erfahrung in allem, was mit der Rennbahn zusammenhängt, werden Sie,

Herr Oberst, ohne Zweifel wissen, dass man am Schenkel des Pferdes, unter der Haut, einen kleinen Einschnitt in die Sehnen machen kann, sodass äußerlich keine Spur zurückbleibt. Infolgedessen fängt das Pferd an, ein wenig lahm zu gehen, was gewöhnlich auf Überanstrengung geschoben wird oder auf einen leichten Anfall von Rheumatismus; eine vorsätzliche Verletzung vermutet niemand dahinter.«

»So ein Schurke, so ein Schuft!«, schrie der Oberst.

Holmes fuhr fort: »Das liefert uns zugleich die Erklärung, weshalb John Straker das Pferd auf das Moor hinausgeführt hat. Ein so feuriges Tier würde sicherlich jeden aus dem festesten Schlaf geweckt haben, sobald es den Messerstich fühlte. Die Sache konnte nur im Freien vorgenommen werden.«

»Wo hatte ich nur meine Augen?«, rief der Oberst. »Natürlich brauchte er für so etwas Licht, darum die Streichhölzer und die Kerze!«

»Ganz richtig. Bei der Untersuchung der Gegenstände, die er bei sich trug, konnte ich glücklicherweise nicht nur die Art entdecken, wie er seine schändliche Tat ausführen wollte, sondern auch sein Motiv. Als Mann von Welt, Herr Oberst, wissen Sie, dass man nicht die Rechnungen anderer Leute in der Tasche herumzutragen pflegt. Jeder hat gewöhnlich genug damit zu tun, seine eigenen zu bezahlen. Ich vermutete sofort, dass Straker ein Doppelleben führen und eine zweite Wohnung haben müsse. Aus der Rechnung selbst entnahm ich, dass eine Dame dabei im Spiel war, und zwar eine mit sehr teuren Bedürfnissen. So großzügig Sie auch ihre Leute entlohnen, Herr Oberst, ich glaube nicht, dass diese von ihrem Gehalt ihren Frauen Kostüme für über zwanzig Pfund kaufen können. Ich fragte Frau Straker nach dem Kleid, ohne dass sie merkte, worauf ich hinauswollte. Ihre Antwort ließ keinen Zweifel daran, dass sie es nie gesehen hatte. Da schrieb ich mir die Adresse der Schneiderin auf und war mir sicher, dass ich mich nur mit Strakers Foto bei dieser einzufinden brauchte, um den rätselhaften Mr Derbyshire aus der Welt zu schaffen.

Von da ab war alles sonnenklar. Straker hatte das Pferd in eine Mulde geführt, wo man das Licht nicht sehen würde. Unterwegs fand er Simpsons Krawatte, die dieser auf der Flucht verloren hatte, und hob sie auf, vermutlich in der Absicht, dem Pferd damit das Bein festzubinden. Als er dann hinter das Pferd trat und Licht machte, muss der plötzliche helle Schein das Tier erschreckt haben, zumal es wohl instinktiv fühlte, dass ihm ein Unheil drohte. Es schlug aus und traf Straker mit dem Huf gerade auf die Stirn. Dieser hatte trotz des Regens schon den langen Mantel abgelegt, um mehr Bewegungsfreiheit für sein schwieriges Unterfangen zu haben. So kam es, dass er sich im Fallen mit dem Messer die Wunde am Schenkel beibrachte. – Ist Ihnen die Sache jetzt verständlich?«

»Vollkommen«, rief der Oberst, »Sie sind wunderbar, Mann; es ist gerade, als wären Sie dabei gewesen.«

»Meinen letzten Schuss habe ich ziemlich ins Blaue abgegeben. Es fuhr mir durch den Kopf, dass ein so schlauer Mensch wie Straker den viel Fingerspitzengefühl erfordernden Sehnenschnitt nicht vornehmen würde, ohne sich erst etwas darin zu üben. Woran aber konnte er seine Versuche machen? Mein Blick fiel auf die Schafe und die Antwort des Stalljungen auf meine entsprechende Frage verriet mir, dass ich zu meiner eigenen Überraschung gleich mit dieser ersten Vermutung richtiglag.

Bei meiner Rückkehr nach London suchte ich die Schneiderin auf. Sie erkannte Straker auf dem Foto sofort und beschrieb ihn als einen ausgezeichneten Kunden namens Derbyshire, dessen schöne Frau, eine sehr auffallende Erscheinung, große Vorliebe für kostspielige Kleider habe. Ohne Zweifel hat ihn diese Dame über Hals und Kopf in Schulden gestürzt und ihn so auf den schändlichen Plan gebracht.«

»Nur *eins* haben Sie noch im Dunkeln gelassen«, sagte der Oberst. »Wo war denn das Pferd?«

»Es war durchgegangen und einer Ihrer Nachbarn hat es in Pflege genommen. In diese Richtung hin werden wir wohl eine Amnestie aussprechen müssen. – Eben hält der Zug; ich glaube, wir sind jetzt in Clapham und in zehn Minuten erreichen wir Victoria Station. Wenn Sie uns begleiten wollen, Herr Oberst, um bei mir zu Hause eine Zigarre zu rauchen, werde ich Ihnen gern weitere Einzelheiten mitteilen, an denen sie interessiert sind.«

Sechsmal Napoleon

Es war nichts Ungewöhnliches, wenn Inspektor Lestrade von Scotland Yard abends bei uns vorbeischaute. Holmes freute sich sehr über die Besuche, blieb er doch so mit allem in Berührung, womit man sich im Polizeihauptquartier beschäftigte. Er war stets bereit, aufmerksam zuzuhören, wenn Lestrade über die Einzelheiten eines Falles erzählte, mit dem er sich gerade beschäftigte, und ohne sich selbst in die Ermittlungen einzuschalten, gab er ihm aus seinem reichen Schatz an Wissen und Erfahrung gelegentlich den einen oder anderen Hinweis oder schlug vor, was man tun sollte.

An dem Abend, über den ich hier berichten will, hatte Lestrade zunächst, wie das so üblich war, über das Wetter und Zeitungsschlagzeilen gesprochen, war dann aber auffallend still geworden und zog in Gedanken versunken an seiner Zigarre. Holmes sah ihn scharf an.

»Sonst irgendetwas von Belang?«, fragte er nach einer Weile.

»Nichts von großer Bedeutung, Mr Holmes.«

»Nur heraus mit der Sprache!«

Lestrade lachte.

»Nun denn, Mr Holmes, Leugnen hat Ihnen gegenüber ja doch keinen Zweck; ich habe tatsächlich etwas auf dem Herzen, aber es ist eine so absurde Geschichte, dass ich Sie eigentlich nicht damit belästigen wollte. Andererseits ist die Sache zwar trivial, aber doch auch wieder seltsam, und ich weiß, dass Sie gerade für das Außergewöhnliche eine besondere Vorliebe haben. Freilich fällt es vielleicht doch mehr in Dr. Watsons Fach als in unseres.«

»Also Krankheit?«, fragte ich.

»Jedenfalls eine Manie«, antwortete er, »sogar eine der besonderen Art. Man sollte nicht denken, dass heute noch jemand lebt, der von einem solchen Hass gegen Napoleon I. erfüllt ist, dass er jede Büste von ihm, die er entdeckt, in Stücke schlägt.«

Holmes sank in seinen Stuhl zurück.

»Das ist nichts für mich«, sagte er.

»Genau, das habe ich ja schon gesagt. Aber immerhin, wenn jemand nächtlicherweile einbricht und Büsten zerschlägt, die ihm nicht gehören, dann ist es wohl doch nicht mehr ein Fall für den Doktor, sondern einer für die Polizei.«

Holmes setzte sich wieder aufrecht.

»Einbruch! Das klingt schon interessanter. Erzählen Sie weiter.«

Lestrade zog sein amtliches Notizbuch aus der Tasche, um sich anhand seiner Aufzeichnungen die Einzelheiten ins Gedächtnis zurückzurufen.

»Der erste Fall wurde vor vier Tagen angezeigt«, fuhr er fort. »Es war bei Morse Hudson, der einen Laden für Bilder und Büsten in der Kennington Road hat. Der Ladengehilfe hatte den vorderen Verkaufsraum einen Augenblick verlassen, als er plötzlich ein Krachen hörte. Er stürzte rasch herbei und fand eine Gipsfigur Napoleons, die mit mehreren anderen Kunstwerken auf dem Ladentisch gestanden hatte, zertrümmert am Boden liegen. Als er daraufhin hinaus auf die Straße eilte, erklärten ihm verschiedene Leute, sie hätten einen Mann aus dem Laden herausstürzen sehen. Er konnte aber weder jemanden sehen noch irgendetwas entdecken, was zur Identifizierung des Schurken hätte dienen können. Es schien sich um einen jener sinnlosen Akte von Zerstörungswut zu handeln, wie sie von Zeit zu Zeit vorkommen; als solcher wurde er auch dem diensttuenden Polizisten gemeldet. Der Wert der Figur betrug nur wenige Schillinge und die ganze Sache erschien zu unbedeutend, um eine eingehendere Untersuchung einzuleiten.

Der zweite Fall war jedoch schon ernster und auch eigentümlicher. Er hat sich erst vergangene Nacht zugetragen.

Nur wenige hundert Yard vom Hudsonschen Geschäft entfernt, ebenfalls in der Kennington Road, wohnt ein bekannter praktischer Arzt, Dr. Barnicot, der eine der größten Praxen südlich der Themse hat. In der Kennington Road befindet sich neben seiner Wohnung auch sein Hauptsprechzimmer, außerdem hat er aber auch noch einen Operationssaal mit Verbandszimmer in einem Haus zwei Meilen entfernt in der Lower Brixton Road. Dieser Dr. Barnicot ist ein begeisterter Verehrer Napoleons und hat alles Mögliche, was mit dem französischen Kaiser in Verbindung steht, wie Bilder, Bücher und sonstige Andenken, zusammengetragen. Vor Kurzem hat er bei Hudson zwei Gipskopien des berühmten Napoleonkopfes erstanden, den der französische Bildhauer Devine gefertigt hat. Eine von diesen stellte er im Eingangsraum seines Hauses in der Kennington Road auf, die andere auf dem Kaminsims seines Sprechzimmers in der Lower Brixton Road. Als Dr. Barnicot nun heute früh herunterkam, fand er zu seiner Überraschung, dass während der Nacht in seiner Wohnung eingebrochen, aber weiter nichts gestohlen worden war als die Napoleonbüste im Eingangsraum. Sie war hinausgetragen und mit Gewalt gegen die Gartenmauer geworfen worden, wo man die Bruchstücke noch liegen sehen konnte.«

Holmes rieb sich die Hände.

»Das ist nun wirklich mal was Neues«, sagte er.

»Ich dachte mir, dass Sie Freude daran haben würden. Aber ich bin noch nicht am Ende mit dem, was ich zu erzählen habe. Um zwölf Uhr mittags begab sich Dr. Barnicot in die Brixton Road, weil seine Sprechstunde dort begann. Sie können sich sein Erstaunen denken, als er hier feststellen musste, dass in der Nacht das Fenster gewaltsam geöffnet und die zweite Büste an ihrem Standplatz in kleine Stücke zerschlagen worden war. Die Trümmer lagen weithin verstreut am Boden. In beiden Fällen gab es keine Spuren und nicht den geringsten Hinweis auf den Verbrecher oder Geisteskranken, der den Schaden angerichtet hat. So, Mr Holmes, damit haben Sie die Fakten.«

»Eigenartig, um nicht zu sagen, grotesk«, sagte Holmes. »Darf ich fragen, ob die beiden bei Dr. Barnicot zerschlagenen Büsten genau die gleichen waren wie die bei Hudson zerstörte?«

»Alle drei Kopien waren dasselbe Modell, kamen wohl aus derselben Gussform.«

»Das spricht gegen die Annahme, dass es unbezwingbarer Hass gegen Napoleon war, der den Täter leitete. Denn wenn man bedenkt, wie viele Hundert Statuen des großen Kaisers es in London geben muss, ist es äußerst unwahrscheinlich, dass ein wahllos wütender Bilderstürmer zufällig gerade gleich am Anfang auf drei Stücke desselben Modells stoßen sollte.«

»Das habe ich mir auch gesagt«, antwortete Lestrade. »Andererseits ist Hudson, was Büsten betrifft, in diesem Teil Londons der einzige Lieferant und von der Napoleonbüste hatte er auch nur diese drei und die hatten sich bis dahin als Ladenhüter erwiesen. Es mag ja sein, dass sie recht haben, dass es in London Hunderte von Napoleonbüsten gibt, aber es ist nicht undenkbar, dass in diesem Viertel nur diese drei existierten. Dann würde ein Fanatiker von dort eben auch dort sein Zerstörungswerk beginnen. Wie denken Sie darüber, Herr Dr. Watson?«

»Wenn jemand an Wahnvorstellungen dieser Art leidet, ist alles möglich«, erklärte ich. »Es handelt sich offenbar um jene geistige Störung, die neuere französische Psychologen als *idée fixe* bezeichnen. Ein Mann, der sich stark in die Lektüre Napoleonischer Geschichte vertieft hat oder der womöglich glaubt, ein Unrecht rächen zu müssen, das dereinst seiner Familie im Napoleonischen Krieg widerfahren ist, könnte sich, obwohl er sonst völlig normal erscheinen mag, leicht eine solche fixe Idee in den Kopf gesetzt haben und wäre unter deren Einfluss zu jeder abwegigen Gewalttat fähig.«

»Das kann's ja wohl nicht sein, mein lieber Watson« sagte

Holmes kopfschüttelnd, »denn auch die fixeste Idee hätte deinen faszinierenden fanatischen Spinner nicht in die Lage versetzt herauszubekommen, wo diese Büsten zu finden waren.«

»Nun, wie erklärst *du* dir denn die Sache?«

»Ich versuche zunächst noch gar nicht, sie zu erklären. Ich möchte vorläufig nur so viel bemerken, dass dieser exzentrische Herr durchaus überlegt und methodisch vorgeht. So hat er zum Beispiel im Wohnhaus des Dr. Barnicot, wo ein Geräusch die Familie hätte wecken können, die Büste mit hinausgenommen und erst draußen zerschlagen, wohingegen er sie in der Brixton Road, wo diese Gefahr geringer war, gleich an Ort und Stelle zertrümmert hat. Die ganze Sache scheint fürchterlich unbedeutend, aber ich scheue mich, es so zu nennen, wenn ich bedenke, dass manche meiner bekanntesten Fälle durchaus anfangs wenig vielversprechend schienen. Du erinnerst dich doch, lieber Watson, wie ich zuerst auf die furchtbare Tragödie der Familie Abernetty aufmerksam wurde. Es war die Tiefe des Abdrucks, den ein Stängelchen Petersilie an einem heißen Sommertag auf der Butter hinterlassen hatte. Ich kann mich also einstweilen nicht mit einem erhabenen Lächeln über Ihre drei zertrümmerten Büsten hinwegsetzen, Lestrade, und ich wäre Ihnen sehr verbunden, wenn Sie mich von irgendwelchen neuen Entwicklungen in dieser sonderbaren Angelegenheit hören ließen.«

Die Nachricht von einer solchen Entwicklung traf rascher ein und war deutlich ernster, als sich mein Freund gedacht haben mochte. Als ich am nächsten Morgen noch damit beschäftigt war, mich anzukleiden, klopfte es an die Tür meines Schlafzimmers und herein trat Holmes mit einem Telegramm in der Hand. Er las es laut vor:

Sofort kommen, Pitt Street 131, Kensington.
Lestrade

»Was mag denn da los sein?«, fragte ich.

»Weiß auch nicht – kann irgendetwas sein. Aber ich vermute, es ist die Fortsetzung der Geschichte mit den Büsten. Wenn es so ist, hätte unser Freund, der Bilderstürmer, sein Wirken in einen anderen Stadtteil verlegt. Also los, der Kaffee steht auf dem Tisch, eine Droschke vor der Tür.«

Es dauerte eine halbe Stunde, bis wir die Pitt Street erreicht hatten, eine kleine, ruhige Straße, ganz in der Nähe der Gegend, wo Londons Herz am lebhaftesten schlägt. Haus Nr. 131 war eines dieser schmalen, unauffälligen, nüchternen Reihenhäuser, wo man respektabel, aber unromantisch wohnt. Als wir vorfuhren, fanden wir das Gitter vor dem Hause von einer neugierigen Menge umlagert. Holmes pfiff durch die Zähne.

»Oh Gott, hier hat mindestens ein Mordversuch stattgefunden. Für weniger als das würde ein Londoner Botenjunge nicht stehen bleiben. Schau nur, wie der Bursche dort sich vorbeugt und den Hals ausreckt. Das deutet auf eine Gewalttat hin. Und was soll das bedeuten? Die oberen Treppenstufen sind mit Wasser abgespritzt, die unteren trocken. Ah, dort am Fenster sehe ich Lestrade, er wird uns bald den nötigen Aufschluss geben können.«

Der Inspektor empfing uns mit sehr ernster Miene und geleitete uns in ein Empfangszimmer, in dem ein außerordentlich ungepflegter älterer Herr in einem Flanell-Schlafrock aufgeregt auf und ab ging. Lestrade stellte ihn uns als den Eigentümer des Hauses, Mr Horace Harker vom ZND, dem Zentralen Nachrichtendienst, vor.

»Es geht wieder um die Geschichte mit den Napoleonbüsten«, erklärte Lestrade. »Sie schienen sich gestern Abend dafür zu interessieren, Mr Holmes. Daher glaubte ich, Sie würden gern dabei sein, jetzt wo die Sache eine viel ernstere Wendung genommen hat.«

»Wohin hat sie sich denn entwickelt?«

»Zum Mord! – Mr Harker, würden Sie bitte diesen Herren genau schildern, was vorgefallen ist?«

Der Mann im Schlafrock wandte sich uns zu. Er wirkte völlig niedergeschlagen.

»Es ist ganz eigentümlich«, begann er, »da habe ich mich mein Lebtag damit beschäftigt, alle möglichen Neuigkeiten über andere Leute zusammenzutragen, und jetzt, wo sich bei mir selbst etwas Aufsehenerregendes ereignet, das Stoff für eine Schlagzeile bietet, bin ich derartig verwirrt, dass ich keinen ordentlichen Satz zusammenbringen kann. Wenn ich als Journalist in dieses Haus gekommen wäre, hätte ich als Erstes *mich* interviewt und hätte es damit auf mindestens zwei Spalten in jedes Abendblatt gebracht. Doch so, wie die Dinge laufen, muss ich die Geschichte immer wieder anderen Leuten erzählen, die sie dann ausschlachten, und ich habe keinerlei Nutzen davon. Aber ich habe von Ihnen gehört, Mr Sherlock Holmes. Wenn Sie diese rätselhafte Angelegenheit aufklären, wird mir das hinreichende Belohnung für die Mühe sein, auch Ihnen noch einmal zu berichten, was passiert ist.«

Holmes setzte sich und hörte zu.

»Es scheint sich alles um die Napoleonbüste zu drehen, die ich vor etwa vier Monaten für dieses Zimmer angeschafft habe. Ich erstand sie preiswert bei den Gebrüdern Harding, die zwei Häuser entfernt von der Station High Street ihr Geschäft haben. Meine journalistische Tätigkeit nötigt mich, vielfach die Nacht über aufzubleiben, und ich schreibe häufig bis zum frühen Morgen. Das war auch vergangene Nacht wieder der Fall. Ich saß wie gewöhnlich in meinem Büro hinten im obersten Stock. Es mochte gegen drei Uhr sein, da hörte ich von unten ein Geräusch. Ich horchte auf, aber es regte sich nichts weiter. Daher dachte ich, der Lärm wäre von außen gekommen. Doch kaum fünf Minuten später, Mr Holmes, drang ein schrecklicher Schrei an mein Ohr – der furchtbarste, den ich je gehört habe. Er wird mir mein Leben lang in den Ohren gellen. Ein oder zwei Minuten saß ich, vom Schreck wie festgefroren, auf meinem Stuhl, dann ergriff ich den Ofenhaken und lief die Treppe hinunter. Als ich in dieses Zimmer hier trat, stand das Fenster weit offen und die Büste war verschwunden. Wie ein Dieb sich an einem solchen Ding vergreifen konnte, war mir unverständlich, denn es war ein einfacher Gipsabguss ohne besonderen Wert.

Wie Sie selbst sehen können, konnte ein Einbrecher mit

einem Sprung durch das offene Fenster die obere Treppenstufe draußen erreichen. Als ich deshalb nun die Haustüre öffnete und hinaustrat, fiel ich in der Dunkelheit beinahe über eine Leiche. Ich lief zurück und holte ein Licht und dann sah ich den armen Kerl, eine klaffende Wunde am Hals, wie er in seinem Blut schwamm. Er lag auf dem Rücken, die Knie angezogen, den Mund weit aufgerissen. Sein Bild wird mir noch im Traum erscheinen. Ich konnte mich gerade noch überwinden, mit einer Trillerpfeife die Polizei herbeizurufen, dann muss ich in Ohnmacht gefallen sein, denn ich kann mich auf nichts mehr besinnen, bis ich den Polizisten erblickte, der sich über mich beugte.«

»Und wer war der Ermordete?«, fragte Holmes.

»Er hatte nichts an sich, das einen Hinweis auf seine Identität hätte geben können«, antwortete Lestrade. »Sie werden ihn ja im Leichenschauhaus sehen. Er ist ein großer, kräftiger Mann mit sonnengebräuntem Gesicht, höchstens dreißig Jahre alt. Er ist zwar ärmlich gekleidet, macht aber doch nicht den Eindruck, als ob er dem Arbeiterstand angehöre. In einer Blutlache neben ihm lag ein Klappmesser mit Horngriff. Ob es die Mordwaffe war oder ob das Messer dem Mann selbst gehörte, weiß ich nicht. In den Kleidungsstücken des Toten war keinerlei Namensschild, in den Taschen fanden wir weiter nichts als einen Apfel, einen Strick, einen Plan von London und eine Fotografie. Ich habe sie hier.«

Es handelte sich um einen Schnappschuss, dem Anschein nach gemacht mit einer kleinen Kamera. Darauf zu sehen war ein lebhafter, flinker Mann mit affenartigen Zügen, buschigen Augenbrauen und einer eigenartig vorspringenden unteren Gesichtshälfte, die an das Maul eines Pavians denken ließ.

»Und was ist aus der Büste geworden?«, fragte Holmes, nachdem er die Fotografie genau betrachtet hatte.

»Davon haben wir kurz vor Ihrem Eintreffen Meldung erhalten. Sie wurde im Vorgarten eines unbewohnten Hauses in der Campden House Road gefunden. Sie ist in Stücke zerschlagen. Ich will eben hingehen und sie in Augenschein nehmen. Wenn Sie mitkommen wollen –?«

»Gewiss. Ich will mich nur erst hier einen Augenblick umsehen.« Er untersuchte den Teppich und das Fenster. »Der Kerl hat entweder außergewöhnlich lange Beine oder ist ein ausgezeichneter Springer«, sagte er. »Von unten her ist es keine Kleinigkeit, das Fenster zu erreichen und zu öffnen. Der Rückweg war verhältnismäßig einfach. Wollen Sie auch mitkommen, Mr Harker, um die Überreste der Büste zu sehen?«

Der untröstliche Journalist hatte sich mittlerweile an den Schreibtisch gesetzt.

»Ich muss doch noch versuchen, etwas aus der Sache zu machen«, erwiderte er, »wenn ich auch nicht zweifle, dass die ersten Ausgaben der Abendblätter schon heraus und voll mit Einzelheiten über den Fall sind. Typisch mein Pech! Wissen Sie noch, wie auf der Rennbahn in Doncaster die Tribüne zusammengebrochen ist? Ich war der einzige Journalist, der darauf stand, und meine Zeitung war die einzige, in der nichts über den Vorfall stand, weil ich zu mitgenommen war, um darüber schreiben zu können. Und jetzt werde ich zu spät mit dem Bericht über einen Mord sein, der vor der eigenen Haustür passiert ist.«

Als wir hinausgingen, hörten wir seine Feder kratzend über das Papier fahren.

Die Stelle, wo die Bruchstücke der Büste gefunden worden waren, war nur ein paar Hundert Meter entfernt. Hier sahen wir zum ersten Mal die Scherben der Büste des großen Kaisers, der einen so furchtbaren Hass in der Seele des Unbekannten erregt zu haben schien. Holmes hob einige auf und unterwarf sie einer genauen Untersuchung. Die Spannung auf seinem Gesicht und sein ganzes Benehmen verrieten mir, dass er endlich sicher war, eine Spur gefunden zu haben.

»Nun?«, fragte Lestrade.

Holmes zuckte die Achseln.

»Wir haben noch einen weiten Weg vor uns«, sagte er. »Immerhin – nun, immerhin haben wir einige aussagekräftige Tatsachen, von denen wir ausgehen können. Der Besitz dieses kümmerlichen Stücks Gipses war dem merkwürdigen Verbrecher mehr wert als ein Menschenleben. Das ist ein Punkt. Weiterhin ist, wenn es ihm einzig und allein um die Zerstörung der Büste ging, die Tatsache auffällig, dass er sie nicht *im* Haus oder unmittelbar vor diesem zertrümmert hat.«

»Er war vermutlich so verwirrt und durcheinander, als er auf den anderen Burschen traf, dass er kaum wusste, was er tat.«

»Ja, das könnte eine plausible Erklärung sein. Ich möchte aber doch nicht verfehlen, Ihr Augenmerk besonders darauf zu lenken, wo genau das Haus mit dem Garten liegt, in dem wir die Teile der Büste gefunden haben.«

Lestrade sah sich um.

»Das Haus steht leer; er wusste also, dass er in diesem Garten nicht gestört würde.«

»Ja, aber weiter oben in der Straße gibt es noch ein unbewohntes Haus und an dem musste er vorbei, um hierherzukommen. Warum hat er die Büste nicht schon dort zerschmettert, wo doch jeder Schritt weiter die Gefahr, gesehen zu werden, erhöhen musste?«

»Ich gebe auf«, antwortete Lestrade. »Worauf wollen Sie hinaus?«

Holmes deutete auf die Straßenlaterne über uns.

»Hier konnte er sehen, dort nicht. Das wird wohl der Grund gewesen sein.«

»Bei Gott! Das ist überzeugend«, sagte Lestrade. »Nun fällt mir auch wieder ein, wo genau Dr. Barnicots Napoleonbüste zerschlagen worden ist, nämlich in der Nähe der roten Lampe, mit der auf eine Arztpraxis hingewiesen wird. Aber was sollen wir dieser Erkenntnis anfangen, Mr Holmes?«

»Sie nicht vergessen – sie im Hinterkopf behalten. Im Verlauf der Untersuchung werden wir möglicherweise auf etwas stoßen, das sich damit verknüpfen lässt. Was beabsichtigen Sie nun weiter zu unternehmen, Lestrade?«

»Am besten werden wir zunächst die Leiche identifizieren. Das sollte keine Schwierigkeiten machen. Wenn wir dann wissen, wer er ist und mit wem er verkehrt, werden wir auch leicht herausbekommen, was er vergangene

Nacht in der Pitt Street getan hat und mit wem er dann hier zusammengestoßen ist, der ihn auf der Treppe von Mr Horace Harter erstochen hat. Meinen Sie nicht auch?«

»Das hört sich nicht übel an, ist aber doch nicht ganz der Weg, den ich einschlagen würde, um der Sache auf den Grund zu kommen.«

»Wie würden Sie's denn machen?«

»Oh, lassen Sie sich durch mich in keiner Weise beeinflussen! Es ist besser, wenn jeder von uns seinen eigenen Weg geht. Wir können dann hinterher unsere Erkenntnisse vergleichen und einander ergänzen.«

»Sehr guter Vorschlag«, sagte Lestrade.

»Wenn Sie in die Pitt Street gehen, sehen Sie vielleicht Mr Horace Harker. Sie können ihm sagen, dass ich mir sicher bin, dass es ein gefährlicher mordlüsterner Irrer mit einem Napoleon-Wahn war, der ihm in der Nacht einen Besuch abgestattet hat. Das kann er in seinem Artikel gut verwerten.«

Lestrade starrte Holmes erstaunt an.

»Aber das glauben Sie doch nicht ernsthaft, oder?«

Mein Freund lächelte.

»Vielleicht, vielleicht auch nicht. Auf alle Fälle wird diese Einschätzung für Mr Harker und die Abnehmer seiner Artikel von Interesse sein. Nun, lieber Watson, wir wollen aufbrechen. Wir haben heute noch einen langen Arbeitstag mit ziemlich komplexen Aufgaben vor uns. Sie, Mr Lestrade, würde ich gerne, wenn Sie es irgendwie möglich machen können, heute Abend um sechs Uhr in der Baker Street wieder sprechen. Bis dahin würde ich gern die Fotografie, die man bei dem Toten gefunden hat, behalten. Möglicherweise muss ich Sie um Begleitung und Beistand auf einer kleinen Expedition ersuchen, die wir in der kommenden Nacht unternehmen müssen, wenn sich meine Vermutungen als richtig erweisen. Bis dahin adieu und viel Glück!«

Sherlock Holmes und ich begaben uns zusammen zur High Street, wo wir den Laden der Gebrüder Harding aufsuchten, in dem die Büste gekauft worden war. Ein junger Mann erklärte uns, dass Mr Harding erst am Nachmittag wieder ins Geschäft zurückkehren würde, er selbst könne uns keine Auskunft geben, weil er noch neu im Geschäft sei. Holmes war deutlich anzumerken, dass er nicht gerade erfreut über den Aufschub war, sagte aber:

»Nun ja, Watson, wir können nicht erwarten, dass alles gleich nach Wunsch geht. Wenn Mr Harding nicht eher hier ist, müssen wir eben am Nachmittag noch einmal vorbeikommen. Du hast es dir sicher schon gedacht, ich bin dabei, die Spur dieser Büsten bis zu ihrem Ursprung zurückzuverfolgen. Vielleicht stoßen wir so auf irgendeine Besonderheit, die ihr merkwürdiges Schicksal erklären könnte. Machen wir uns also auf zu Mr Morse Hudson, Kunsthändler in der Kennington Road. Vielleicht kann er ein wenig Licht ins Dunkel bringen.«

Die Fahrt dorthin dauerte etwa eine Stunde. Mr Hudson erwies sich als ein kleiner, dicker Mann mit rotem Gesicht und ziemlich hitzigem Temperament.

»Ja, Sir. Die stand gerade hier auf dem Ladentisch«, antwortete er aufgebracht auf Holmes' Frage nach der zerschlagenen Büste. »Ich weiß wirklich nicht, wozu wir Steuern und Abgaben zahlen, wenn irgendein Grobian hier eindringen und einem die Waren zerschlagen darf. – Ja, Sir, allerdings, Dr. Barnicot hat seine beiden Statuen bei mir gekauft. Ist 'ne Schande! Tat eines Nihilisten, denk ich mir. Nur ein Anarchist kann Statuen vernichten! Rotes Gesindel! Kommunisten! – Von wem ich die Büsten bezogen habe? Ich seh zwar nicht ein, was das mit der Sache zu tun hat, wenn Sie's aber durchaus wissen wollen: Hab sie von *Gelder & Co.* in der Church Street, Stepney. Ist 'ne bekannte Firma, schon seit zwanzig Jahren. Wie viel ich hatte? Drei – eins und zwei ist drei –, die eine, die in meinem eigenen Laden am helllichten Tag zerschlagen worden ist, und die zwei, die ich an Dr. Barnicot verkauft hatte. – Ob ich den auf der Fotografie kenne? Nein, kenn ich nicht – oder ja, kenn ich doch. Ei, das ist doch Beppo! Er war 'n Italiener, der sich im Geschäft nützlich machte. Er konnte ein wenig schnitzen, vergolden, einrahmen und dergleichen mehr. Hat letzte Woche hingeschmissen und ich hab seitdem nichts wieder von ihm gehört. – Nein, ich weiß weder, wo er hergekommen, noch, wo er hingegangen ist. Ich war nicht unzufrieden mit ihm, solange er hier war. – Nein, er war schon zwei Tage weg von hier, als die Büste hinuntergeworfen wurde.«

»Nun, mehr konnten wir vernünftigerweise nicht verlangen, von Mr Morse Hudson zu hören«, sagte mein Freund zu mir, als wir hinaustraten. »Dieser Beppo scheint ein Bindeglied zwischen Kennington und Kensington zu sein, also lohnt sich wohl eine Fahrt von zehn Meilen. Jetzt wollen wir uns aufmachen zu *Gelder & Co* in Stepney, wo die Büsten produziert worden sind. Es sollte mich sehr wundern, wenn wir dort nicht etwas erfahren, was uns weiterhilft.«

Unser Weg führte durch das vornehme London, durch die Hotel- und Theatergegend, durch das Zeitungs- und Geschäftsviertel und endlich durch das Hafenviertel, bis wir in einem Themse-Viertel von ungefähr 100.000 Einwohnern ankamen, wo in schwarz geräucherten stinkenden Mietskasernen die Ausgestoßenen Europas hausen. Hier fanden wir in einer breiten Nebenstraße, wo einst reiche Kaufleute gewohnt hatten, die Firma, die wir suchten. Der geräumige Hof draußen war dicht gefüllt mit monumentalen Steinmetzarbeiten, im Inneren des Gebäudes waren in einem großen Saal etwa fünfzig Arbeiter mit dem Aushauen und Befüllen von Gussformen beschäftigt. Der Werksleiter, ein großer blonder Deutscher, empfing uns höflich und gab Holmes auf alle Fragen klare Antworten. Aus seinen Büchern ging hervor, dass von einer Marmorkopie des Devineschen Napoleonkopfes Hunderte von Gipsnachbildungen angefertigt worden waren, dass aber die drei, die vor einem Jahr oder so an Morse Hudson gegangen waren, aus einer Serie von sechs Abgüssen stammten, von denen die andere Hälfte an die Gebrüder Harding in Kensington geliefert worden waren. – Aber nein, es lag kein Grund vor, dass diese sechs sich von denen aus irgendeiner anderen Serie unterschieden haben könnten. Er könne sich auch nicht denken, weshalb jemand sie gerne vernichten möchte, bei dem Gedanken müsse er wirklich lachen. – Der Fabrikpreis betrug sechs Schilling, der Händler nehme zwölf und darüber. – Hergestellt würden die Büsten, indem man von jeder Gesichtshälfte ein Abguss mache und dann die beiden Profile zusammensetze. Diese Arbeit werde gewöhnlich in dem Raum, wo wir gerade waren, von Italienern geleistet. Wenn sie getan sei, würden die Büsten zum Trocknen auf einen Tisch im Gang draußen gestellt und danach ins Magazin gebracht. Und das sei alles, was er uns sagen könne.

Als Holmes ihm aber nun die Fotografie vorlegte, verlor er plötzlich die Fassung. Sein Gesicht wurde rot vor Zorn und die Brauen über seinen blauen Augen zogen sich bedrohlich zusammen.

»Ah, dieser Schurke!«, rief er. »Ja, in der Tat, ich erkenne ihn wieder. Wir waren immer eine geachtete Firma und das einzige Mal, dass die Polizei bei uns war, war wegen dieses Kerls. Es ist jetzt ein Jahr her. Er hatte auf der Straße mit dem Messer auf einen Landsmann eingestochen und kam dann zur Arbeit hierher mit der Polizei auf den Fersen. Sie haben ihn hier verhaftet. Beppo hieß er – den Zunamen habe ich nie gekannt. Geschieht mir recht, ich hätte nie jemand mit einem solchen Gesicht einstellen dürfen. Aber er war ein tüchtiger Arbeiter, einer von den besten.«

»Wie viel Strafe hat er damals bekommen?«

»Der Verletzte ist nicht gestorben, so ist er mit einem Jahr davongekommen. Er ist sicher jetzt wieder raus, aber er hat sich hier noch nicht wieder blicken lassen. Ein Vetter von ihm arbeitet noch hier, ich nehme an, dass der Ihnen Näheres sagen kann.«

»Nein, nein«, rief Holmes. »Sagen Sie seinem Vetter um

Gottes willen kein Wort – kein Wort, ich bitte Sie darum. Die Sache ist von größter Wichtigkeit, und je weiter ich sie verfolge und je tiefer ich in sie eindringe, umso bedeutender erscheint sie mir. – Als Sie in Ihren Büchern nachsahen, wann diese Büsten verkauft worden sind, sah ich, dass es am dritten Juni des vergangenen Jahres war. Wissen Sie vielleicht noch das Datum von Beppos Verhaftung?«

»Zumindest ungefähr, das lässt sich aus der Lohnliste ersehen«, antwortete der Werksleiter. »Ja, da haben wir's wohl«, fuhr er fort, nachdem er eine Zeit lang nachgeblättert hatte, »zum letzten Mal hat er am zwanzigsten Mai Lohn bekommen.«

»Ich danke Ihnen«, sagte Holmes. »Ich glaube nicht, dass ich Ihre Zeit und Ihre Geduld noch weiter zu strapazieren brauche.«

Nachdem er der Vorsicht halber nochmals gebeten hatte, über unsere Nachforschungen strengstes Schweigen zu bewahren, entfernten wir uns und begaben uns wieder gen Westen.

Der Nachmittag war bereits weit vorangeschritten, ehe wir endlich Zeit für einen eiligen Imbiss fanden. Am Restauranteingang hing ein Extrablatt mit der Schlagzeile aus: *Schreckenstat in Kensington. Mord eines Irrsinnigen.*

Mr Horace Harker hatte es also doch noch fertiggebracht, seine Darstellung des Falls zu publizieren. Der Artikel füllte zwei Spalten. Mit seiner blumigen Sprache und seinen Übertreibungen war er ein Paradebeispiel für Sensationsberichterstattung. Als Holmes ihn las, musste er ein paarmal lachen.

»Das ist gut, Watson«, sagte er, »hör dir mal das an:

Erfreulicherweise bestehen in der Beurteilung des Falles keinerlei Meinungsverschiedenheiten, denn Mr Lestrade, einer der erfahrensten Beamten von Scotland Yard, und der renommierte Privat-Detektiv Sherlock Holmes sind unabhängig voneinander zu dem Ergebnis gelangt, dass die Serie bizarrer Ereignisse der letzten Tage, die nun in so tragischer Weise ihr Ende gefunden hat, eher die Taten eines Irrsinnigen als die eines planmäßig handelnden Verbrechers sind. Es kann keine andere Erklärung für das geben, was geschehen ist, als einen geisteskranken Täter.

Die Presse, Watson«, fügte Holmes, nachdem er diese Passage vorgelesen hatte, hinzu, »ist ein höchst wertvolles Instrument, wenn man es nur zu nutzen versteht. – Und nun wollen wir, sofern du auch wirklich genug gespeist hast, wieder gen Kensington wandeln und sehen, was wir bei den Gebrüdern Harding über die Sache in Erfahrung bringen können.«

Der Gründer dieses Warenhauses erwies sich als ein lebhafter, wendiger kleiner Mann, ein kluger Kopf und nicht auf den Mund gefallen.

»Ja, Sir, ich habe den Bericht schon in den Abendblättern gelesen. Mr Horace Harter ist ein Kunde von mir. Wir haben ihm den Kopf vor einigen Monaten geliefert. Wir hatten drei Büsten dieser Art von *Gelder & Co.* geordert, sie sind alle verkauft. – An wen? Das können wir Ihnen anhand unserer Bücher ganz leicht sagen. – Ich hab's schon, sehen

Sie hier: eine an Mr Harker, eine an Mr Josiah Brown, Haus Goldregen, Laburnum Vale, Chiswick, und eine an Mr Sandeford, Lower Grove Road, Reading. – Nein, das Gesicht auf der Fotografie, die Sie mir hier zeigen, habe ich nie gesehen. So auffallend hässlich, wie es ist, würde man es wohl kaum vergessen. – Ob bei uns irgendwelche Italiener in Diensten stehen? Ja, wir haben mehrere als Arbeiter und als Reinigungskräfte. – Na ja, nicht unmöglich, dass sie einen Blick in das Verkaufsbuch werfen konnten, wenn ihnen danach war. Es gibt eigentlich keinen Grund, dieses unter Verschluss zu halten. – Ja, ich versteh, warum Sie mir so viele Fragen gestellt haben. Die Sache ist wirklich ziemlich seltsam. Ich hoffe, Sie lassen es mich wissen, wenn Sie mit Ihren Nachforschungen zu einem Ergebnis kommen.«

Holmes hatte, während Mr Harding seine Aussagen machte, das eine oder andere aufgeschrieben. Ich konnte ihm ansehen, dass er durch und durch zufrieden mit dem Verlauf war, den die Dinge nahmen. Er sagte jedoch nichts weiter, als dass wir zu unserer Verabredung mit Lestrade zu spät kommen würden, wenn wir uns nicht beeilten. Tatsächlich war der Inspektor auch schon da, als wir in der Baker Street eintrafen. Er schritt ungeduldig in unserem Zimmer auf und ab. Seine Miene ließ erkennen, dass er uns etwas Wichtiges mitzuteilen hatte und dass seine Arbeit an diesem Tag nicht vergeblich gewesen war.

»Nun?«, fragte er. »Glück gehabt, Mr Holmes?«

»Wir hatten heute gut zu tun und der Tag war nicht ganz verschwendet«, antwortete mein Freund. »Wir haben die Verkäufer wie auch die Fabrikanten der Büsten aufgesucht, sodass ich jetzt deren Wege von Beginn an nachverfolgen kann.«

»Sie und Ihre Büsten!«, rief Lestrade. »Ja, ich weiß, Sie haben Ihre eigenen Methoden und es kommt mir nicht zu, etwas dagegen zu sagen, doch glaube ich, dass mein Tagewerk heute erfolgreicher war als Ihres. Ich habe die Leiche identifiziert.«

»Sagen Sie bloß!«

»Und das Motiv für das Verbrechen gefunden.«

»Ausgezeichnet!«

»Der Tote hatte nämlich ein Kettchen mit einem Anhänger um den Hals, wie er gewöhnlich nur von Katholiken getragen wird. Dies, zusammen mit seiner dunklen Gesichtsfarbe ließ mich vermuten, dass er aus Südeuropa kam. Nun habe ich einen Inspektor, Saffron Hill, in unserem Dezernat. Der sich genauestens im italienischen Viertel auskennt, und der auf den ersten Blick wusste, um wen es sich handelte. Der Tote heißt Pietro Benucci, stammt aus Neapel und ist einer der gefährlichsten Halsabschneider in London. Er steht mit der Mafia in Verbindung, einem Geheimbund, der wie Sie wissen, vor Mord nicht zurückschreckt, um die Befolgung seiner Anweisungen durchzusetzen. Damit kommt allmählich Licht in die Sache: Der Mörder ist vermutlich ebenfalls Italiener und Angehöriger der Mafia. Er hat irgendwie gegen den Kodex der Gesellschaft verstoßen, Pietro Benucci wird mit seiner Verfolgung beauftragt und hat, damit er nicht versehentlich einen Falschen niedersticht, dazu die Fotografie erhalten, die wir bei der Leiche gefunden haben. Er verfolgt sein Opfer, sieht, wie dieses in ein Haus einbricht, lauert ihm draußen auf und wird in dem entstandenen Handgemenge selbst tödlich verwundet. Na, was sagen Sie dazu, Mr Holmes?«

Holmes klatschte beifällig in die Hände.

»Großartig, Lestrade, großartig!«, rief er. »Aber ich habe noch nicht so richtig verstanden, wie Sie die Zerstörung der Büsten erklären.«

»Immer diese Büsten. Die können Sie wohl nie aus dem Kopf bekommen. Die Sache ist doch ein kleiner Fisch; gewöhnlicher Diebstahl, höchstens sechs Monate Gefängnis. In erster Linie müssen wir doch den Mord aufklären und ich kann Ihnen sagen, dass ich alle Fäden dazu bereits in der Hand halte.«

»Und was gedenken Sie nun zunächst zu tun?«

»Das ist sehr einfach. Ich werde mit Hill ins italienische Viertel gehen, den Mann mithilfe unserer Fotografie ausfindig machen und ihn wegen Mordes verhaften. Wollen Sie mitkommen?«

»Ich denke nicht. Ich bilde mir ein, wir können unser Ziel auf einfachere Weise erreichen. Ich kann's zwar nicht sicher versprechen, weil alles davon abhängt – nun, weil alles von einem Umstand abhängt, der sich unserer Kontrolle vollständig entzieht. Aber ich hege große Hoffnung – in der Tat stehen die Wetten genau zwei zu eins –, dass ich Ihnen, wenn Sie sich heute Nacht uns anschließen, behilflich sein kann, ihn dingfest zu machen.«

»Im italienischen Viertel?«

»Nein; Chiswick ist eher die Adresse, wo wir ihn, glaube

ich, finden werden. Wenn *Sie* heute Nacht mit mir nach Chiswick kommen, Lestrade, verspreche ich, dass *ich* Sie morgen ins italienische Viertel begleite; die Verzögerung kann ja nichts schaden. Jetzt aber würden uns allen ein paar Stunden Schlaf guttun, denn ich schlage vor, nicht vor elf Uhr aufzubrechen, da wir aller Voraussicht nach vor Tagesanbruch nicht wieder hier sein werden. Sie können mit uns essen, Lestrade, und sich dann auf dem Sofa etwas ausruhen. Es wäre nett, Watson, wenn du in der Zwischenzeit nach einem Eilboten klingeln würdest, denn ich muss noch einen wichtigen Brief versenden, und dies unverzüglich.«

Holmes verbrachte den ganzen Abend damit, die Stapel alter Tageszeitungen in einer unserer Rumpelkammern zu durchstöbern. Als er endlich herunterkam, machte er ein triumphierendes Gesicht, verriet uns beiden aber kein Wort darüber, welches Ergebnis seine Suche gehabt hatte. Was mich betraf, so hatte ich die Art und Weise beobachtet, auf die er Schritt für Schritt den verschiedenen Windungen dieses verwickelten Falles nachgespürt hatte. Daher hatte ich, obwohl ich noch nicht durchschaute, worauf das alles letzten Endes hinauslief, eines sehr wohl verstanden: Holmes ging davon aus, dass dieser eigenartige Verbrecher es jetzt auf die beiden noch übrigen Büsten abgesehen haben würde. Da sich von diesen eine, wie ich mich erinnerte, in Chiswick befand, sollte unser nächtlicher Ausflug dorthin zweifellos dazu dienen, ihn auf frischer Tat zu ertappen. Was war das nur für ein Geniestreich meines Freundes gewesen, eine falsche Fährte in die Abendblätter zu lancieren, um den Kerl in dem Glauben zu lassen, er könnte ruhig weitermachen wie bisher? Es überraschte mich daher nicht, als Holmes mir vorschlug, ich sollte meinen Revolver mitnehmen. Er selbst griff zur Jagdpeitsche, seiner Lieblingswaffe.

Um elf stand ein Wagen vor unserem Haus, mit dem wir zur Hammersmith-Brücke und über diese auf das andere Themse-Ufer fuhren. Kurz hinter der Brücke ließen wir den Kutscher anhalten und gaben ihm Anweisung zu warten. Wir selbst gelangten nach einem kurzen Fußweg zur Laburnum Vale, einer Straße, der man gleich ansehen konnte, dass sie den Namen »Tälchen« zurecht trug, stiegen doch die Gärten zu beiden Seiten leicht an und am Vorgartentor eines von diesen konnten wir im Scheine einer Straßenlaterne den Namen *Villa Goldregen* lesen, wobei ich aus meinem Medizinstudium wusste, dass *Laburnum* nichts anderes ist als der lateinische Namen für *Goldregen.* Die Bewohner der Villa waren offenbar schon zu Bett gegangen, denn es war alles dunkel, nur durch ein kleines, rundes Fenster über der Haustür fiel schwaches Licht auf den Gartenweg. Ein dichter, hölzerner Zaun, der das Grundstück von der Straße trennte, warf seinen schwarzen Schatten nach innen. Hier versteckten wir uns.

»Ich fürchte, wir können lange warten«, flüsterte Holmes. »Danken wir unseren Sternen dafür, dass es nicht regnet. Wir dürfen nicht einmal rauchen, um uns die Zeit zu vertreiben. Aber unsere Chancen stehen zwei zu eins, dass wir für diese Entbehrung belohnt werden.«

Unsere Nachtwache war jedoch nicht von so langer Dauer, wie Holmes vermutet hatte, sie endete vielmehr ganz plötzlich und in unerwarteter Weise. Ohne dass wir vorher auch nur einen Laut gehört hatten, ging plötzlich die Gartentüre auf und eine geschmeidige dunkle Gestalt bewegte sich, so gewandt und flink wie ein Affe, auf dem Gartenpfad dem Haus zu. Wir sahen sie durch den Lichtschein huschen und im Schatten des Hauses verschwinden. Es trat eine längere Pause ein, in der es so still war, dass wir den Atem anhielten, dann drang ein ganz leises Knirschen an unsere Ohren, als das Fenster geöffnet wurde. Wieder wurde es still, dann stieg der Kerl ein. Einen Moment lang war innen der Schein einer Laterne zu erkennen. Der Einbrecher schien aber nicht gleich gefunden zu haben, was er suchte, denn wenig später bemerkten wir denselben Lichtschein hinter einem anderen und dann noch einem Fensterladen.

»Jetzt los zu dem geöffneten Fenster«, flüsterte Lestrade. »Greifen wir ihn uns, wenn er rausklettert.«

Doch ehe wir uns rühren konnten, war der Kerl schon wieder herausgesprungen. Als er in den Lichtschein des Haustürfensters geriet, sahen wir, dass er etwas Weißes unter dem Arm hatte. Er blickte sich verstohlen um. Die Straße war menschenleer, das machte ihn sicher. Er legte seine Beute auf die Erde und im nächsten Augenblick hörten wir einen scharfen Schlag, dem ein Klirren und Rasseln folgte. Der Mann hatte uns den Rücken zugekehrt und war derart in seine Arbeit vertieft, dass er nicht merkte, wie wir uns anschlichen. Wie ein Tiger sprang ihm Holmes mit einem gewaltigen Satz in den Nacken und im Nu hatten Lestrade und ich ihn gepackt und ihm Handschellen angelegt. Als wir ihn auf den Rücken legten, schaute ich in ein hässliches bleiches Gesicht mit wutverzerrten Zügen und erkannte auf einen Blick, dass es der Mann von dem Foto war, den wir festgenommen hatten.

Holmes jedoch kümmerte sich gar nicht weiter um unseren Gefangenen. Er hockte auf der Haustreppe und prüfte sorgfältig die Trümmer des weißen Gegenstandes, den der Dieb gestohlen und zerschlagen hatte. Es war eine ebensolche Büste Napoleons gewesen, wie wir sie bereits am Morgen gesehen hatten, und sie war in gleicher Weise zertrümmert. Holmes hielt jedes Bruchstück einzeln gegen das Licht, keines sah anders aus als sonst ein Stück Gips von einer zerbrochenen Skulptur. Als Holmes seine Untersuchung gerade beendet hatte, ging im Hausflur ein weiteres Licht an und der Hauseigentümer erschien, ein jovialer, wohlbeleibter Herr, in Hemd und Hosen.

»Mr Josiah Brown, nehme ich an?«, sagte Holmes.

»Ja, Sir, und Sie sind gewiss Mr Sherlock Holmes? Ich habe den Brief erhalten, den Sie per Eilboten haben zustellen lassen, und genau das getan, wozu Sie mich aufgefordert haben. Wir verschlossen sämtliche Türen im Innern des Hauses und warteten ruhig der Dinge, die da kommen sollten. Nun, es freut mich sehr, dass Sie den Schurken erwischt haben. Ich hoffe, meine Herren, dass ich Sie einladen darf, hereinzukommen und eine kleine Stärkung zu sich zu nehmen.«

Lestrade wollte jedoch seinen Mann möglichst schnell hinter Schloss und Riegel sehen. Wir ließen also rasch den

Wagen kommen, stiegen ein und waren bald zu viert auf dem Weg in die Innenstadt. Keinen Ton war unser Gefangener bereit, von sich zu geben. Seine Augen, die im Schatten seines verfilzten Haares lagen, starrten uns an und einmal, als ich mit der Hand zufällig in seine Reichweite kam, schnappte er danach wie ein hungriger Wolf. Wir blieben dann noch auf der Polizeiwache, bis man bei ihm eine Leibesvisitation durchgeführt hatte. Diese förderte aber weiter nichts zutage als ein paar Schillinge und ein Messer mit einer langen Klinge, an dessen Griff sich zahlreiche Spuren frischen Blutes fanden.

»Alles Weitere sehen wir dann schon«, sagte Lestrade, als wir uns trennten. »Hill kennt die ganze Gesellschaft, er wird auch mit diesem hier etwas anfangen können. Sie werden sehen, dass meine Theorie von der Mafia sich bestätigt. Ich möchte Ihnen aber auf jeden Fall noch sagen, Mr Holmes, wie außerordentlich verbunden ich Ihnen für die Meisterleistung bin, mit der sie den Schurken dingfest gemacht haben. Ganz klar ist mir die Geschichte übrigens augenblicklich noch nicht.«

»Für ausführliche Erklärungen ist die Nacht jetzt wohl doch etwas zu sehr vorangeschritten«, erwiderte Holmes. »Außerdem gibt es ein oder zwei Punkte, die noch nicht vollständig aufgeklärt sind, und gerade dieser Fall gehört zu der Sorte, bei der es sich lohnt, sie bis zum Ende zu verfolgen. Wenn Sie auch morgen Abend um sechs Uhr wieder in meine Wohnung kommen wollen, werde ich Ihnen, glaube ich, zeigen können, dass Sie den Kern der Sache auch jetzt noch nicht völlig erfasst haben. Der Fall ist in mancher Hinsicht einzigartig in der Kriminalgeschichte. Wenn ich dir, lieber Watson, tatsächlich jemals erlauben sollte, weitere der kleinen Rätsel zu veröffentlichen, die ich gelöst habe, dann prophezeie ich dir schon jetzt, dass du den Bericht über das beispiellose Geschehen rund um die Napoleonbüsten als ein Glanzstück deines Buches ansehen wirst.«

Als Lestrade am Abend zu uns kam, brachte er allerhand an Information über unseren Gefangenen mit. Sein Vorname sei anscheinend Beppo, sein Nachname sei noch nicht ermittelt. In der italienischen Kolonie sei er als Taugenichts bekannt. Früher allerdings sei er ein geschickter Bildhauer gewesen und habe sein Brot mit ehrlicher Arbeit verdient. Er sei dann aber auf Abwege geraten und habe schon zweimal im Gefängnis gesessen, einmal wegen Diebstahls und einmal wegen einer Messerattacke auf einen Landsmann. Er könne perfekt Englisch. Seine Gründe zur Vernichtung der Büsten seien noch unbekannt, er verweigere jede Auskunft darüber. Nach den Ermittlungen der Polizei sei es jedoch sehr gut möglich, dass er selbst diese Büsten angefertigt habe, da er mit dieser Art von Tätigkeit bei *Gelder & Co.* beschäftigt gewesen sei.

Holmes hörte sich das, obwohl es uns großenteils bekannt war, freundlich an, aber ich kannte ihn zu gut, um nicht deutlich zu sehen, dass er mit seinen Gedanken woanders war und sich hinter der Maske, die er, wie gewohnt, in solchen Fällen aufgesetzt hatte, eine innere Unruhe und Erwartung verbarg. Endlich sprang er vom Stuhl auf. Glanz trat in seine Augen. Es hatte geklingelt. Gleich darauf vernahmen wir Schritte, dann wurde ein etwas älterer Herr mit gerötetem Gesicht und grauem Backenbart hereingeführt. Er hielt in der rechten Hand eine große, altmodische Reisetasche, die er vorsichtig auf den Tisch setzte.

»Bin ich hier richtig bei Mr Sherlock Holmes?«

Mein Freund verbeugte sich lächelnd und sagte: »Mr Sandeford aus Reading, nehme ich an?«

»Ja, Sir. Ich habe mich leider etwas verspätet, aber die Zugverbindung war ziemlich ungünstig. Sie schrieben mir wegen einer Büste, die sich in meinem Besitz befindet.«

»Ganz genau.«

»Ich habe Ihren Brief mitgebracht. Sie schreiben: ›Ich beabsichtige, eine Kopie von Devines Napoleon zu kaufen, und würde Ihnen für die Ihrige zehn Pfund zahlen.‹ Stimmt das?«

»Allerdings.«

»Ihr Brief hat mich etwas überrascht. Ich habe keine Ahnung, woher Sie wissen konnten, dass ich solch ein Ding besitze.«

»Natürlich müssen Sie darüber erstaunt gewesen sein. Die Erklärung ist jedoch sehr einfach. Mr Harding, der Inhaber der Firma Gebrüder Harding, teilte mir mit, dass Sie die letzte derartige Büste bekommen hätten, und gab mir gleichzeitig Ihre Adresse.«

»So verhält sich also die Sache! Hat er Ihnen auch den Preis gesagt?«

»Nein, das hat er nicht getan.«

»Nun, ich bin ein ehrlicher, wenn auch kein reicher Mann. Ich habe fünfzehn Schilling bezahlt; ich will Ihnen das nicht verheimlichen, ehe ich von Ihnen mehr als das Zwölffache annehme.«

»Ihre Rechtschaffenheit macht Ihnen alle Ehre, Mr Sandeford, aber nachdem ich Ihnen nun einmal diese Summe geboten habe, will ich auch dabei bleiben.«

»Na, das ist sehr anständig von Ihnen. Ich habe die Büste, wie Sie es wünschten, gleich mitgebracht. Hier ist sie!« Er machte die Reisetasche auf und es erschien eine getreue Nachbildung aus Gips des Devineschen Napoleons, wie wir sie, allerdings in Stücken, schon ein paarmal gesehen hatten.

Holmes legte eine Zehnpfundnote auf den Tisch und zog ein Papier aus der Tasche.

»Wollen Sie bitte so freundlich sein, Mr Sandeford, dies hier in Gegenwart der anwesenden Zeugen zu unterzeichnen? Darin steht nichts weiter, als dass Sie alle Rechte, die Sie bisher an der Büste hatten, an mich abtreten. Ich bin ein Mann, der möchte, dass alles seine Ordnung hat, man weiß ja nie, wohin sich eine Sache später einmal entwickelt. – Danke, Mr Sandeford; hier ist Ihr Geld. Ich wünsche Ihnen einen sehr guten Abend.«

Sobald unser Besucher hinaus war, verhielt sich mein Freund auf eine Weise, die sogleich unsere Neugier erregte. Er breitete zunächst auf dem Tisch ein weißes Tuch aus, stellte dann die gerade erworbene Büste mitten darauf und hieb anschließend mit dem Stiel seiner Jagdpeitsche heftig auf den Kopf Napoleons. Holmes beugte sich gespannt über die Bruchstücke. Im nächsten Moment stieß er einen Freudenschrei aus und hob ein Fragment in die Höhe, in dem ein runder dunkler Gegenstand steckte wie eine Rosine in einem Kuchen.

»Meine Herren!«, rief er triumphierend. »Darf ich Ihnen die berühmte schwarze Perle der Borgias zeigen?«

Lestrade und ich waren eine Weile sprachlos, dann aber brachen wir ganz unwillkürlich in lautes Beifallklatschen aus wie ein Theaterpublikum, wenn ein gut gemachtes Stück die überraschende Lösung präsentiert. Eine flüchtige Röte überflog die bleichen Wangen meines Freundes und er verbeugte sich wie der Meister-Dramatiker, der für den Beifall des Auditoriums dankt. Es waren solche Augenblicke, in denen er nicht mehr als denkender Apparat erschien, sondern – ganz Mensch – verriet, wie gut ihm Bewunderung und Applaus taten. Er, der als stolzer und zurückhaltender Mann öffentliches Lob verabscheute, ließ sich von der spontanen Begeisterung und dem Beifall eines Freundes tief bewegen.

»Ja, meine Herren«, sagte er, »es ist die berühmteste Perle der Welt und ich habe das große Glück gehabt, ihre Spur durch eine Reihe logischer Schlüsse vom Schlafzimmer des Fürsten Calonna im Dacre-Hotel, wo sie abhandenkam, bis in das Innere dieser letzten von sechs Napoleonbüsten von *Gelder & Co.* in Stepney verfolgt zu haben. Sie werden sich noch an das Aufsehen erinnern, Lestrade, welches das Verschwinden dieses kostbaren Kleinods damals erregte und wie die Londoner Polizei sich vergeblich bemühte, es wiederzufinden. Ich wurde auch zurate gezogen, vermochte aber damals ebenso wenig Licht in das Dunkel zu bringen wie alle anderen. Der Verdacht fiel auf die Zofe der Gräfin, eine junge Italienerin. Man konnte nachweisen, dass ein Bruder von ihr in London lebte, nicht jedoch eine engere Verbindung zwischen den Geschwistern. Das Mädchen hieß Lucretia Venucci und ich habe keinen Zweifel, dass dieser Pietro, der in der vorgestrigen Nacht ermordet worden ist, ihr Bruder war. Ich habe in den alten Zeitungen nach den Daten gesucht und herausgefunden, dass die Perle genau zwei Tage verschwunden war, bevor Beppo wegen schwerer Körperverletzung verhaftet wurde, und zwar in der Werkstatt von *Gelder & Co.* gerade zu der Zeit, als dort diese Büsten hergestellt wurden. Damit werdet ihr nun die Abfolge der Ereignisse klar nachvollziehen können, wenn auch in umgekehrter Richtung, als sie sich mir bei meinen Ermittlungen präsentiert haben. Beppo hatte die Perle in seinem Besitz, vielleicht hatte er sie von Pietro gestohlen, vielleicht war er sein Komplize, vielleicht der Mittelsmann zwischen Pietro und seiner Schwester. Ob die eine oder die andere Annahme richtig ist, tut nichts zur Sache.

Es kommt nur darauf an, dass er die Perle *hatte* und zu der Zeit, als ihm die Polizei auf den Fersen war, bei sich trug. Er floh zu seiner Arbeitsstätte und wusste, er hatte nur wenige Minuten, um die unglaublich wertvolle Beute zu verstecken, die man andernfalls finden würde, wenn man ihn durchsuchte. Sechs Napoleonbüsten standen im Gang zum Trocknen. Eine von diesen war noch weich. Ohne lange nachzudenken, drückte Beppo, ein geschickter Handwerker, ein kleines Loch in die feuchte Gipsmasse, warf die Perle hinein und verschloss die Öffnung, indem er die Oberfläche mit den Fingern wieder glatt strich. Es war ein vortreffliches Versteck. Es bestand nicht die geringste Gefahr, dass jemand sie dort finden würde.

Aber nun wurde Beppo zu einem Jahr Gefängnis verurteilt. Unterdessen waren die sechs Büsten über ganz London verstreut und er konnte nicht sagen, in welcher sein Schatz verborgen war. Beppo verzweifelte nicht, er musste eben eine nach der anderen suchen. Aber angenommen, er fand eine. Wie konnte er dann wissen, ob es die Gesuchte war? Einfaches Schütteln hätte ihn nicht weitergebracht, denn da der Gips noch feucht war, war die Perle, wie es auch tatsächlich der Fall war, wahrscheinlich festgeklebt. Es half nichts, er musste jede einzelne zerschlagen, bis er die richtige gefunden hatte.

Beppo machte sich mit bemerkenswertem Scharfsinn und großer Beharrlichkeit auf die Suche. Durch einen Vetter, der bei *Gelder* arbeitet, erfuhr er die Namen der Händler, an welche die Büsten geliefert worden waren. Es gelang ihm, bei *Morse Hudson* Beschäftigung zu finden, wo er drei davon ausfindig machte. Die Perle war nicht drin. Mithilfe eines italienischen Angestellten von *Harding* brachte er in Erfahrung, wo die drei anderen hingekommen waren. Die eine hatte Harker bekommen. Dorthin folgte ihm sein Genosse Pietro, um ihn wegen des Verlustes der Perle zur Rechenschaft zu ziehen, und wurde im Verlauf des darüber entbrannten Streites erstochen.«

»Wenn Beppo sein Kumpan war, kannte Pietro ihn doch. Warum hatte er dann seine Fotografie in der Tasche?«, warf ich ein.

»Das scheint mir offensichtlich. Er wollte ihn ja finden, und wenn er sich bei Dritten nach ihm erkundigen wollte, musste er deutlich machen, wen er suchte. – Nachdem er den Mord begangen hatte, würde Beppo, wie ich annahm, seine nächsten Schritte eher rascher in Angriff nehmen wollen, als sie zu verzögern. Schließlich hatte er zu befürchten, dass die Polizei in einem Mordfall intensiv ermitteln und seinem Geheimnis auf die Spur kommen würde. Er musste die Perle auf jeden Fall in die Hand bekommen, bevor die Polizei ihn erwischte. Selbstverständlich wusste ich nicht, ob er sie nicht schon in der Harkerschen Büste gefunden hatte, ja, ich wusste nicht einmal genau, ob es sich um diese Perle handelte. Sonnenklar aber war mir, dass er etwas Bestimmtes suchte, sonst hätte er die Büste nicht an verschiedenen Häusern vorbei gerade in den Garten getragen, wo eine Laterne Licht verbreitete. Da Harkers Büste eine von dreien war, so standen die Chancen, dass das Gesuchte in ihr verborgen war, wie ich gestern Abend sagte, zwei zu eins. Es waren noch zwei Büsten übrig und es war anzunehmen, dass er zuerst die in der Stadt befindliche holen würde. Um eine erneute Tragödie zu verhindern, bereitete ich die Bewohner des Hauses durch einen Brief auf das vor, was ihnen bevorstand, und warnte sie. Wir begaben uns dann ja selbst dorthin, mit dem bekannten höchst glücklichen Ende. Zu der Zeit war ich mir übrigens schon völlig sicher, dass es um die Borgia-Perle ging. Der Name des Ermordeten bildete das Verbindungsglied zwischen den zwei Fällen. Es war nun nur noch eine einzige Gipsfigur vorhanden – die in Reading –, in dieser musste die Perle sein. Ich habe diese letzte Büste in Ihrer Gegenwart ihrem Besitzer abgekauft – und hier ist die Perle.«

Wir saßen eine Weile wortlos da.

»Ich habe Sie schon viele Fälle behandeln sehen, Mr Holmes«, sagte dann Lestrade, »mehr Scharfsinn und Umsicht haben Sie aber, soviel ich mich entsinnen kann, noch bei keinem an den Tag gelegt. Wir bei Scotland Yard sind nicht eifersüchtig auf Sie. Nein, Sir, wir sind stolz auf Sie, und wenn Sie morgen zu uns kommen, wird Ihnen jeder, vom ältesten Inspektor bis zum jüngsten Polizeianfänger, mit Freuden die Hand schütteln und gratulieren.«

»Ich danke Ihnen«, sagte Holmes, »ich danke Ihnen!« Er drehte sich um und schien mir stärker gerührt zu sein als je zuvor. Einen Augenblick später war er aber schon wieder der kalte, geschäftsmäßige Denker. »Leg die Perle in den Tresor, Watson«, sagte er, »und nimm die Papiere über den Fall Conk-Singleton-Fälschung heraus. Auf Wiedersehen, Mr Lestrade! Wenn Sie wieder mal eine kleine Aufgabe haben, wird es mir eine Freude sein, Ihnen, wenn ich kann, den einen oder anderen Hinweis zur Lösung zu geben.«

Der vermisste Dreiviertel

Es war nicht ungewöhnlich, dass uns in der Baker Street seltsame Telegramme erreichten, aber an eines kann ich mich noch besonders gut erinnern. Es kam so vor sieben, acht Jahren an einem düsteren Februarmorgen und Holmes rätselte eine Viertelstunde daran herum. Es war an ihn adressiert und hatte folgenden Wortlaut:

Bitte mich erwarten. Furchtbares Unglück. Dreiviertel verschwunden. Morgen unverzichtbar.
Overton

»Der Gebührenmarke nach zu urteilen, ist es im Telegrafenamt *The Strand* aufgegeben und um zehn Uhr sechsunddreißig Minuten versandt worden«, sagte mein Freund, nachdem er es wieder und wieder gelesen hatte. Mr Overton war augenscheinlich sehr aufgeregt, als er es abschickte, und daher etwas verwirrt. Nun, ich glaube, er wird gleich selbst hier sein, wahrscheinlich, wenn ich die *Times* durchgeblättert habe, und dann werden wir alles erfahren. Momentan tut sich ja sonst nichts, da wäre mir selbst ein unbedeutender Fall willkommen.

Wir hatten tatsächlich schon länger keine richtige Herausforderung mehr gehabt und ich hatte solche Perioden der Untätigkeit zu fürchten gelernt, denn ich wusste aus Erfahrung, dass sein Gehirn unbedingt nach Tätigkeit verlangte und es für meinen Freund gefährlich war, wenn er keine interessanten Aufgaben hatte. Über mehrere Jahre hinweg hatte ich ihm allmählich den Genuss von Drogen abgewöhnt, welcher sogar drohte, seiner bemerkenswerten Karriere ein Ende zu setzen. Unter gewöhnlichen Umständen trug er zwar jetzt kein Verlangen nach diesen künstlichen Anregungen, aber ich war mir klar darüber, dass der Feind nicht tot war, sondern nur schlief. Auch hatte ich die Erfahrung gemacht, dass dieser Schlaf nicht sehr fest und das Erwachen sehr nahe war, sobald Perioden der Untätigkeit kamen. Dann zeigte sein asketisches Gesicht große Niedergeschlagenheit und seine tiefen, unergründlichen Augen nahmen den Ausdruck dumpfen Dahinbrütens an. Ich segnete deshalb diesen Mr Overton, wer er auch sein mochte, weil er durch seine sonderbare Botschaft diese unheimliche Ruhe unterbrochen hatte, welche für meinen Freund gefährlicher war als alle Stürme seines bewegten Lebens.

Wie wir erwartet hatten, blieb der Absender der Depesche nicht lange aus. Seine Visitenkarte wies ihn als Mr Cyril Overton vom Trinity College in Cambridge aus, er selbst erwies sich als ein junger Mann von hünenhafter Gestalt, über ein Zentner nichts als Knochen und Muskeln. Seine breiten Schulten füllten den Türrahmen völlig aus, als er jetzt hereinkam und uns beide nacheinander ansah. Er hatte eigentlich ein nettes, sympathisches Gesicht, aber seine Miene zeigte deutlich, dass er besorgt war.

»Mr Sherlock Holmes?«

Mein Freund verbeugte sich.

»Ich war eben in Scotland Yard, Mr Holmes, wo ich mit Inspektor Hopkins gesprochen habe. Er riet mir, mich an Sie zu wenden. Er sagte, der Fall sei, soweit er ihn beurteilen könne, eher etwas für Sie als für die reguläre Polizei.«

»Bitte, nehmen Sie Platz und erzählen Sie mir, was los ist.«

»Es ist schrecklich, Mr Holmes, einfach schrecklich! Ein Wunder, dass mir noch keine grauen Haare gewachsen sind. Godfrey Staunton – Sie haben doch selbstverständlich von ihm gehört? Er ist der Dreh- und Angelpunkt des gesamten Teams. Lieber sollen mir zwei aus dem Gedränge fehlen als Godfrey für die Dreiviertel-Reihe. Ob es um Passen, Tackling oder Dribbeln geht, niemand kann ihm das Wasser reichen, er ist der Kopf der Mannschaft und hält das ganze Spiel zusammen. Was soll ich nun anfangen? Das frage ich Sie, Mr Holmes. Ja, da ist noch Moorhouse, der erste Reservemann, er ist aber als Halb und nicht für die Dreiviertel-Reihe trainiert und macht immer wieder taktische Fehler. Hat ja 'nen guten Fuß, der Junge, aber nicht den nötigen Weitblick und sprinten kann er schon gar nicht. Morton oder Johnson vom Oxford-Team würden ihn ganz schön alt aussehen lassen. Stephenson ist zwar schnell genug, aber schwach im Abschluss und einen Dreiviertel, der keine Punkte macht, lohnt es nicht aufzustellen, nur weil er es auf enorme Geschwindigkeit bringt. Nein, Mr Holmes, wir sind verloren, wenn Sie mir nicht helfen können, Godfrey Staunton aufzufinden.«

Diese lange Rede war aus unserem Gast mit außerordentlichem Eifer und Ernst geradezu herausgesprudelt, wobei er jedem einzelnen Punkt durch einen gewaltigen Schlag mit seiner muskulösen Hand auf sein Knie Nachdruck verlieh. Holmes hatte ihm erstaunt und amüsiert zugehört, griff nun, als Mr Overton verstummte, ins Bücherregal und holte von seinem selbst angelegten Sammelwerk den Band mit dem Buchstaben *S* heraus. Aber was sonst nie vorkam, dieses Mal suchte er vergeblich in dieser unerschöpflichen Quelle von Informationen jeglicher Art.

»Ich habe hier einen Arthur H. Staunton, einen vielversprechenden Falschmünzer«, sagte er, »und den Henry Staunton, dem ich zum Galgen verholfen habe, aber ein Godfrey Staunton ist mir unbekannt.«

Nun machte unser Klient ein erstauntes Gesicht.

»Aber Mr Holmes, ich glaubte, Sie wüssten alles Mögliche«, sagte er. »Wenn Sie nie was von Godfrey Staunton gehört haben, dann kennen Sie womöglich auch Cyril Overton nicht?«

Holmes schüttelte lächelnd den Kopf.

»Unglaublich!«, rief der Athlet. »Dabei war ich doch erste Reserve in der Nationalmannschaft für England gegen Wales und bin schon ein ganzes Jahr Coach des Cambridge-Universitätsteams. Aber das ist ja gar nichts. Ich konnte mir nicht im Traum denken, dass irgendjemand in England Godfrey Staunton nicht kennen könnte, den Weltklasse-Dreiviertel, Spieler für Cambridge, Blackheath und in fünf Länderspielen. Gütiger Gott! Mr Holmes, wo leben Sie eigentlich?«

Holmes lachte über das kindliche Staunen des jungen Supermanns.

»Sie leben in einer ganz anderen Welt als ich, Mr Overton, in einer angenehmeren und gesünderen. Ich strecke meine Fühler in viele Kreise und Schichten der Gesellschaft aus, aber, ich kann wohl sagen glücklicherweise, nicht in die Kreise des Amateursports, denn dieser ist mit das Beste und Gesündeste, was wir in England haben, sodass meine Fähigkeiten dort eher weniger gefragt sind. Doch beweist mir Ihr unerwarteter Besuch, dass es auch in dieser Welt der frischen Luft und des Fair Play für mich etwas zu tun geben kann. So bitte ich Sie nun, mein lieber Herr, sich hinzusetzen und mir ganz langsam und ganz genau zu erzählen, was vorgefallen ist und welche Art von Hilfe Sie von mir erwarten.«

Der junge Mr Overton war ein Mann, der mehr an den Gebrauch seiner Muskeln als an den seines Gehirns gewöhnt war. Er machte ein ziemlich verlegenes Gesicht, aber nach und nach, mit vielen Wiederholungen und Unklarheiten, die ich hier weglassen will, brachte er Folgendes heraus.

»Die Sache ist, wie Sie sehen werden, die, Mr Holmes. Wie ich gesagt habe, bin ich Coach des Rugby-Teams der Uni Cambridge und Godfrey Staunton ist mein bester Mann. Morgen spielen wir gegen Oxford, und zwar hier in London. Gestern sind wir alle hierhergefahren und haben uns im Privathotel Bentley einquartiert. Um zehn Uhr machte ich die Runde und sah nach, ob alle Männer zur Ruhe gegangen waren, denn ich halte hartes Training und ausreichenden Schlaf für unerlässlich, um ein Team in Form zu halten. Ich wechselte noch ein paar Worte mit

Godfrey, ehe er sich hinlegte. Er kam mir blass und besorgt vor. Ich fragte ihn, was er habe. Er antwortete, es sei weiter nichts – nur ein bisschen Kopfschmerzen. Ich wünschte ihm eine gute Nacht und ging hinaus. Nach einer halben Stunde sagt mir der Portier, dass ein Mann mit einem wilden Bart mit einem Brief für Godfrey vorbeigekommen sei. Da er noch auf war, habe er, der Portier, ihm das Schreiben auf sein Zimmer gebracht. Godfrey las es und sank, wie vom Schlag gerührt, auf einen Stuhl. Der Portier war so erschrocken, dass er mich holen wollte, aber Godfrey hielt ihn zurück, ließ sich einen Schluck Wasser geben und stand wieder auf. Dann ging er die Treppe hinunter, wechselte ein paar Worte mit dem Überbringer des Briefes, der im Hausflur wartete, und ging mit ihm zusammen weg. Als ihnen der Portier zum letzten Mal nachblickte, entfernten sie sich fast im Laufschritt die Straße hinunter in Richtung *The Strand.* Heute Morgen war Godfreys Zimmer leer, sein Bett war unbenutzt und auch sonst lag noch alles an derselben Stelle wie am Abend. Er war mir nichts, dir nichts mit diesem Unbekannten weggegangen und wir haben seitdem kein Wort von ihm gehört. Ich glaub nicht, dass er je wiederkommt. Er war ein Sportsmann bis ins Mark, der Godfrey, und er würde sein Training nicht unterbrochen und seinen Coach im Stich gelassen haben, wenn er nicht einen sehr triftigen Grund gehabt hätte. Nein, ich hab das Gefühl, als ob er für immer fort wäre und wir ihn nie wiedersehen würden.«

Holmes hatte dieser merkwürdigen Erzählung aufmerksam zugehört.

»Was haben Sie dann getan?«, fragte er am Ende.

»Ich telegrafierte nach Cambridge, um zu erfahren, ob man dort was von ihm gehört hätte. Ich bekam die Antwort, kein Mensch hätte ihn gesehen.«

»Hätte er am selben Abend noch nach Cambridge zurückfahren können?«

»Ja, es fährt noch ein später Zug – um Viertel nach elf.«

»Aber, soweit Sie haben in Erfahrung bringen können, hat er ihn nicht benutzt?«

»Nein, es hat ihn niemand gesehen.«

»Was taten Sie anschließend?«

»Ich schrieb ein Telegramm an Lord Mount-James.«

»Warum an Lord Mount-James?«

»Godfrey hat keine Eltern mehr und Lord Mount-James ist sein nächster Verwandter – sein Onkel, glaub ich.«

»Wahrhaftig. Das lässt die Sache in einem neuen Lichte erscheinen. Lord Mount-James ist einer der reichsten Männer in England.«

»Das hat mir Godfrey auch gesagt.«

»Und Ihr Freund ist wirklich nahe verwandt mit ihm?«

»Ja, er ist sein Erbe und der alte Knabe ist nahe an die achtzig – hat außerdem noch die Gicht. Man sagt, er könnte das Billardqueue an seinen Fingerknöcheln einkreiden. Godfrey hat noch nie einen Pfennig von ihm bekommen, er ist 'n furchtbarer Geizkragen, aber nach dem Tode des Onkels muss ja alles an Godfrey fallen.«

»Haben Sie von Lord Mount-James Antwort bekommen?«

»Nein.«

»Was hätte Ihr Freund denn für ein Motiv haben können, zu Lord Mount-James zu gehen?«

»Nun, irgendwas bedrückte ihn gestern Abend, und wenn es um Geld ging, ist es immerhin möglich, dass er seinen nächsten Verwandten, der reichlich davon hat, darum angehen wollte, auch wenn er nach allem, was ich weiß, keine großen Chancen gehabt hätte, etwas zu bekommen. Godfrey mochte den Alten nicht. Er würde sich nicht an ihn wenden, wenn's nicht unbedingt nötig wäre.«

»Das lässt sich ja leicht feststellen. Wenn Ihr Freund zu seinem Verwandten, Lord Mount-James, gegangen ist, dann müssen Sie als Nächstes eine Erklärung für den Besuch dieses Mannes mit dem struppigen Barte finden, welcher in so später Stunde gekommen ist, und dessen Brief Ihren Freund so stark erregt hat.«

Overton presste die Hände gegen den Kopf und sagte dann: »Ich kann mir keinen Reim darauf machen.«

»Nun, ich habe heute weiter nichts vor und will gerne die Sache in die Hand nehmen«, sagte Holmes beruhigend. »Ich rate Ihnen auf alle Fälle dringend, nicht damit zu rechnen, dass Sie den jungen Herrn in Ihrem Team einsetzen können. Es muss, wie Sie selbst sagen, eine überwältigende Notwendigkeit dafür vorgelegen haben, dass er auf diese Weise verschwunden ist, und dieselbe Notwendigkeit wird ihn auch wohl davon abhalten, rechtzeitig zurückzukommen. Wir wollen zusammen ins Hotel gehen und sehen, ob uns der Portier etwas Neues sagen kann.«

Holmes war ein nicht zu übertreffender Meister darin, Zeugen aus dem einfachen Volk das zu entlocken, was er wissen wollte, und so hatte er denn in kürzester Zeit in Stauntons verlassenem Zimmer alles aus dem Portier herausgezogen, was dieser zu sagen hatte. Der Besucher in der vorhergehenden Nacht war weder ein feiner Herr noch ein Arbeitsmann, er war, wie der Portier sich ausdrückte, »so 'n Mittelding«, ein Mann von etwa fünfzig Jahren, mit grau meliertem Barthaar, blassem Gesicht und in einfacher Kleidung. Er schien selbst erregt gewesen zu sein. Der Portier hatte gesehen, wie ihm die Hand gezittert hatte, als er ihm das Schreiben überreicht hatte. Staunton hatte den Brief in die Tasche gestopft. Er hatte dem Manne im Hotelfoyer nicht die Hand gegeben. Sie hatten nur wenige Worte ausgetauscht, von denen der Portier nur das eine, »Zeit«, verstanden hatte. Dann waren sie in der oben angegebenen Weise fortgeeilt. Die Hoteluhr hatte gerade halb elf gezeigt.

»Lassen Sie mich mal überlegen«, sagte Holmes, als er sich auf Stauntons Bett setzte. »Sie haben nur am Tag Dienst, nicht wahr?«

»Jawohl, ich habe von elf ab frei.«

»Der Nachtportier hat vermutlich nichts mehr bemerkt?«

»Nein, Sir. Eine Gesellschaft ist noch spät aus dem Theater gekommen, sonst niemand.«

»Hatten Sie gestern den ganzen Tag über Dienst?«

»Ja.«

»Haben Sie Mr Staunton irgendeine Nachricht überbracht?«

»Jawohl, ein Telegramm«.

»Ah, das ist interessant. Wann war das?«

»Gegen sechs Uhr.«

»Wo war Mr Staunton, als er es in Empfang nahm?«

»Hier in seinem Zimmer.«

»Waren Sie dabei, als er's aufmachte?«

»Ja; ich wartete, für den Fall, dass ich eine Antwort mitnehmen sollte.«

»Nun, hat er geantwortet?«

»Ja. Er schrieb eine Antwort.«

»Brachten Sie diese zur Post?«

»Nein, er hat sie selbst hingebracht.«

»Aber er schrieb sie in ihrer Gegenwart?«

»Ja. Ich stand wartend an der Tür und er saß am Tisch. Als er fertig war, sagte er: ›Es ist gut; ich werde selbst zur Post gehen.‹«

»Womit schrieb er?«

»Mit einer Feder, Sir.«

»Benutzte er eins von den Telegrammformularen hier auf dem Tisch?«

»Ja, Sir, das, was ganz oben lag.«

Holmes stand auf. Er nahm den Block mit den Formularen, ging damit ans Fenster und untersuchte das, welches jetzt ganz oben lag.

»Es ist schade, dass er nicht mit dem Bleistift geschrieben hat«, sagte er enttäuscht und warf den Formularstapel zurück auf den Tisch. »Wie du ohne Zweifel häufig beobachtet hast, Watson, drücken sich dabei die Schriftzüge gewöhnlich durch – ein Umstand, der schon mancher glücklichen Ehe ein Ende gesetzt hat. Aber hier kann ich nichts finden. Ich freue mich aber, dass er eine breite weiche Feder benutzt hat, und ich glaube sicher, dass wir einen Abdruck auf diesem Löschblatt finden werden. Ah, da haben wir's ja schon!«

Er riss ein Stück vom Löschblatt ab und zeigte es uns.

Overton war ganz aufgeregt.

»Halten Sie's gegen den Spiegel!«, rief er.

»Das ist gar nicht nötig«, antwortete Holmes. »Das Papier ist ziemlich dünn und auf der Rückseite werden wir die Schrift lesen können.« Er drehte es um und wir lasen:

Stehen Sie uns bei um Himmels willen.

»Das ist der Schluss des Telegramms, das Godfrey Staunton wenige Stunden vor seinem Verschwinden aufgegeben hat. Es fehlen uns noch wenigstens sechs Wörter am Anfang, aber das Ende beweist schon, dass der junge Mann eine furchtbare Gefahr auf sich zukommen sah, vor der jemand anders ihn beschützen konnte. *Uns,* wohlgemerkt! Es war also eine zweite Person mit hineinverwickelt. Wer sollte es sonst sein als dieser blasse, bärtige Mann, der sich selbst in so großer Aufregung befand? Welcher Art sind dann aber die Beziehungen zwischen Staunton und dem Mann? Und wer ist der Dritte, von dem sie Hilfe erwarteten gegen die dringende Gefahr? Unsere Nachforschung hat sich schon auf diese Fragen verengt.«

»Wir brauchen doch nur herauszufinden, an wen das Telegramm gerichtet war«, schlug ich vor.

»Ganz genau, mein lieber Watson. Diese wunderbar tiefsinnige Idee ist mir auch schon durch den Kopf geschossen. Aber ich wage zu behaupten, dass du schon erfahren hast, dass wenn du ein Postamt betrittst und nach der Adresse der Telegramme anderer Leute fragst, eine wenig ausgeprägte Neigung der Beamten finden wirst, diesem Ersuchen nachzukommen. Die Mauern der Bürokratie sind nicht so leicht zu überwinden. Dennoch zweifle ich nicht, dass wir unser Ziel mit ein wenig List und Fingerspitzengefühl erreichen können. Einstweilen möchte ich gerne in Ihrer Gegenwart, Mr Overton, diese Papiere hier auf dem Tisch durchsehen.«

Es waren eine Menge Briefe, Rechnungen und Notizen, die Holmes rasch mit scharfem Blick überflog. »Ist nichts von Belang darunter«, sagte er endlich. »Am Rande bemerkt, Ihr Freund war doch ein gesunder junger Mann – nichts, was ihm fehlte, oder?«

»Gesund wie ein Fisch im Wasser.«

»Haben Sie ihn jemals krank erlebt?«

»Keinen Tag. Er hat sich einmal geschnitten und einmal am Knie verletzt, das war aber nicht der Rede wert.«

»Vielleicht war er doch nicht so gesund, wie Sie glauben. Ich könnte mir denken, dass er irgendein gesundheitliches Problem hatte, über das er geschwiegen hat. Wenn Sie gestatten, will ich diese beiden Papiere hier einstecken, sie können uns bei unseren weiteren Nachforschungen möglicherweise noch nützlich sein.«

»Einen Moment! Einen Moment!«, rief eine weinerliche Stimme, und als wir uns umdrehten, sahen wir einen wunderlichen alten Mann, zitternd und zuckend in der Türe stehen. Er hatte einen alten schwarzen Anzug an, einen

Zylinder mit außerordentlich breiter Krempe auf und ein weißes Halstuch um und glich damit dem Bild eines Landpfarrers oder Beerdigungsunternehmers. Aber trotz seines schäbigen und sonderbaren Aussehens hatte seine Stimme einen scharfen, bestimmten Klang und sein ganzes Benehmen war so bestimmt, dass wir ihm unsere Beachtung nicht versagen konnten.

»Wer sind Sie, mein Herr, und mit welchem Recht nehmen Sie Einsicht in die Papiere dieses Herrn?«, fragte er meinen Freund.

»Ich bin Privatdetektiv und versuche auf Veranlassung eines Dritten, das Verschwinden jenes Herrn aufzuklären.«

»So, Detektiv sind Sie, sind Sie das wirklich? Und wer hat Sie beauftragt, he?«

»Dieser Herr hier, ein Freund von Mr Staunton; er ist von Scotland Yard an mich gewiesen worden.«

»Und wer sind Sie, mein Herr?«

»Ich bin Cyril Overton.«

»Dann sind Sie's also, der mir ein Telegramm geschickt hat. Ich heiße Lord Mount-James. Ich bin so rasch hergekommen, wie mich der Bayswater-Bus nur herbringen konnte. Sie haben also einen Detektiv zugezogen, Mr Overton?

»Jawohl, mein Herr.«

»Und Sie wollen auch die Kosten bezahlen?«

»Ich zweifle nicht, dass mein Freund Godfrey das tun wird, wenn wir ihn gefunden haben.«

»Wenn er aber nicht gefunden wird, was dann? Können Sie das bitte sagen?«

»In diesem Falle zweifellos seine Familie –«

»Nichts da!«, kreischte der Alte. »Von mir bekommen Sie keinen Penny, nicht einen Penny! Haben Sie's gehört, Herr Detektiv? Ich bin die ganze Familie, die dieser junge Mann hat, und ich sage Ihnen, ich bin durchaus nicht für ihn verantwortlich. Wenn er was in Aussicht hat, so hat er's dem Umstand zuzuschreiben, dass ich mein Geld stets zusammengehalten habe, und das werde ich auch in diesem Fall tun. Was diese Papiere betrifft, mit denen Sie so frei umgehen, so will ich Sie darauf aufmerksam machen, dass ich, wenn sich irgendeins von Wert darunter befindet, von Ihnen Rechenschaft für das verlangen werde, was Sie damit tun.«

»Sehr wohl, Sir«, antwortete Holmes. »Darf ich mir einstweilen die Frage erlauben, ob Sie selbst vielleicht irgendeine Theorie haben, die das Verschwinden des jungen Mannes erklären könnte?«

»Nein, Sir, das habe ich nicht. Er ist groß genug und auch alt genug, für sich selbst zu sorgen, und wenn er so dumm ist, sich selbst zu verlieren, so weigere ich mich ganz entschieden, die Kosten für seine Wiederauffindung zu übernehmen.«

»Ich verstehe Ihren Standpunkt vollkommen«, erwiderte Holmes mit boshaftem Augenzwinkern. »Vielleicht verstehen Sie aber den meinen nicht ganz. Godfrey Staunton scheint ein armer Mann gewesen zu sein. Wenn er entführt worden ist, kann es nicht wegen seines eigenen Besitzes geschehen sein. Der Ruf von Ihrem Reichtum ist dagegen weitverbreitet, Lord Mount-James, und es ist wohl möglich, dass sich Einbrecher Ihres Neffen bemächtigt haben, um von ihm Aufschluss über Ihr Haus, Ihre Gewohnheiten und den Ort zu erlangen, wo Sie Ihr Geld und Ihre Wertsachen aufbewahren.«

Das Gesicht unseres kleinen, wenig liebenswürdigen Besuchers wurde so weiß wie sein Halstuch.

»Himmel, was für ein Gedanke! An so was hab ich nie gedacht! Was für elende Schurken gibt's doch auf der Welt! Aber Godfrey ist ein braver Junge – ein standfester Junge. Nichts könnte ihn dazu bringen, seinen alten Onkel zu verraten. Aber ich will sicherheitshalber doch heute Abend das Silbergeschirr zur Bank bringen lassen. Inzwischen sparen Sie weder Fleiß noch Mühe, Herr Detektiv! Ich bitte Sie, drehen Sie jeden Stein um, um den Jungen sicher zurückzubringen. Was das Geld betrifft, nun, bis zu einer Fünf-, ja bis zu einer Zehnpfund-Note, können Sie immer auf mich rechnen.«

Aber auch jetzt, da er in seiner Einstellung geläutert war, konnte uns der edle Geizkragen keinerlei Information geben, die uns weitergeholfen hätte, vom Privatleben seines Neffen wusste er nur wenig. Unsere einzige Spur blieb das verstümmelte Telegramm, mit dem Holmes nun versuchte, ein zweites Glied in seiner Beweiskette zu finden. Nachdem wir Lord Mount-James hatten abschütteln können und Overton sich von uns getrennt hatte, um mit seinen Team-Mitgliedern zu beraten, wie es nach dem unglücklichen Geschehen weitergehen sollte, begaben wir uns also zu dem Telegrafenamt, das in der Nähe des Hotels lag. Davor blieben wir stehen.

»Es lohnt einen Versuch, Watson«, sagte Holmes. »Natürlich könnten wir aufgrund eines Gerichtsbeschlusses Einsicht in die Kontrollunterlagen verlangen, aber so weit sind wir noch nicht. Ich glaube nicht, dass man sich in einem Amt mit so viel Publikumsverkehr an einzelne Gesichter erinnert. Wagen wir es!«

»Entschuldigen Sie, dass ich Sie mit meinem Anliegen belästigen muss«, sagte Holmes in der liebenswürdigsten Weise zu der jungen Dame am Schalter, »aber mir ist da vermutlich gestern Abend ein kleines Missgeschick passiert. Ich habe ein Telegramm abgesandt und noch keine Antwort darauf erhalten. Daher befürchte ich stark, dass ich vergessen habe, am Ende meinen Namen darunterzusetzen. Könnten Sie mir vielleicht sagen, ob dies der Fall war?«

Die junge Dame blätterte einen Stapel von Telegrammkopien durch.

»Um wie viel Uhr war das?«

»Etwas nach sechs.«

»Wer war der Empfänger?«

Holmes hielt den Finger an die Lippen, um der jungen Dame zu verstehen zu geben, dass es einen delikaten Hintergrund gebe, der nicht für meine Ohren bestimmt war, und er darum den Namen nicht nennen wollte. »Die letzten Worte waren ›um Himmels willen‹«, flüsterte er verschwörerisch, »ich bin wirklich sehr besorgt, dass ich noch keine Antwort habe.«

Die junge Frau fand endlich das gesuchte Formular, zog

es aus dem Stapel heraus und strich es auf dem Schalter glatt.

»Hier ist es. Sehen Sie nur, da fehlt wirklich die Unterschrift«, sagte sie.

»Das erklärt, warum ich keine Antwort erhalten habe«, freute sich Holmes. »Wie dumm kann man denn nur sein? Guten Morgen, Miss, und besten Dank dafür, dass Sie mir einen Stein von der Seele gerollt haben.«

Als wir wieder draußen auf der Straße waren, lachte er und rieb sich vergnügt die Hände.

»Nun?«, fragte ich.

»Es geht vorwärts, mein lieber Watson, es geht vorwärts. Ich hatte mir sieben verschiedene Möglichkeiten ausgedacht, wie ich mir einen Einblick in dieses Telegramm verschaffen könnte, aber es war kaum zu erwarten, dass gleich die erste zum Ziel führen würde.«

»Und was hast du nun damit gewonnen?«

»Einen Ausgangspunkt für die weitere Untersuchung.« Er winkte eine Droschke herbei und rief dem Kutscher zu: »King's Cross Station.«

»Wir haben also eine Reise vor?«

»Ja, ich denke, wir fahren zusammen nach Cambridge. Alle Anzeichen weisen in diese Richtung.«

»Sag mal«, fragte ich ihn, als wir im Wagen saßen, hast du schon eine Ahnung, warum dieser junge Mann verschwunden ist? Ich kann mich an keinen Fall erinnern, bei dem die Motive dunkler gewesen wären. Du glaubst doch sicher nicht im Ernst, dass er festgehalten wird, um über seinen reichen Onkel Auskunft zu geben?«

»Ich gebe zu, mein Lieber, dass mir diese Erklärung selbst nicht besonders plausibel erscheint. Ich fand sie aber hervorragend geeignet, um diesen außerordentlich unsympathischen Herrn ein wenig für die Sache zu interessieren.«

»Das hat sie sicher getan. Aber was hast du sonst noch für Theorien?«

»Nun, da könnte ich dir verschiedene benennen. Du musst zugeben, dass es merkwürdig und auffallend ist, dass die Sache gerade am Abend vor diesem wichtigen Spiel passiert und dass gerade der Mann verschwunden ist, dessen Mitwirkung ausschlaggebend zu sein scheint. Es kann selbstverständlich ein bloßer Zufall sein, aber immerhin ist es sonderbar. Im Amateursport wird ja nicht gewettet, aber im Publikum draußen werden trotzdem Wetten abgeschlossen und es ist nicht unmöglich, dass jemand einen Spieler entführt hat, wie die Schurken beim Pferderennen zuweilen Pferde stehlen. Das ist eine Erklärung. Eine andere, gar nicht unwahrscheinliche Möglichkeit ist die, dass dieser junge Mann ja wirklich Erbe eines großen Vermögens sein wird, so gering seine Mittel auch im Augenblick noch sein mögen. Da könnte durchaus ein Plan ausgeheckt werden, wie man ihn festhalten könnte, um ein Lösegeld zu erpressen.«

»Aber in diesen Erklärungen würde doch das Telegramm keinerlei Rolle spielen.«

»Sehr richtig, Watson. Das Telegramm ist und bleibt das einzig Handfeste, das wir haben, und wir dürfen es daher niemals aus den Augen verlieren. Um Licht in die Sache zu bringen, fahren wir jetzt nach Cambridge. Wie sich unsere Nachforschung dort gestalten wird, ist mir vorläufig noch unklar, aber es sollte mich sehr wundern, wenn wir unser Ziel bis morgen Abend nicht erreicht hätten oder ihm doch um ein gutes Stück näher gekommen wären.«

Es war schon dunkel, als wir in der alten Universitätsstadt ankamen. Holmes nahm am Bahnhof eine Droschke und befahl dem Kutscher, zur Wohnung von Dr. Leslie Armstrong zu fahren. Nach einigen Minuten hielten wir vor einem großen Hause in einer belebten Straße. Wir wurden ins Wartezimmer geführt und nach längerem Warten endlich ins Sprechzimmer vorgelassen. Der Doktor saß hinter dem Schreibtisch.

Dass mir der Name Leslie Armstrong unbekannt war, beweist, wie sehr ich alle Fühlung mit meinem Beruf verloren hatte. Jetzt weiß ich, dass er nicht nur einer der bedeutendsten Professoren der medizinischen Fakultät der Universität Cambridge ist, sondern ein Gelehrter von Rang, der in mehr als einem Wissenschaftszweig in ganz Europa in höchstem Ansehen steht. Aber auch wer keine Ahnung von der Berühmtheit des Mannes hatte, musste schon von seinem Aussehen beeindruckt sein. Dieser außergewöhnliche, viereckige Kopf, die nachdenklichen Augen unter den markant geschwungenen Brauen, das Kinn, das aus Granit gemeißelt schien. Was ich aus alldem herauslas, war ein Mann von tiefgründigem Charakter, hochintelligent, grimmig, asketisch, in sich selbst ruhend, furchterregend, dieser Dr. Armstrong. Er hatte die Visitenkarte meines Freundes in der Hand und blickte uns nicht gerade allzu freundlich an.

»Ich kenne Sie dem Namen nach, Mr Holmes, und auch Ihre Tätigkeit, die ich keineswegs gutheiße.«

»Diese Ansicht dürften wohl alle Verbrecher in England mit Ihnen teilen, Herr Professor«, antwortete Holmes ganz ruhig.

»Soweit sich Ihre Bemühungen gegen das Verbrechen richten, verdienen sie die Unterstützung jedes vernünftig denkenden Mitgliedes der menschlichen Gesellschaft, obgleich ich nicht bezweifle, dass die Polizei mit dieser Aufgabe auch allein fertig würde. Aber Kritik verdient Ihre Tätigkeit, wenn Sie die Geheimnisse von Privatpersonen auskundschaften, wenn Sie Familienangelegenheiten aufdecken, die besser verborgen blieben, und, nur am Rande bemerkt, wenn Sie die Zeit von Leuten in Anspruch nehmen, die Wichtigeres zu tun haben als Sie. Gegenwärtig sollte ich zum Beispiel eine wissenschaftliche Abhandlung schreiben, statt mich mit Ihnen zu unterhalten.«

»Ohne Zweifel, Herr Doktor; und doch erweist sich die Unterhaltung vielleicht als wichtiger als die wissenschaftliche Abhandlung. Übrigens, nur am Rande bemerkt, möchte ich Ihnen erwidern, dass wir genau das Gegenteil von dem tun, was Sie mit Recht kritisieren, dass wir nämlich gerade zu verhindern suchen, dass Privatangelegenheiten an die Öffentlichkeit dringen, was unweigerlich geschieht, wenn eine solche Sache erst einmal in den Händen der Polizei liegt. Betrachten Sie mich also einfach als eine Art Pionier, der das Terrain erkundet, ehe die reguläre Polizeistreitmacht des Landes den Kampf aufnimmt. Ich bin zu Ihnen gekommen, um Sie nach Mr Godfrey Staunton zu fragen.«

»Was ist mit ihm?«

»Sie kennen ihn doch, nicht wahr?«

»Er ist ein guter Bekannter von mir.«

»Sie wissen, dass er verschwunden ist?«

»So, ist er das?«

Der Professor verzog keine Miene bei diesen Worten.

»Er ist vergangene Nacht aus seinem Hotel fortgegangen und man hat nichts wieder von ihm gehört.«

»Er wird sicher wiederkommen.«

»Morgen findet das traditionelle Rugby-Match zwischen Cambridge und Oxford statt.«

»Ach lassen Sie mich in Ruhe mit diesem Kinderkram! Das Match interessiert mich nicht im Geringsten. Anders das Geschick des jungen Mannes, weil ich ihn kenne und gernhabe.«

»Dann darf ich also auf Ihre Unterstützung bei der Suche nach Mr Staunton rechnen? Kennen Sie seinen Aufenthaltsort?«

»Ganz sicher nicht!«

»Sie haben ihn seit gestern nicht mehr gesehen?«

»Nein.«

»War Mr Staunton ein gesunder Mann?«

»Vollkommen.«

»Ist er Ihres Wissens jemals krank gewesen?«

»Nie.«

Holmes legte dem Professor ein Stück Papier vor. »Dann haben Sie wohl die Güte, sich zu dieser quittierten Rechnung zu äußern, nach der Mr Godfrey Stanton im letzten Monat vierzehn Pfund an Herrn Dr. Leslie Armstrong in

Cambridge bezahlt hat. Ich fand sie unter den Papieren auf seinem Schreibtisch.«

Der Doktor wurde rot vor Zorn.

»Ich sehe keinerlei Grund, warum ich Ihnen eine Erklärung dazu abgeben sollte, Mr Holmes.«

Mein Freund legte den Zettel wieder in sein Notizbuch.

»Wenn Sie eine öffentliche Aufklärung vorziehen, gut! Sie wird früher oder später nicht zu vermeiden sein«, erwiderte er. »Ich habe Ihnen bereits gesagt, dass ich Dinge unter der Decke halten kann, die andere an die Öffentlichkeit zu ziehen verpflichtet sind, und es wäre wirklich klüger von Ihnen, mich voll in Ihr Vertrauen zu ziehen.«

»Ich weiß nicht, was Sie von mir wollen.«

»Haben Sie aus London eine Nachricht von Mr Staunton bekommen?«

»Bestimmt nicht!«

»Na, so was, na, so was! – Schon wieder diese Post!«, seufzte Holmes. »Dabei ist doch gestern Abend um sechs Uhr fünfzehn von Godfrey Staunton ein sehr dringendes Telegramm aus London an Sie aufgegeben worden – ein Telegramm, das ohne Zweifel mit seinem Verschwinden in Zusammenhang steht – und das haben Sie nicht erhalten. Das ist unverzeihlich. Ich werde gleich zum Telegrafenamt gehen und eine geharnischte Beschwerde formulieren.«

Dr. Armstrong sprang wie von der Tarantel gestochen mit zornesrotem Gesicht hinter seinem Schreibtisch auf.

»Ich darf Sie bitten, sofort mein Haus zu verlassen, Sir«, sagte er. »Sagen Sie Ihrem Auftraggeber, Lord Mount-James, dass ich weder mit ihm noch mit seinen Agenten etwas zu schaffen haben will. Nein, Sir, kein weiteres Wort!«

Er betätigte wütend die Klingel. »John, leuchte diesen Herren hinaus!« Ein aufgeblasener Butler wies uns die Tür und wir standen draußen auf der Straße. Holmes fing laut zu lachen an.

»Na, das ist ja mal eine energische Persönlichkeit, dieser Dr. Armstrong«, sagte er, »und wir, mein lieber Watson, uns hat man auf die Straße gesetzt und so sind wir nun ohne Obdach, ohne Freunde in dieser ungastlichen Stadt gestrandet, aus der wir doch nicht entrinnen können, ohne unseren Fall aufzugeben. Aber schau mal, das kleine Gasthaus hier, gerade gegenüber Armstrongs Wohnung, ist für unsere Zwecke ideal geeignet. Würdest du uns bitte ein Zimmer mit Blick nach vorn mieten und die unentbehrlichen Kleinigkeiten für die Nacht einkaufen? Ich nutze währenddessen die Zeit, ein paar Nachforschungen anzustellen.«

Diese paar Nachforschungen erwiesen sich jedoch als zeitraubender, als Holmes wohl gedacht hatte, denn er kehrte erst kurz vor neun Uhr ins Gasthaus zurück. Er war blass und niedergeschlagen, mit Schmutz auf der Kleidung und vor Hunger und Ermüdung erschöpft. Ein kaltes Abendbrot stand schon für ihn bereit, und als er seine Bedürfnisse befriedigt und seine Pfeife angezündet hatte, machte er jenes halb komische und ganz philosophische Gesicht, das ihm eigen war, wenn die Dinge nicht so liefen, wie er sich das gedacht hatte. Da erregte plötzlich das Geräusch von Wagenrädern seine Aufmerksamkeit; er stand rasch auf und schaute zum Fenster hinaus. Vor dem Tor von Armstrongs Haus stand eine geschlossene zweisitzige Kutsche, bespannt mit zwei Schimmeln.

»Er war jetzt drei Stunden unterwegs«, sagte Holmes. »Von halb sieben, da ist er losgefahren, bis jetzt. Das entspricht ungefähr einer Strecke von zehn bis zwölf Meilen im Umkreis und diese Tour macht er jeden Tag ein-, bisweilen auch zweimal.«

»Nicht ungewöhnlich, für einen praktischen Arzt.«

»Aber Armstrong ist nicht wirklich ein praktischer Arzt. Er ist Professor an der Universität und Spezialist ohne größeres Interesse für die allgemeine ärztliche Tätigkeit, die ihn nur von seinen wissenschaftlichen Publikationen ablenken würde. Wozu unternimmt er dann diese langen Fahrten, die ihm doch ungeheuer lästig sein müssen, und wen besucht er?«

»Man könnte seinen Kutscher –«

»Mein lieber Watson, du kannst doch nicht ernsthaft daran zweifeln, dass dieser der Erste war, an den ich mich wandte? Ich weiß nicht, ob er von sich aus so niederträchtig ist oder ob er es auf Geheiß seines Herrn getan hat, jedenfalls hat er einen Hund auf mich gehetzt. Glücklicherweise fanden weder Kutscher noch Hund Vergnügen am Anblick meines Stocks und traten den Rückzug an. Die Beziehungen zwischen uns waren dann aber so gespannt, dass an dieser Stelle weitere Nachforschungen keinen Erfolg mehr versprachen. Nein, alles, was ich erfahren habe, verdanke ich einem freundlichen Eingeborenen dieser Stadt, den ich unten im Hof unseres Gasthauses getroffen habe. Er war es, der mir von den Gewohnheiten des Doktors und seinen täglichen Ausfahrten erzählt hat.«

Wie um seine Aussagen zu bestätigen, kam auch gerade im selben Augenblick der Wagen aus dem Hof herausgefahren.

»Konntest du ihm nicht folgen?«

»Na klasse, Watson! Du sprühst heute Abend nur so vor Gedankenblitzen. Diese Idee kam mir wahrhaftig auch in den Sinn. Wie du vielleicht gesehen hast, befindet sich ganz in der Nähe unseres Gasthauses ein Fahrradladen. Ich lief schnell hinein, mietete mir ein solches Gefährt und schaffte es tatsächlich, dasselbe in Gang zu bringen, ehe die Kutsche ganz außer Sicht gekommen war. Ich kam ihr rasch näher, folgte ihr dann in einem Abstand von etwa hundert Yard und behielt ihre Lichter im Blick. Es ging hinaus aus der Stadt und wir waren schon ein gutes Stück weit auf der Landstraße gekommen, als ich in eine in jeder Hinsicht demütigende Situation geriet. Der Wagen hielt, ich natürlich auch, der Professor stieg aus, kam schnurstracks auf mich zu und erklärte höhnisch, die Straße sei leider eng, er wolle aber nicht, dass seine Kutsche mein Fahrrad noch länger am Überholen hindere. Selten hat mich jemand in so gelungener Weise vorgeführt und ich kann ihm meine Bewunderung dafür nicht versagen. Jedenfalls blieb mir nichts anderes übrig, als sogleich an dem Wagen vorbeizufahren. Ich bin dann der Straße gefolgt und habe nach ein paar Meilen an einer geeigneten Stelle, wo man mich nicht entdecken konnte, angehalten, um zu sehen, ob der Wagen wieder an mir vorbeikommen würde. Das war aber nicht der Fall. Er war offenbar in einen der Seitenwege eingebogen, die ich bemerkt hatte, ich konnte aber keine Spur von ihm entdecken. Jetzt ist er, wie du bemerkt hast, nach mir zurückgekommen. Natürlich hatte ich anfangs nicht erwartet, dass diese Fahrten in Zusammenhang mit dem Verschwinden des jungen Staunton ständen, ich nahm die Verfolgung nur auf, weil mich augenblicklich alles interessiert, was Dr. Armstrong betrifft. Aber jetzt, wo ich weiß, dass er so genau aufpasst, ob er vielleicht verfolgt wird, erscheint mir die Sache bedeutend wichtiger und ich werde mich nicht eher zufriedengeben, bis ich mir volle Klarheit verschafft habe.«

»Dann können wir ihm ja morgen wieder folgen.«

»Meinst du? Das ist nicht so leicht, wie du dir vorstellst. Du kennst sicher die Landschaft hier in Cambridgeshire nicht. Sie eignet sich schlecht zum Verstecken. Die ganze Gegend, durch die ich heute Abend gekommen bin, ist so flach und eben wie eine Tischplatte und wir sind hinter keinem Dummen her, das habe ich eben deutlich erfahren. Ich habe an Overton telegrafiert, er soll mich von etwaigen neuen Entwicklungen in London sofort unter dieser Adresse hier benachrichtigen. Einstweilen können wir unsere ganze Aufmerksamkeit nur dem Herrn Dr. Armstrong zuwenden, dessen Namen ich durch die Liebenswürdigkeit der jungen Dame im Telegrafenamt erfahren habe, als sie mir die Telegrammkopie zum Lesen gab. Er weiß, wo sich der junge Mann aufhält – darauf könnte ich schwören –, und wenn er es weiß, liegt es an uns, wenn wir es nicht auch erfahren. Augenblicklich lässt sich nicht leugnen, dass er uns gegenüber das Ass im Ärmel hat, aber, wie dir bekannt ist, Watson, pflege ich das Spiel in solch einer Situation nicht aufzugeben, bis sich das Blatt in meinem Sinne gewendet hat.«

Aber der nächste Tag brachte uns der Lösung des Geheimnisses nicht näher. Nach dem Frühstück erhielt Holmes eine Mitteilung, die er mir dann lächelnd weiterreichte.

Sir, ich kann Ihnen versichern, dass es verlorene Mühe ist, wenn Sie meinem Wagen folgen. Wie Sie gestern Abend gemerkt haben werden, hat mein Wagen ein Rückfenster, und wenn Sie zwanzig Meilen durch die Gegend fahren wollen, nur um wieder beim Ausgangspunkt der Fahrt anzukommen, brauchen Sie nur hinter mir herzufahren. Im Übrigen kann ich Ihnen die Mitteilung machen, dass alles Spionieren Mr Godfrey Staunton in keiner Weise helfen kann. Ich bin überzeugt, dass Sie dem Herrn den besten Dienst erweisen, indem Sie sofort nach London zurückreisen und Ihrem Auftraggeber berichten, dass Sie ihn nicht aufzuspüren vermögen. In Cambridge verbringen Sie mit Sicherheit nur verlorene Zeit.

Hochachtungsvoll
Dr. Leslie Armstrong

»Der Doktor ist wenigstens ein offener und ehrlicher Gegner«, sagte Holmes. »Er macht mich neugierig, ich muss unbedingt mehr von ihm wissen, ehe ich mich von ihm trenne.«

»Sein Wagen steht eben wieder vor der Tür«, sagte ich.

»Er steigt gerade ein. Ich bemerkte, wie er erst zu unserem Fenster heraufsah. Ich schlage vor, ich versuche mein Glück auf dem Rad.«

»Nein, nein, mein lieber Watson! Bei aller Achtung vor deinem natürlichen Scharfsinn, dem ehrenwerten Doktor gegenüber würdest du doch bald den Kürzeren ziehen. Ich glaube, dass ich unseren Zweck durch ein paar eigene Erkundungen erreichen kann. Es tut mir leid, dich heute deinem Schicksal überlassen zu müssen. Wenn gleich *zwei* wissbegierige Fremde die ländliche Bevölkerung heimsuchten, würde das mehr Klatsch und Tratsch geben, als mir lieb sein kann. Du wirst ja sicher in dieser ehrwürdigen Stadt ein paar Sehenswürdigkeiten finden, die dich interessieren, und ich hoffe, dass ich heute Abend Erfreulicheres zu berichten haben werde als gestern.«

Mein Freund sollte aber ein zweites Mal enttäuscht werden. Er kam am Abend zurück, müde und ohne Erfolg.

»Ich habe heute gar nichts erreicht Watson. Nachdem ich die Richtung herausgefunden hatte, die der Professor einschlug, habe ich den ganzen Tag damit verbracht, sämtliche infrage kommenden Dörfer im Norden von Cambridge aufzusuchen und an allen möglichen Stellen Erkundigungen einzuziehen. Ich habe ein gutes Stück Wegs hinter mir, war in Chesterton, Histon, Waterbeach und Oakington. Eine Kutsche mit zwei Schimmeln, die jeden Tag ein- oder zweimal vorbeikommt, hätte man in solch verschlafenen Nestern sicher nicht übersehen. Dort war der Doktor also nicht, ein weiterer Punkt für ihn. Ist ein Telegramm für mich angekommen?«

»Ja, ich habe es aufgemacht. Es lautet: *Fragen Sie nach Pompejus von Jeremy Dixon, Trinity College.* Ich habe keine Ahnung, was das heißen soll.«

»Ach, das ist ziemlich klar. Es ist von unserem Freund Overton und enthält die Antwort auf eine Anfrage von mir. Ich will gleich ein paar Zeilen an Mr Dixon schreiben und dann wird sich unser Glück sicher wenden. Nebenbei, hast du etwas von dem Match gehört?«

»Ja, das hiesige Abendblatt enthält in der neuesten Ausgabe einen vorzüglichen Bericht darüber. Oxford hat mit einem Tor und zwei Versuchen, also insgesamt 13 Punkten, gewonnen. Am Schluss des Berichts steht:

Die Niederlage der Hellblauen ist vor allem der unglücklichen Abwesenheit des überragenden Nationalspielers Godfrey Staunton zuzuschreiben, dessen Fehlen in jeder Sekunde des Spiels spürbar war. In der Dreiviertel-Reihe klappten die Kombinationen nicht und die Reihe funktionierte weder im Angriff noch in der Verteidigung so, wie sie sollte. Diese Defizite konnten durch den unermüdlichen Einsatz im Gedränge nicht annähernd kompensiert werden.«

»Dann waren die Befürchtungen unseres Freundes Overton also gerechtfertigt«, meinte Holmes. »In diesem Punkt stimme ich übrigens persönlich mit Dr. Armstrong überein, Rugby interessiert mich nicht wirklich. Heute geht's früh zu Bett, Watson, denn voraussichtlich haben wir morgen einen ereignisreichen Tag.«

Als ich Holmes am andern Morgen erblickte, bekam ich

einen ziemlichen Schrecken, saß er doch am Kaminfeuer und hielt eine kleine Spritze in der Hand, die ich als seine Morphiumspritze kannte. Sofort dachte ich an die einzige Schwäche meines Freundes und fürchtete einen Rückfall. Aber Holmes lachte über meinen entsetzten Ausdruck und legte das Instrument auf den Tisch.

»Nein, nein, mein Lieber, kein Grund zur Beunruhigung. In diesem Falle ist es kein Werkzeug des Bösen, vielmehr soll es den Schlüssel zur Auflösung unseres Geheimnisses bilden. Ich setze alle meine Hoffnungen auf diese Spritze. Ich bin gerade zurück von einem kleinen Kontrollgang. Die Aussichten stehen sehr günstig. Nimm ein tüchtiges Frühstück, Watson, denn ich habe vor, heute Armstrongs Fährte zu verfolgen, und, sobald ich einmal auf dieser bin, werde ich mir weder zum Ausruhen noch zum Essen Zeit nehmen, bis ich ihn in seinem Bau aufgespürt habe.«

»Wenn das so ist«, antwortete ich, »nehmen wir wohl unser Frühstück besser mit, denn er scheint früh aufzubrechen, sein Wagen steht schon vor der Tür.«

»Das schadet nichts. Lass ihn nur losfahren. Er muss schon ziemlich clever sein, wenn er irgendwohin fahren will, wo ich ihm nicht folgen kann. Wenn du fertig gefrühstückt hast, wollen wir zusammen hinuntergehen. Ich will dich dann mit einem Detektiv bekannt machen, der ein herausragender Spezialist auf dem Gebiet ist, das uns heute beschäftigt.«

Als wir unten im Hof waren, öffnete Holmes die Tür einer Box. Heraus sprang ein Jagdhund, braun und weiß gefleckt, gedrungen, mit Schlappohren, so ein Art Mittelding zwischen Beagle und Fuchshand.

»Darf ich dir Pompejus vorstellen?«, sagte mein Freund. »Er ist der Stolz der Cambridger Spürhunde; nicht übermäßig schnell, wie du aus seinem Körperbau erkennen wirst, aber er hat eine ausgezeichnete Nase. Nun, Pompejus, wenn du auch kein allzu guter Läufer bist, so fürchte ich doch, dass du für ein paar Londoner Herren in mittleren Jahren noch ein zu rasches Tempo einschlägst. Ich werde mir daher die Freiheit nehmen, diese Lederleine an deinem Halsband festzumachen. Nun komm, alter Freund, und zeig, was du kannst!«

Er führte ihn hinüber an die Tür von Dr. Armstrongs Wohnhaus. Der Hund schnüffelte einen Augenblick, dann winselte er laut vor Aufregung und schon ging's die Straße hinunter. In einer halben Stunde waren wir draußen vor der Stadt und eilten eine Landstraße entlang.

»Wie hast du das angestellt, Holmes?«, fragte ich ihn.

»Eine althergebrachte und beinahe abgedroschene Methode, die gleichwohl manchmal ganz nützlich ist. Als ich heute früh beim Doktor im Hof war, hatte ich die Spritze voll Anisöl in meiner Hosentasche. Damit habe ich im Vorbeigehen das hintere Wagenrad bespritzt. Da kann jetzt Armstrong fahren, wohin und wie weit er will, einen Spürhund wie Pompejus kann er nicht abschütteln. – Oh, sieh an, der gerissene Schuft! So hat er mich also vorgestern reingelegt.«

Der Hund war plötzlich von der Hauptstraße rechts ab- und in einen grasbewachsenen Feldweg eingebogen. Dieser führte nach einer halben Meile wieder auf eine breite Straße, in der wir jetzt, der Nase des Hundes folgend, wieder rechts nach Süden abbogen in Richtung auf die Stadt, aus der wir hergekommen waren.

»Diesen Umweg hat er nur für uns gemacht«, sagte Holmes. »Kein Wunder, dass meine Erkundigungen in den Dörfern im Norden nichts erbracht haben. Der Doktor hat keine Mühe gescheut, uns hinters Licht zu führen, und ich möchte zu gern wissen, was er mit dieser Täuschung bezweckt hat. Das Dorf dort zur Rechten muss Trumpington sein. Wahrhaftig! Hier kommt sein Wagen um die Ecke. Rasch, Watson, rasch, oder wir haben verloren!«

Er stürzte durch ein Gatter in ein Feld, sprang über den Graben ins Feld, den widerstrebenden Pompejus hinter sich herziehend. Wir hatten uns kaum hinter einer Hecke verborgen, als das Fuhrwerk vorbeisauste. Ich sah flüchtig, dass Dr. Armstrong darin saß, niedergebeugt, den Kopf auf die Hände gestützt, ein Bild äußerster Sorge und Bekümmernis. An dem ernsten Gesicht meines Gefährten bemerkte ich, dass auch ihm dieser Anblick nicht entgangen war.

»Ich fürchte, dass unsere Untersuchung kein schönes Ende nimmt«, sagte er zu mir. »Es wird nicht mehr lange dauern, dann wissen wir es. Komm, Pompejus! Aha, es ist das Häuschen dort mitten im Feld!«

Es bestand kein Zweifel mehr, dass wir am Ziel unserer Reise angelangt waren. Pompejus sprang um das Gatter herum und winselte; die Spuren der Räder waren noch sichtbar. Ein Fußpfad führte zu der einsamen Hütte. Holmes band den Hund am Zaun fest und wir eilten darauf zu. Mein Freund pochte an die niedrige Tür, er klopfte zum zweiten Mal, aber kein Mensch machte auf. Und doch war das Häuschen nicht unbewohnt, denn es drang ein leises Geräusch an unser Ohr, eine Art Stöhnen und Jammern – es klang unsäglich traurig. Holmes blieb unentschlossen stehen, dann schaute er sich um. Ein Wagen kam heran und wir konnten die Schimmel wiedererkennen.

»Bei Gott, der Professor kehrt noch mal zurück!«, rief Holmes. »Das treibt uns zur Tat. Wir müssen sehen, was los ist, ehe er kommt.«

Er öffnete nun selbst die Tür und wir traten in den Hausflur. Wir hörten das Wehklagen deutlicher. Es kam von oben. Holmes stürzte die Treppe hinauf und ich folgte ihm. Er stieß eine halb offene Türe auf und wir erblassten beide bei dem Anblick, der sich uns bot.

Auf einem Bett lag tot eine junge, hübsche Frau. Ihr friedliches bleiches Gesicht mit den trüben, weit geöffneten blauen Augen war von goldenem Haar umrahmt. Am Bett hockte ein junger Mann, halb sitzend, halb kniend, das Gesicht in die Betttücher vergraben; sein Körper zuckte heftig vor Schluchzen. Er war so von seinem Schmerz überwältigt, dass er erst aufblickte, als ihm Holmes die Hand auf die Schulter legte.

»Sind Sie Mr Godfrey Staunton?«

»Jaja; das bin ich – aber Sie kommen zu spät; sie ist tot.«

Der Mann war so verstört, dass er nicht begreifen konnte, dass wir nicht, wie er annahm, Ärzte seien, die zu Hilfe gekommen wären. Als ihm Holmes einige Worte des Trostes sagte und ihm auseinanderzusetzen suchte, dass seine Freunde durch sein plötzliches Verschwinden in große Unruhe versetzt worden seien, hörten wir Tritte auf der Treppe; und in der Türe erschien das ernste, strenge, fragende Gesicht des Doktors Armstrong.

»So, meine Herren, Sie haben also Ihr Ziel erreicht und zweifellos einen besonders passenden Moment gewählt, hier einzudringen. Ich will im Angesicht des Todes nicht laut werden, aber ich kann Ihnen die Versicherung geben, dass Sie, wenn ich noch jünger wäre, wegen Ihres geradezu unverantwortlichen Benehmens nicht ohne eine gehörige Abreibung von mir davonkämen.«

»Entschuldigen Sie, Herr Dr. Armstrong», erwiderte mein Freund mit Würde, »ich glaube, hier bestehen Missverständnisse auf beiden Seiten. Wenn Sie mit uns hinuntergehen wollten, könnten wir diese traurige Angelegenheit wohl gegenseitig aufklären.«

Nach etwa einer Minute befanden wir uns mit dem grimmigen Professor unten im Wohnzimmer.

»Nun, Sir?«, begann er.

»An erster Stelle möchte ich, dass Sie verstehen, dass ich nicht im Auftrag von Lord Mount-James handle und dass meine Sympathien in diesem Falle durchaus nicht diesem Mann gelten. Ganz im Gegenteil. Wenn aber jemand vermisst wird, erachte ich es als meine Pflicht herauszufinden, was ihm widerfahren ist. Sobald mir das gelungen ist, ist die Sache, was mich betrifft, beendet. Solange es sich nicht um ein Verbrechen handelt, bin ich viel mehr darauf bedacht, private Skandale mit Diskretion zu behandeln, als sie öffentlich zu machen. Ich gehe absolut davon aus, dass in dieser Angelegenheit kein strafrechtliches Vergehen im

Spiel war. Wenn ich mit dieser Annahme richtigliege, können Sie sich in jeder Weise auf meine Verschwiegenheit und meine Kooperation dabei verlassen, die Sache aus den Zeitungen zu halten.«

Dr. Armstrong ging auf meinen Freund zu und schüttelte ihm die Hand.

»Sie sind ein wackerer Mann«, sagte er. »Ich hatte Sie falsch beurteilt. Ich freue mich, dass es mir mein Gewissen nicht erlaubte, den armen Staunton in diesem Zustande allein zu lassen, und dass ich dadurch Ihre Bekanntschaft gemacht habe. So viel, wie Sie schon über die Sache wissen, gibt es nicht mehr viel zu erklären. Vor einem Jahre wohnte Staunton eine Zeit lang in London und verliebte sich leidenschaftlich in die Tochter seiner Wirtsleute und heiratete sie. Sie war ebenso gut, wie sie schön war, und ebenso intelligent, wie sie gut war. Kein Mann braucht sich einer solchen Frau zu schämen. Aber Godfrey war der Erbe dieses griesgrämigen alten Lords und das Bekanntwerden dieser Heirat hätte zweifellos das Ende der Erbschaft bedeutet. Ich kannte den Jungen sehr gut und liebte ihn wegen vieler vorzüglicher Eigenschaften. Was ich machen konnte, um ihn vor Schaden zu bewahren, machte ich. Wie taten unser Bestes, um die Sache vor allen zu verheimlichen, denn wenn so etwas erst einmal durchsickert, dauert es nicht lange, so weiß es alle Welt. Dank dieses abgelegenen Häuschens und seiner eigenen Verschwiegenheit ist es Godfrey bis jetzt gelungen, das Geheimnis zu bewahren, das niemand außer mir und einem zuverlässigen Diener kannte, der jetzt gerade unterwegs nach Trumpington ist, um mehr Hilfe zu holen. Doch dann brach das Unglück in Form einer gefährlichen Erkrankung der Frau über das Ehepaar herein. Es war Schwindsucht in ihrer schlimmsten Form. Der arme Junge war halb wahnsinnig vor Kummer und musste trotzdem nach London zu dem Match, denn wenn er nicht angetreten wäre, hätte er das erklären und sein Geheimnis verraten müssen. Ich versuchte, ihn durch ein Telegramm aufzumuntern, worauf er mir zurücktelegrafierte, dass ich alles tun solle, was ich vermöchte. Das war das Telegramm, das Ihnen auf irgendeine unerklärliche Weise zu Gesicht gekommen ist. Ich hatte ihm nicht mitgeteilt, wie groß die Gefahr eigentlich war, denn ich wusste, dass er hier nichts an der Sache ändern konnte, aber dem Vater des Mädchens schrieb ich die Wahrheit und der hat es unklugerweise Godfrey hinterbracht. Das Ergebnis war, dass er in dem an Wahnsinn grenzenden Zustand, in dem er sich immer noch befindet, hierherkam. Die ganze Zeit hat er am Fuß ihres Bettes gekniet, bis der Tod heute Morgen ihrem Leiden ein Ende gesetzt hat. Das ist alles, Mr Holmes, und ich bin sicher, dass ich mich auf Ihre und Ihres Freundes Diskretion fest verlassen kann.

Holmes reichte dem Arzt die Hand.

»Komm, Watson«, sagte er dann; und wir verließen zusammen das Haus des Jammers und traten hinaus in den matten Schein der Wintersonne.

Haus Rotbuchen

Es war ein kalter Morgen im Beginn des Frühjahrs, als wir nach dem Frühstück bei einem munter flackernden Feuer in dem alten Zimmer in der Baker Street beisammensaßen. Dicker Nebel waberte zwischen den schwärzlichen Häuserreihen und die Fenster gegenüber nahmen sich hinter den schweren gelben Dunststreifen aus wie dunkle, formlose Flecken. Unsere Gaslampe brannte und warf ihren Schein auf das weiße Tischzeug, das blinkende Porzellan und die Silberbestecke unseres noch nicht abgedeckten Frühstückstisches. Sherlock war den ganzen Morgen über schweigsam gewesen und war in einer Zeitung nach der anderen die Anzeigenspalten durchgegangen, bis er endlich in nicht allzu bester Laune seine Suche aufgab und begann, sich in der ihm eigenen Art über die schlechten Zeiten auszulassen.

»Ach«, klagte er, »mir scheint, die Tage der großen Fälle sind vorüber. Die Menschheit oder zumindest der kriminelle Teil derselben hat jeglichen Unternehmergeist und alle Originalität verloren. Und was mein eigenes kleines Unternehmen als Detektiv betrifft, so scheint es zusehends zu einer Agentur zur Wiederbeschaffung von Bleistiften oder zur Ratgeberinstanz für junge Damen im Internat zu verkommen. Schlimmer kann es wohl kaum noch werden. Mit dieser Zuschrift, die ich heute früh erhielt, dürfte ich beim Nullpunkt angelangt sein. Da, lies!«

Damit warf er mir einen zerknitterten Brief hin, abgesandt am Montague Place und datiert auf den Abend zuvor.

Werter Mr Holmes!
Ich habe den dringlichen Wunsch, Sie in der Frage zu konsultieren, ob ich eine mir angebotene Stellung als Gouvernante annehmen soll oder nicht. Wenn ich Ihnen damit keine Umstände bereite, werde ich morgen Vormittag um halb elf Uhr bei Ihnen vorsprechen.
Ihre ergebene
Violet Hunter

»Kennst du die junge Dame?«, fragte ich.

»Ich doch nicht.«

»Es ist gerade halb elf.«

»Ja, und ich zweifle nicht, dass es sie ist, die da klingelt.«

»Die Sache kann interessanter ausfallen, als du denkst, du erinnerst dich doch an die Geschichte mit dem blauen Karfunkel. Die sah auch zuerst ganz harmlos aus, entwickelte sich dann aber zu einem richtigen Kriminalfall. So kann es diesmal auch gehen.«

»Nun, wir wollen hoffen! Wir werden es ja bald wissen, denn wenn ich mich nicht sehr täusche, steht die fragliche Person bereits vor der Tür.«

Und in der Tat trat in diesem Moment eine junge Dame ins Zimmer. Sie war einfach, aber hübsch gekleidet, hatte ein frisches, aufgewecktes Gesicht mit Sommersprossen gesprenkelt wie ein Kiebitzei und zeigte mit ihrem bestimmten Auftreten das Selbstbewusstsein einer Frau, die ihren Weg in der Welt allein zu bewältigen wusste.

»Sie nehmen mir doch nicht übel, dass ich Sie belästige?«, begann sie, als mein Freund sich erhob, um sie zu begrüßen. »Aber es ist mir etwas höchst Sonderbares begegnet, und da ich keine Eltern oder sonstige Angehörige habe, die ich um Rat fragen könnte, dachte ich, Sie wären vielleicht so freundlich, mir zu sagen, was ich tun soll.«

»Bitte, nehmen Sie Platz, Miss Hunter. Es wird mir eine Freude sein, Ihnen in jeder Weise zu Diensten zu stehen.«

Es war deutlich zu spüren, dass Holmes sich von dem Wesen und der Ausdrucksweise seiner neuen Klientin angenehm berührt fühlte. Er ließ den Blick prüfend über sie hingleiten und setzte sich dann mit gesenkten Lidern und aneinandergelegten Fingerspitzen zurecht, um ihrer Geschichte zuzuhören.

»Ich war fünf Jahre lang Erzieherin in der Familie des Obersts Spence Munro«, begann sie. »Aber vor etwa zwei Monaten erhielt dieser einen Posten in Halifax in Nova Scotia und nahm seine Kinder mit nach Kanada, sodass ich meine Stelle verlor. Ich gab selbst ein Stellengesuch auf und bewarb mich auf Stellenanzeigen, doch ohne Erfolg. Zuletzt begann die kleine Summe, die ich zurückgelegt hatte, zur Neige zu gehen, und ich wusste mir nun nicht mehr zu helfen.

Es gibt hier in London im West End eine bekannte Stellenvermittlungsagentur für Erzieherinnen namens Westaway. Dort pflegte ich so ziemlich jede Woche einmal nachzufragen, ob nicht vielleicht ein Angebot eingegangen war, das für mich passend wäre. Westaway war der Name des Gründers der Agentur, aber die Geschäfte werden eigentlich von Miss Stoper geführt. Sie sitzt in ihrem eigenen kleinen Büro und die Damen, die Beschäftigung suchen, warten in einem Vorraum und werden dann eine nach der anderen hereingerufen. Miss Stoper blättert dann durch ihre Bücher, um zu sehen, ob sie etwas Passendes hat.

Als ich nun vergangene Woche in das Büro hineingerufen wurde, war Miss Stoper nicht allein. Unmittelbar neben ihr saß ein Mann von ungeheurer Körperfülle mit einem so mächtigen Doppelkinn, dass es fast seinen Hals verdeckte. Auf der Nase trug er einen Kneifer, durch dessen Gläser er die eintretenden Damen mit einem überaus freundlichen Lächeln auf dem Gesicht eingehend musterte.

Bei meinem Eintritt schnellte er förmlich von seinem Stuhle empor und wandte sich hastig zu Miss Stoper. ›Das ist die Richtige‹, sagte er, ›ich könnte gar nichts Besseres finden. Großartig, ganz großartig!‹ Er schien ganz entzückt, rieb sich die Hände vor Vergnügen und machte einen solchen Eindruck von Wohlbehagen, dass es eine wahre Freude war, ihn anzuschauen.

›Sie suchen eine Stelle, Miss?‹, fragte er mich.

›Ja, Sir.‹

›Als Gouvernante?‹

›Ja, Sir.‹

›Und wie viel Gehalt erwarten Sie?‹

›In meiner letzten Stelle, bei Oberst Spence Munro, hatte ich vier Pfund monatlich.‹

›Oh Himmel. Das ist ja ein wahrer Hungerlohn! Unmöglich!‹, rief er, mit seinen fetten Händen in der Luft herumfuchtelnd, als wäre er in heller Aufregung. ›Wie kann man nur einer Dame mit solchen Vorzügen und Fähigkeiten eine so erbärmliche Summe bieten!‹

›Mit meinen Fähigkeiten ist es möglicherweise doch vielleicht nicht so weit her, wie Sie glauben‹, bemerkte ich. ›Etwas Französisch, etwas Deutsch, Musik und Zeichnen.‹

›Ach was‹, rief er, ›darum geht es doch überhaupt nicht. Um es kurz und knapp zu sagen: Ob Sie Erscheinung und Benehmen einer Dame von Stand haben oder nicht, allein darauf kommt es an. Ist dies nicht der Fall, so eignen Sie sich nicht zur Erziehung eines Kindes, das eines Tages vielleicht eine wichtige Rolle in der Geschichte des Landes spielen wird. Trifft es aber zu, wie könnte Ihnen dann ein Gentleman zumuten, sich mit weniger als hundert Pfund im Jahr zu begnügen. Bei mir würde Ihr Gehalt mit diesem Betrag beginnen.‹

Sie können sich vorstellen, Mr Holmes, dass mir in meiner beengten Lage dieses Angebot schon fast zu gut erschien, um wahr zu sein. Der Herr jedoch, der vielleicht den ungläubigen Ausdruck auf meinem Gesicht bemerkte, nahm nun eine Banknote aus seiner Brieftasche.

›Es ist außerdem meine Gewohnheit‹, fuhr er fort und verzog dabei sein Gesicht zu einem so liebenswürdigen Lächeln, dass seine Augen nur noch wie zwei glänzende Streifen zwischen den sie umgebenden Falten hervorblitzten, ›meinen jungen Damen die Hälfte ihres Gehalts im Voraus zu zahlen, damit ihnen die kleinen Auslagen für die Reise und für ihre Garderobe nicht schwerfallen.‹

Ich konnte mich nicht erinnern, je zuvor in meinem Leben einem so netten und rücksichtsvollen Herrn begegnet zu sein. Da ich bereits Schulden bei meinen Händlern hatte, kam mir der Vorschuss sehr gelegen; aber trotzdem hatte die ganze Sache etwas Unwirkliches an sich, sodass ich doch gern etwas Näheres erfahren hätte, ehe ich mich verpflichtete.

›Darf ich fragen, wo Sie wohnen?‹, sagte ich.

›Hampshire – reizender Landsitz. Nennt sich *Haus Rotbuchen;* fünf Meilen hinter Winchester. Die Gegend ist wunderschön und in das Landhaus werden Sie sich auf den ersten Blick verlieben, junge Dame.‹

›Und meine Aufgaben? Darüber möchte ich doch auch gerne etwas erfahren.‹

›Ein einziges Kind, ein kleiner, lieber Bengel gerade sechs Jahre alt. Wenn Sie sehen könnten, wie er Kakerlaken mit dem Pantoffel totschlägt! *Patsch, patsch, patsch!,* geht das und schon sind drei erledigt, ehe du auch nur einmal geblinzelt hast.‹ Dabei lehnte er sich in den Stuhl zurück und lachte wieder, dass seine Augen völlig verschwanden.

Ich war ein wenig konsterniert über diese Art kindlichen Vergnügens, aber da der Vater so darüber lachte, dachte ich, er mache vielleicht einen Scherz.

›Meine Aufgabe wäre also nur die‹, fragte ich weiter, ›für ein einziges Kind zu sorgen?‹

›Nein, nein, das ist nicht alles!‹, rief er. ›Sie wären außerdem verpflichtet, was Sie ja gewiss als selbstverständlich betrachten würden, den Weisungen meiner Frau nachzukommen, vorausgesetzt sie verlangt nichts, was für eine

Dame wie Sie nicht schicklich wäre. Dagegen haben Sie doch keine Bedenken, wie?‹

›Es wäre mir ein Vergnügen, mich nützlich machen zu können.‹

›Nun, ja, zum Beispiel, was die Kleidung betrifft. Wir sind wunderliche Leute, wissen Sie – wunderlich aber gutmütig. Falls wir von Ihnen verlangten, ein Kleid von uns anzuziehen, so würden Sie keinen Einwand gegen diese kleine Marotte erheben, nicht wahr?‹

›Nein‹, erwiderte ich, ziemlich erstaunt über diese Äußerung.

›Oder sich dahin und dorthin zu setzen – daran würden Sie doch keinen Anstoß nehmen?‹

›Oh nein.‹

›Oder ihr Haar ganz kurz zu schneiden, bevor Sie bei uns anfangen?‹

Ich traute kaum meinen Ohren. Wie Sie vielleicht bemerken, Mr Holmes, ist mein Haar ziemlich üppig und hat eine ganz besondere kastanienbraune Färbung. Manche Leute haben darin schon ein Kunstwerk gesehen. Das konnte ich doch nicht so mir nichts, dir nichts opfern.‹

›Ich bedaure, aber das geht zu weit‹, erwiderte ich. Er hatte seine kleinen Augen voll gespannter Erwartung auf mich geheftet und ich sah, wie bei meiner Antwort ein Schatten über seine Züge flog.

›Leider ist dieser Punkt ganz wesentlich‹, sagte er. ›Es ist ein kleiner Spleen meiner Frau und auf weibliche Spleens muss man Rücksicht nehmen, wissen Sie, Miss. Also, Sie wollen Ihr Haar wirklich nicht abschneiden?‹

›Nein, Sir, das ist wirklich unmöglich‹, antwortete ich fest.

›So, dann muss ich leider verzichten. Es ist schade, denn Sie hätten sonst wirklich sehr gut gepasst. Unter diesen Umständen, Miss Stoper, möchte ich gerne noch ein paar von Ihren jungen Damen sehen.‹

Die Genannte hatte sich die ganze Zeit über wortlos mit ihren Papieren zu schaffen gemacht. Nun aber warf sie mir einen sehr unfreundlichen Blick zu, den ich mir nur damit erklären konnte, dass meine Weigerung sie wohl um eine hübsche Vermittlungsgebühr gebracht hatte.

›Wünschen Sie, noch länger vorgemerkt zu bleiben?‹, fragte sie eisig.

›Ja, bitte, Miss Stoper.‹

›Nun, das wird wohl keinen großen Wert haben, da Sie die vortrefflichsten Angebote in dieser Weise ausschlagen. Sie können kaum von uns erwarten, dass wir uns noch viele Mühe geben, Ihnen abermals eine solche Gelegenheit zu verschaffen. Guten Tag, Miss Hunter.‹

Als ich nun wieder zu Hause war, Mr Holmes, und dort nur einen ziemlich leeren Vorratsschrank und auf dem Tische zwei oder drei Rechnungen vorfand, begann ich mich doch zu fragen, ob ich nicht eine Dummheit gemacht hatte. Denn wenn diese Leute auch absonderliche Launen hatten und höchst merkwürdige Dinge von einem verlangten, so waren sie doch zumindest bereit, dafür ordentlich zu zahlen. Hundert Pfund im Jahre verdienen nur sehr wenige Gouvernanten in England. Und was nützten mir schließlich meine Haare? Gibt es nicht eine Menge Frauen, denen sie kurz geschnitten besser stehen? War das vielleicht sogar bei mir ebenso? Am nächsten Tag war ich fast und am dritten Tag restlos davon überzeugt, dass ich einen Fehler gemacht hatte. Ich hatte meinen Stolz schon so weit überwunden, dass ich bereit war, noch einmal in der Agentur nachzufragen, ob die Stelle noch offen sei, als mich der Brief hier erreichte. Ich will Ihnen denselben vorlesen:

Haus Rotbuchen, bei Winchester

Werte Miss Hunter!
Miss Stoper war so freundlich, mir Ihre Adresse zu geben. Ich möchte daher von hier aus bei Ihnen anfragen, ob Sie vielleicht Ihre Entscheidung noch einmal überdacht haben. Nach dem, was ich meiner Frau über Sie erzählt habe, ist sie ganz entzückt von Ihnen und möchte unbedingt, dass Sie bei uns eintreten. Wir sind bereit, zehn Pfund pro Monat, also jährlich einundertundzwanzig Pfund zu geben, um Sie für alle Unannehmlichkeiten, die Ihnen etwa aus unseren Marotten erwachsen könnten, zu entschädigen. Im Grunde genommen sind diese auch gar keine so große Zumutung. Meine Frau ist ganz vernarrt in einen bestimmten Ton von Blau, um ganz genau zu sein: Electric Blue, und wünscht deshalb, dass Sie morgens im Hause ein Kleid von dieser Farbe tragen. Sie brauchen sich jedoch ein solches nicht anzuschaffen, da wir selbst eines besitzen, das meiner lieben Tochter Alice (zurzeit in Philadelphia) gehörte und Ihnen, glaube ich, perfekt passen wird. Wenn wir dann irgendwelche Wünsche äußern, wo sie sitzen

und womit sie sich die Zeit vertreiben sollen, dürfte auch dies Ihnen keinerlei Unannehmlichkeiten bereiten. Was Ihr Haar betrifft, so ist es freilich schade darum, aber auf diesem Punkt muss ich leider bestehen, hoffe nur, dass die Erhöhung Ihres Gehalts sie für den Verlust entschädigt. Ihre Aufgaben, was das Kind betrifft, sind sehr leicht. Also machen Sie den Versuch; kommen Sie her, ich werde Sie von Winchester in meinem Wagen abholen. Lassen Sie mich wissen, mit welchem Zuge Sie eintreffen.
Ihr ergebener
Jephro Rucastle

Dies ist der Brief, Mr Holmes, und ich bin eigentlich entschlossen, die Stelle anzunehmen. Ehe ich jedoch den entscheidenden Schritt tue, wollte ich Ihnen die Angelegenheit vorlegen und hören, was Sie davon halten.«

»Wenn Sie bereits entschlossen sind, Miss Hunter, ist es aber doch unerheblich, was ich davon halte«, meinte Holmes lächelnd.

»Sind Sie denn der Ansicht, ich sollte lieber absagen?«

»Hätte ich eine Schwester, wäre ich, muss ich gestehen, nicht gerade begeistert, wenn sie sich um eine solche Stelle bewerben würde.«

»Aber was soll denn das alles bedeuten, Mr Holmes?«

»Das kann ich nicht sagen, ich habe zu wenig sichere Daten, um daraus eine Schlussfolgerung abzuleiten. Aber vielleicht haben Sie ja eine Vermutung?«

»Ich kann mir nur eines denken. Mr Rucastle machte einen sehr freundlichen, gutmütigen Eindruck. Wäre es nicht möglich, dass seine Frau verrückt ist und dass er dies geheim zu halten sucht, damit sie nicht in eine Anstalt gesteckt wird? Vielleicht will er ja ihren Launen in jeder Weise entgegenkommen, um einem Ausbruch vorzubeugen, der dann für jedermann sichtbar ist.«

»Das ist in der Tat eine mögliche Erklärung, vielleicht sogar die, für die am meisten spricht. Aber auf jeden Fall scheint dieser Haushalt nicht gerade der beste Platz für eine junge Dame.«

»Aber das Gehalt, Mr Holmes, das Gehalt!«

»Nun ja, freilich, die Bezahlung ist gut – zu gut; das ist es gerade, was mir nicht schmeckt. Warum bezahlt man Ihnen einhundertundzwanzig Pfund im Jahr, wenn man auch für vierzig Pfund jemanden haben könnte? Das muss einen Grund haben, und zwar einen ganz wichtigen.«

»Ich dachte, wenn ich Ihnen jetzt schon einmal von der Sache erzählte, würden Sie sofort wissen, worum es geht, wenn ich Sie hernach vielleicht um Hilfe bäte. Das Gefühl, dass, wenn nötig, jemand wie Sie hinter mir steht, würde mich sehr beruhigen.«

»Nun, dieses Gefühl dürfen Sie getrost mitnehmen. Ich für mein Teil habe das Gefühl, dass Ihr kleines Problem das interessanteste zu werden verspricht, das mir seit mehreren Monaten über den Weg gelaufen ist. Es weist einige überraschende Züge ganz besonderer Art auf. Sollten Sie sich also unsicher oder gar in Gefahr fühlen –«

»Gefahr? – An was für eine Gefahr denken Sie?«

Holmes schüttelte ernst den Kopf. »Wenn wir sie sicher benennen könnten, wäre sie keine solche mehr. Doch bei

Tag und bei Nacht, es bedarf nur eines Telegramms und ich werde Ihnen zu Hilfe eilen.«

»Das genügt.« Damit erhob sie sich frisch und munter, jede Ängstlichkeit war gänzlich aus ihren Zügen verschwunden. »Jetzt sehe ich guten Mutes meiner neuen Aufgabe in Hampshire entgegen. Ich werde Mr Rucastle unverzüglich schreiben, mein armes Haar heute Abend opfern und morgen nach Winchester fahren.«

Mit ein paar Dankesworten an Holmes wünschte sie uns noch einen guten Tag und machte sich eilig auf den Weg.

»Die junge Dame scheint mir Manns genug zu sein, sich selbst zu beschützen«, bemerkte ich, als wir ihren raschen, festen Schritt auf der Treppe hörten.

»Das wird sie wohl auch müssen«, erwiderte Holmes ernst. »Wenn ich mich nicht sehr täusche, werden wir schon in wenigen Tagen Nachricht von ihr erhalten.«

Es dauerte auch gar nicht lange, so ging seine Vorhersage in Erfüllung. Während der nächsten vierzehn Tage ertappte ich meine Gedanken häufig dabei, wie sie zu der jungen Frau wanderten und sich fragten, in was für seltsame Verhältnisse sie wohl geraten war. Das ungewöhnlich hohe Gehalt, die sonderbaren Bedingungen, die leichten Aufgaben – das war alles nicht normal. Aber ob es sich hier um Spinnerei handelte oder um einen verbrecherischen Plan, ob der Mann aus Menschenliebe handelte oder ob er ein Schurke war, ich war nicht in der Lage, es zu entscheiden. Was Holmes betrifft, so sah ich ihn oft eine halbe Stunde lang ununterbrochen mit gerunzelten Brauen in tiefes Nachdenken versunken dasitzen; fing ich jedoch von der Sache an, so winkte er immer ab. »Fakten! Fakten! Fakten!«, rief er ungeduldig aus. »Ich kann doch keine Ziegel brennen, wenn mir der Lehm fehlt.« Wenn er sich aber dann erhob, machte er jedes Mal die Bemerkung, seiner eigenen Schwester würde er niemals gestattet haben, eine derartige Stelle anzunehmen.

Das erwartete Telegramm traf eines Abends spät ein, als ich eben im Begriffe war, mich zurückzuziehen, und Holmes sich seinen geliebten chemischen Experimenten widmen wollte, die ihn oft die ganze Nacht fesselten, sodass man ihn, wenn man morgens zum Frühstück kam, nicht selten noch immer über seine Retorten und Reagenzgläser gebeugt vorfand. Holmes riss den gelben Telegrammumschlag auf, überflog den Inhalt der Depesche und dann reichte er sie mir. »Stell fest, wann wir fahren können«, sagte er dabei, indem er sich wieder seiner Beschäftigung zuwandte. Es war eine kurze, dringende Aufforderung. Sie lautete:

Kommen Sie, bitte, morgen Mittag in den »Schwarzen Schwan« in Winchester. Kommen Sie ganz bestimmt, ich weiß nicht mehr aus noch ein.

Hunter

»Willst du mich begleiten?«, fragte Holmes aufschauend.

»Ja, gerne.«

»Na dann, wann können wir los?«

»Ein Zug um halb zehn«, sagte ich nach einem Blick in den Fahrplan, »trifft in Winchester um halb zwölf ein.«

»Das passt ja ganz gut. Dann will ich meine Untersuchung der Azetate hier lieber verschieben. Wir müssen morgen früh frisch und munter sein.«

Am nächsten Vormittag befanden wir uns gegen elf Uhr nicht mehr weit von unserem Ziel, Englands alter Hauptstadt. Holmes hatte sich die ganze Zeit über in die Morgenblätter vergraben. Als wir jedoch die Grenze zu Hampshire überquert hatten, warf er sie beiseite, um den Ausblick auf die Gegend zu genießen. Es war ein wundervoller Frühlingstag, am lichtblauen Himmel flogen weiße Federwölkchen von West nach Ost und bei dem hellen Sonnenschein lag in der Luft etwas wunderbar Erfrischendes. Allenthalben leuchteten die roten und grauen Dächer der Gehöfte aus dem zarten jungen Grün hervor.

»Wie frisch und hübsch diese Häuschen daliegen!«, rief ich mit der Begeisterung eines Menschen, der eben erst die Nebeldünste Londons hinter sich gelassen hatte.

Doch Holmes schüttelte ernst den Kopf. »Weißt du, Watson«, meinte er, »das ist eine der Kehrseiten eines Verstandes, der wie der meine arbeitet, dass ich immer alles aus dem Blickwinkel meines Spezialgebiets betrachten muss. Du siehst beim Anblick der weit zerstreuten Häuser ihre Schönheit, ich dagegen muss immer daran denken, wie einsam sie liegen und wie leicht sich darin Verbrechen begehen lassen, die niemals aufgedeckt werden.«

»Gütiger Himmel«, rief ich aus, »wie kann man nur bei solch romantischen Gehöften an Verbrechen denken?«

»Mich erfüllen sie stets mit einem gewissen Schauder. Meine Erfahrung sagt mir, dass die verrufensten Gassen in

London nicht mehr an Freveltaten aufzuweisen haben als die Landschaften, die uns so lieblich anlachen wie diese hier.«

»Das klingt ja schaurig!«

»Liegt aber auf der Hand. In der Stadt übt die öffentliche Meinung einen großen Druck aus. Es gibt keine Gasse, die so heruntergekommen ist, dass nicht der Schrei eines gequälten Kindes oder die rohe Gewalttat eines Trunkenbolds bei den Nachbarn Mitleid und Empörung wecken würde, und dann ist es nur ein kurzer Weg zur Anzeige und zur Bestrafung des Verbrechers. Schau dir dagegen diese einsamen Häuser an, umgeben von eigenem Grund und Boden, vielfach bewohnt von einfachen, ungebildeten Leuten, die von Recht und Gesetz herzlich wenig wissen. Was für Taten höllischer Grausamkeit und versteckter Bosheit können sich jahrelang an solchen Orten abspielen, ohne dass jemand etwas ahnt. Hätte unsere Klientin ihre Stelle bei einer Familie in Winchester angetreten, ich hätte mir niemals Sorgen um sie gemacht. Es sind die fünf Meilen Land bis dahin, die die Gefahr ausmachen. Allerdings ist sie selbst offenbar persönlich nicht bedroht.«

»Nein, da hast du recht. Wenn sie sich mit uns in Winchester verabredet hat, darf sie offensichtlich ihren Aufenthaltsort ungehindert verlassen.«

»So ist es. Ihre Freiheit ist ihr nicht genommen.«

»Aber was *kann* denn bloß dahinterstecken. Hast du eine Erklärung?«

»Nicht eine, sondern sieben. Und alle passen zu dem, was wir bisher wissen. Aber welche richtig ist, lässt sich nur entscheiden, wenn wir neue Informationen bekommen, und damit ist zweifellos in Kürze zu rechnen. Da sieht man ja schon den Turm der Kathedrale, wir werden also bald alles wissen, was Miss Hunter uns mitzuteilen hat.«

Der »Schwarze Schwan« ist ein Gasthaus von gutem Ruf in der High Street ganz nah am Bahnhof. Dort wartete die junge Dame bereits auf uns. Sie hatte einen Raum bestellt, in dem wir uns ungestört unterhalten konnten, und auf dem Tisch stand eine kleine Mahlzeit bereit.

»Wie schön, dass Sie gekommen sind«, sagte sie glücklich. »Das ist wirklich nett von Ihnen beiden, aber ich weiß auch wirklich nicht, was ich tun soll. Ihr Rat wird mir von unschätzbarem Werte sein.«

»Bitte, erzählen Sie uns Ihre Erlebnisse.«

»Das will ich und ich muss mich damit beeilen, denn ich habe Mr Rucastle versprochen, um drei Uhr zurück zu sein. Er gab mir die Erlaubnis, heute Vormittag in die Stadt zu fahren, natürlich weiß er nicht, zu welchem Zweck.«

»Erzählen Sie uns nur alles hübsch nach der Reihe«, wiederholte Holmes, indem er seine Beine am Feuer ausstreckte und sich zum Zuhören zurechtsetzte.

»Ich möchte gleich vorausschicken und ich muss das auch fairerweise sagen«, begann Miss Hunter, »dass ich im Großen und Ganzen keinerlei Grund habe, mich über die Behandlung durch Mr und Mrs Rucastle zu beklagen. Aber ich werde nicht klug aus den Leuten und fühle mich daher beunruhigt.«

»Was kommt Ihnen unverständlich vor?«

»Die Gründe für ihr Verhalten. Doch ich will Ihnen alles

ganz genau berichten. Bei meiner Ankunft hier holte mich Mr Rucastle in seinem Wagen ab und wir fuhren nach Haus Rotbuchen. Es liegt, wie er gesagt hatte, in einer sehr schönen Gegend, ist aber selbst weniger schön. Es ist ein großer, quadratischer Bau mit weißem Putz, der aber durch die Witterungseinflüsse überall streifig und fleckig ist. Es steht frei und ist auf drei Seiten von Wald, auf der vierten von einem Feld umgeben, das zur Hauptstraße nach Southampton hin abfällt. Diese führt etwa hundert Yard vom Hauseingang entfernt in einem Bogen an dem Anwesen vorbei. Das Grundstück vorn gehört zum Haus, während die Wälder ringsum Lord Sutherton's Privateigentum sind. Seinen Namen hat das Haus von einer Gruppe von Rotbuchen, die vor dem Haupteingang stehen.

Während der Fahrt zeigte sich mein Arbeitgeber so liebenswürdig, wie ich ihn zuvor erlebt hatte. Am Abend stellte er mich seiner Frau und dem Kind vor. Die Vermutung, die ich anlässlich meines Besuchs bei Ihnen in der Baker Street hatte, hat sich dabei nicht bestätigt. Frau Rucastle ist sicher nicht geisteskrank. Sie ist eine stille blasse Frau, bedeutend jünger als ihr Mann, nicht älter als dreißig, denke ich, während er wohl mindestens fünfundvierzig Jahre ist. Aus dem Gespräch der beiden entnahm ich, dass sie seit ungefähr sieben Jahren verheiratet sind, dass er Witwer war und aus erster Ehe die eine Tochter hat, die jetzt in Philadelphia lebt. Unter vier Augen teilte mir Mr Rucastle mit, sie sei aus dem Hause gegangen, weil sie eine völlig unbegründete Abneigung gegen ihre Stiefmutter gehabt habe. Da sie mindestens zwanzig war, als ihr Vater sich wieder verheiratete, kann ich gut nachvollziehen, dass sie sich mit einer Stiefmutter, die nur wenig älter war als sie selbst, nicht unbedingt wohlfühlte.

Frau Rucastles geistiges Wesen ist ebenso farblos wie ihr Gesicht. Sie macht auf mich keinen Eindruck, weder einen günstigen noch einen ungünstigen, ist also überhaupt nicht eindrucksvoll. An ihrem Gatten und ihrem kleinen Jungen hängt sie sichtlich mit leidenschaftlicher Zärtlichkeit. Unablässig wandern ihre hellgrauen Augen von dem einen zum andern, um ihnen jeden noch so geringen Wunsch an den Augen abzulesen und diesem wenn möglich zuvorzukommen. Er seinerseits ist in seiner übertrieben lauten und aufdringlichen Art ebenfalls gut zu ihr und so musste man sie nach meinem ersten Eindruck für ein glückliches Paar halten.

Und doch schien mir bald, dass sie eine geheime Sorge hatte, diese Frau. Oft saß sie ganz in Gedanken verloren mit dem allertraurigsten Ausdruck da, mehr als einmal habe ich sie in Tränen überrascht. Manchmal dachte ich schon, sie betrübe sich über den Charakter ihres Kindes, denn ein so gänzlich verdorbenes, bösartiges kleines Wesen ist mir noch nie vorgekommen. Er ist klein für sein Alter, hat aber einen ganz unverhältnismäßig großen Kopf. Ausbrüche wilder Leidenschaft und finsterer Trotz wechseln unaufhörlich bei ihm. Geschöpfe zu quälen, die schwächer sind als er, ist das einzige Vergnügen, nach dem er strebt, und für den Fang von Mäusen, kleinen Vögeln und Insekten verrät er eine ganz bemerkenswerte Begabung. Doch ich will über diesen Jungen lieber keine Worte mehr verlieren, er hat ja auch mit meiner Geschichte nur wenig zu schaffen.«

»Oh, ich bin dankbar für alle Einzelheiten«, bemerkte mein Freund, »ob diese Ihnen nun wichtig erscheinen oder nicht.«

»Ich werde mich bemühen, nichts von Bedeutung auszulassen. Das einzige Unangenehme im Hause, was mir sogleich auffiel, war das Aussehen und Benehmen der Dienerschaft. Diese besteht nur aus einem Manne und dessen Frau. *Toller,* so heißt er, ein rauer, wunderlicher Mensch mit grauem Haar und Bart, hat ständig eine Alkoholfahne. Zweimal schon, seit ich da bin, war er völlig betrunken, doch schien Mr Rucastle sich nichts daraus zu machen. Frau Toller ist eine sehr große, starke Person mit mürrischem Gesicht, so schweigsam wie die Herrin des Hauses, nur weit weniger liebenswürdig. Die beiden sind ein höchst unangenehmes Paar, aber glücklicherweise komme ich wenig mit ihnen in Berührung, denn ich bringe meine Zeit meist in der Kinderstube und in meinem eigenen Zimmer zu. Beide Räume liegen nahe beisammen in einem Flügel des Gebäudes.

Die ersten zwei Tage nach meiner Ankunft in Haus Rotbuchen verlief mein Leben sehr ruhig. Am dritten jedoch kam Frau Rucastle gleich nach dem Frühstück herunter und flüsterte ihrem Gatten etwas zu.

›Oh ja,‹ sagte dieser darauf, sich zu mir wendend, ›wir sind Ihnen sehr verbunden, Miss Hunter, dass Sie auf unseren Wunsch eingegangen sind und sich Ihr Haar abgeschnitten haben. Ich versichere Ihnen, es hat Ihre Attraktivität nicht im Geringsten beeinträchtigt. Jetzt wollen wir sehen, wie Ihnen das blaue Kleid steht. Es liegt auf Ihrem Bett, und wenn Sie es anziehen wollten, wären wir Ihnen beide sehr verbunden.‹

Das Kleid, das für mich bereitlag, hatte einen ganz eigentümlichen blauen Farbton, der Stoff war ausgezeichnet, eine Art Rohseide, doch verrieten unverkennbare Spuren, dass es früher schon getragen worden war. Es passte wie maßgeschneidert. Hierüber waren Mr und Mrs Rucastle derartig entzückt, dass mir das ganz unnatürlich übertrieben vorkam. Sie warteten im Wohnzimmer auf mich, einem sehr großen Raum, der die ganze Front des Hauses einnimmt und dessen drei hohe Fenster bis auf den Boden herabreichen. Vor dem mittleren Fenster stand ein Stuhl, auf den ich mich jetzt, mit dem Rücken zum Fenster, setzen musste, während Mr Rucastle vor mir im Zimmer auf und ab marschierte und eine lustige Geschichte nach der anderen zum Besten gab. Sie können sich gar nicht vorstellen, wie komisch das war; ich wurde schließlich ganz müde vor lauter Lachen. Frau Rucastle dagegen, die offenbar keinen Sinn für Humor besitzt, verzog den Mund nicht zum leisesten Lächeln, sondern saß, die Hände im Schoß, mit trauriger, ängstlicher Miene da. Nach einer Stunde ungefähr bemerkte Mr Rucastle plötzlich, es sei jetzt Zeit, an die täglichen Beschäftigungen zu gehen, ich könne mich wieder umkleiden und mich zu dem kleinen Edward ins Kinderzimmer begeben.

Zwei Tage darauf wiederholte sich dieser ganze Vorgang unter völlig ähnlichen Umständen. Wieder musste ich das andere Kleid anziehen, wieder mich ans Fenster setzen und abermals lachte ich aus vollem Halse über die urkomischen Geschichten meines Arbeitgebers. Sein Repertoire an solchen scheint unerschöpflich und er trägt sie auf unnachahmliche Weise vor. Darauf gab er mir einen Roman mit gelbem Buchrücken in die Hand, rückte meinen Stuhl ein wenig zur Seite, damit mein Schatten nicht auf das Buch falle, und bat mich, ihm aus demselben laut vorzulesen. Ich begann irgendwo in der Mitte eines Kapitels und las etwa zehn Minuten lang, bis er mich plötzlich mitten in einem Satze aufhören ließ und mir sagte, ich solle mich wieder umkleiden.

Sie können sich denken, Mr Holmes, wie sehr ich darauf brannte herauszufinden, was diese merkwürdige Komödie zu bedeuten hatte. Da die beiden Eheleute offensichtlich immer eifrig bestrebt waren, meine Blicke vom Fenster abzuhalten, wollte ich unbedingt wissen, was hinter meinem Rücken vorging, und fand dazu auch ein Mittel, als mir durch ein Ungeschick mein Handspiegel zerbrach. Denn so kam mir der glückliche Einfall, ein Stück von dem Glase in meinem Taschentuch zu verstecken. Das nächste Mal hielt ich mir dieses beim Lachen vor die Augen und war nun nach einigem Probieren imstande zu sehen, was hinter mir vorging. Ich gebe zu, zuerst war ich enttäuscht, denn ich bemerkte gar nichts. Beim zweiten Blicke jedoch sah ich einen Mann auf der Southhampton Road stehen, einen kleinen, bärtigen Mann in grauem Anzug, der in meine Richtung zu blicken schien. Da es eine Hauptverkehrsstraße ist, sieht man meist dort den einen oder anderen Passanten. Dieser Mann jedoch stand an den Zaun gelehnt, der das Grundstück umgibt, und schaute intensiv auf das Fenster. Ich nahm mein Taschentuch vom Gesicht und blickte Frau Rucastle an; ihre Augen waren mit forschendem Blick auf mich gerichtet. Sie sagte nichts, aber ich bin fest überzeugt, sie hatte erraten, dass ich einen Spiegel in der Hand hielt und gesehen hatte, was hinter mir vorging. Sie stand mit einem Mal auf.

›Jephro‹, sagte sie, ›da steht ein unverschämter Kerl auf der Straße, der zu Miss Hunter heraufschaut.‹

›Doch nicht etwa ein Bekannter von Ihnen, Miss Hunter?‹, fragte er.

›Nein, ich kenne niemand hier in der Gegend.‹

›Na dann, was für eine Frechheit! Bitte, wenden Sie sich doch um und winken Sie ihm in einer Weise zu, dass er versteht, er soll verschwinden.‹

›Bestimmt wäre es besser, gar keine Notiz von ihm zu nehmen.‹

›Nein, nein; wir würden ihn sonst immerfort hier herumlungern sehen. Bitte, drehen Sie sich um und tun Sie, was ich Ihnen gesagt habe.‹

Ich tat es und im selben Augenblick ließ Mr Rucastle den Rollladen hinab. Das war vor einer Woche und seither habe ich weder am Fenster sitzen noch das blaue Kleid anziehen müssen, noch habe ich den Mann auf der Straße gesehen.«

»Bitte, fahren Sie fort«, bemerkte Holmes, »Ihre Erzählung verspricht, höchst interessant zu werden.«

»Ich fürchte, sie ist recht unzusammenhängend; es kann wohl sein, dass die verschiedenen Vorfälle, auf welche ich jetzt zu sprechen komme, sehr wenig miteinander zu tun haben. Gleich am allerersten Tag im Haus Rotbuchen führte mich Mr Rucastle zu einer Hütte in der Nähe des Kücheneingangs. Als wir näher kamen, vernahm ich das scharfe Rasseln einer Kette und ein Geräusch, als wenn ein großes Tier sich darin herumbewegte.

›Da, schauen Sie hinein‹, sagte Mr Rucastle und deutete auf eine Ritze zwischen zwei Brettern. ›Ist das nicht ein Prachtexemplar?‹

Ich blickte hindurch und begegnete zwei glühenden Augen und einer Gestalt, die sich in unbestimmten Umrissen aus der Finsternis abhob.

›Haben Sie keine Angst‹, beruhigte mich mein Begleiter lachend, als er meinen Schrecken sah, ›es ist nur Carlo, meine Bulldogge. *Meine* ist vielleicht nicht ganz richtig. Er gehört wohl mir, aber in Wirklichkeit ist der alte Toller, mein Diener, der Einzige, der etwas mit ihm machen darf. Er bekommt nur einmal am Tag zu fressen und auch da nicht zu viel, sodass er jederzeit scharf ist wie Senf. Jede Nacht lässt Toller ihn frei und Gott sei dem Eindringling gnädig, der ihm zwischen die Zähne gerät. Setzen Sie um des Himmels willen nachts niemals unter irgendeinem Vorwand den Fuß vor die Tür, wenn Ihnen Ihr Leben lieb ist.‹

Diese Warnung war nicht aus der Luft gegriffen. In der übernächsten Nacht schaute ich zufällig etwa um zwei Uhr morgens aus meinem Schlafzimmerfenster. Es war eine schöne Mondnacht und der Rasen vor dem Hause strahlte fast taghell in Silberglanz. Gebannt von der friedlichen Schönheit dieses Bildes stand ich da, als mir bewusst wurde, dass sich im Schatten der Rotbuchen etwas regte. Als es in den Mondschein heraustrat, sah ich, was es war: ein riesiger Hund, so groß wie ein Kalb, von braungelber Farbe, mit hängenden Backen, schwarzer Schnauze und gewaltigen, weit vorstehenden Knochen. Er schlich langsam über den Rasen und verschwand dann wieder auf der anderen Seite in der Dunkelheit. Ich glaube, kein Einbrecher wäre imstande gewesen, mir einen solchen Todesschrecken einzujagen wie dieser furchtbare, lautlose Wächter.

Und nun muss ich Ihnen noch von einer ganz merkwürdigen Erfahrung berichten. Ich hatte mir, wie Sie wissen, in London mein Haar abgeschnitten. Dieses verwahrte ich, zu einem großen Zopf geflochten und zusammengerollt, unten in meinem Koffer. Eines Abends, nachdem das Kind im Bett war, begann ich zum Zeitvertreib, die Einrichtung meines Zimmers zu mustern und meine wenigen Habseligkeiten wegzuräumen. In dem Raum stand eine alte Kommode, deren zwei oberste Schubladen offen und leer waren, während ich die unterste verschlossen fand. Nachdem ich die beiden oberen mit meiner Leibwäsche gefüllt hatte, blieb noch einiges übrig, das ich gern verstaut hätte. Da kam mir der Gedanke, die dritte Schublade sei vielleicht nur versehentlich abgeschlossen, und nahm meinen Schlüsselbund heraus. Gleich der erste Schlüssel passte. Die Schublade war leer bis auf eine einzige Sache, aber was diese war, würden Sie nie erraten, Mr Holmes. Es war mein Haar.

Ich nahm es heraus und betrachtete es. Keine Frage, Farbe und Stärke wiesen es als meines aus. Aber das war doch unmöglich. Wie *konnten* denn meine Haare in diese verschlossene Schublade kommen? Mit zitternden Händen öffnete ich meinen Koffer, räumte ihn aus und zog von ganz unten – mein Haar heraus. Ich legte die beiden Haarbüschel nebeneinander und ich versichere Ihnen, sie waren vollkommen gleich. War das nicht merkwürdig? Ich mochte mir den Kopf zerbrechen, wie ich wollte, die Sache blieb mir ein völliges Rätsel. Ich legte das fremde Haar wieder in die Schublade, ohne den Rucastles gegenüber etwas von der Sache zu erwähnen, denn ich hatte das Gefühl, dass es nicht recht von mir gewesen war, eine Schublade zu öffnen, die sie verschlossen hatten.

Ich bin, wie Sie vielleicht schon bemerkt haben, Mr Holmes, von Natur aus eine scharfe Beobachterin, sodass ich recht bald einen genauen Plan des ganzen Gebäudes im Kopf hatte. Ein Flügel schien allerdings völlig unbewohnt zu sein. In diesen führte eine Tür gegenüber dem Eingang zur Wohnung des Ehepaars Toller. Sie war aber stets verschlossen. Eines Tages jedoch stieß ich auf der Treppe auf Mr Rucastle, wie er, seine Schlüssel in der Hand, mit einem Gesichtsausdruck aus dieser Tür herauskam, wie ich ihn bei dem sonst so gemütlichen und gut gelaunten Mann noch nie gesehen hatte. Seine Wangen waren gerötet, seine Brauen zornig gerunzelt und in der Erregung traten ihm die Adern an den Schläfen weit hervor. Er verschloss die Tür und stürzte ohne einen Blick oder ein Wort an mir vorbei.

Das machte mich neugierig. Als ich mit dem Kleinen den Nachmittagsspaziergang machte, wählte ich den Weg so, dass ich einen Blick auf die Fenster im bewussten Teil des Hauses werfen konnte. Es waren vier in einer Reihe, drei davon ganz mit Staub überzogen, während an dem vierten der Fensterladen geschlossen war. Offenbar waren die Räume, zu denen sie gehörten, sämtlich unbewohnt. Während ich so hinauf und hinab schlenderte, kam Mr Rucastle zu mir heraus, jetzt wieder ganz so heiter und munter wie immer.

›Ach‹, redete er mich an, ›Sie dürfen mich nicht für unhöflich halten, weil ich ohne ein Wort an Ihnen vorübergerauscht bin, meine liebe junge Dame. Ich hatte den Kopf voll mit Geschäftsangelegenheiten.‹

Ich versicherte ihm, dass keinerlei Entschuldigung vonnöten sei, und fuhr fort: ›Ich sehe übrigens gerade, dass Sie da oben ja noch einen ganzen Trakt mit ungenützten Zimmern haben, und bei einem ist der Fensterladen geschlossen.‹

Meine Bemerkung schien ihn zu überraschen, vielleicht sogar, wie es mir vorkam, ein wenig zu beunruhigen. ›Mein Hobby ist die Fotografie‹, sagte er, ›und da oben habe ich meine Dunkelkammer eingerichtet. Aber du meine Güte, wer hätte es für möglich gehalten, dass wir eine junge Lady mit so scharfer Beobachtungsgabe im Haus haben?‹ Seine Worte klangen scherzhaft, aber in dem Blick, den er dabei auf mich richtete, lagen Argwohn und Ärger, jedoch kein Scherz.

Sehen Sie, Mr Holmes, von dem Augenblick an, als mir klar wurde, dass es mit diesen Zimmern etwas auf sich hatte, wovon ich nichts wissen sollte, war ich Feuer und Flamme hineinzugelangen. Es war nicht nur reine Neugier, obwohl ich auch davon mein gutes Teil besitze. Es war mehr ein Pflichtgefühl, die Empfindung, dass ich etwas Gutes bewirken könnte, wenn ich mir dort Zugang verschaffen könnte. Man spricht von weiblichem Instinkt; vielleicht war es dieser, der mir das Gefühl einflößte. Jedenfalls hielt ich nun eifrig Ausschau nach einer Möglichkeit, durch die verbotene Tür zu gelangen.

Gestern nun kam meine Chance. Vielleicht sollte ich vorab noch erwähnen, dass sich außer Mr Rucastle auch Toller und seine Frau gelegentlich in den unbewohnten Räumen zu schaffen machten. Ihn sah ich einmal einen großen schwarzen Wäschekorb durch die Tür tragen. In letzter Zeit hat Toller sehr viel Alkoholisches konsumiert und gestern war er so betrunken, dass er wohl den Schlüssel an der fraglichen Tür hat stecken lassen. Das sah ich, als ich die Treppe heraufkam. Mr Rucastle und seine Frau waren mit dem Kind unten. Das war die Gelegenheit für mich. Ich drehte leise den Schlüssel im Schloss, öffnete die Tür und schlüpfte hindurch.

Vor mir lag ein kurzer Gang, untapeziert und ohne Teppich, der am anderen Ende rechtwinklig abknickte. Wenn man um diese Ecke herumging, sah man drei Türen in einer Reihe. Die erste und die dritte standen offen. Diese führten jeweils in ein leeres staubiges und trostloses Zimmer, das eine mit zwei, das andere mit einem Fenster, die so schmutzig waren, dass das Abendlicht nur trübe hindurchschimmerte. Die mittlere Tür war zu und quer herüber durch eine dicke eiserne Stange verrammelt, die wohl ursprünglich von einem Eisenbett stammte. Sie war an einem Ende mit einem Vorlegeschloss an einem Ring in der Wand befestigt, am andern mit einem starken Strick festgezurrt. Die Tür selbst war ebenfalls abgeschlossen und der Schlüssel abgezogen. Diese verrammelte Tür gehörte offenbar zu dem Raum, an dessen Fenster ich von außen den geschlossenen Laden bemerkt hatte. Ein heller Streifen am Türspalt unten bewies aber, dass der Raum nicht völlig dunkel war. Offenbar fiel Licht durch ein Oberlicht in das Zimmer hinein. Während ich die unheimliche Tür betrachtete und mich fragte, was für ein Geheimnis sich wohl dahinter verbarg, hörte ich plötzlich im Inneren Schritte und sah, wie in dem schmalen trüben Lichtstreifen, der unter der Tür durchfiel, ein Schatten sich hin- und wieder zurückbewegte. Da vermochte ich keinen klaren Gedanken mehr zu fassen. Ein jäher Schrecken ergriff mich. Ich wandte mich um und rannte davon – rannte, als ob das Grauen seine Hand ausstreckte, um mich am Saum meines Kleides zu fassen. Ich lief den Gang entlang und zu der Tür hinaus – geradewegs in die Arme von Mr Rucastle, der draußen stand und wartete.

›So‹, sagte er lächelnd, ›also Sie waren es. Ich dachte es mir gleich, als ich die Tür offen stehen sah.‹

›Oh, ich bin so erschrocken‹, stieß ich zitternd hervor.

›Meine liebe junge Dame, meine liebe junge Dame.‹ – Sie glauben gar nicht, in wie liebevollem, sanftem Ton er dies sagte – ›Und was hat Sie erschreckt, meine liebe junge Dame?‹

Aber seine Stimme klang doch ein wenig gar zu schmeichelnd. Er übertrieb es. Ich war daher aufs Äußerste auf der Hut.

›Ich war so töricht und betrat den unbewohnten Flügel‹, antwortete ich. ›Aber es ist so einsam und unheimlich dort bei dieser trüben Beleuchtung, dass mich die Angst packte und ich eilends wieder umkehrte. Oh, es ist so schauerlich still dadrinnen!‹

›Nichts sonst?‹, fragte er und sah mich dabei scharf an.

›Wieso, was meinen Sie damit?‹, fragte ich.

›Wozu glauben Sie wohl, dass ich diese Tür verschließe?‹

›Das weiß ich wirklich nicht.‹

›Nun, damit niemand hineingeht, der nichts darin zu schaffen hat. Verstehen Sie?‹ Dabei lag noch immer das liebenswürdige Lächeln auf seinen Zügen.

›Ganz gewiss, hätte ich das gewusst …‹

›Nun, jetzt wissen Sie es also; und falls Sie je wieder Ihren Fuß über jene Schwelle setzen‹ – dabei verwandelte sich sein Lächeln mit einem Schlage in ein wuterfülltes Grinsen und er stierte mich mit einem teuflischen Gesichtsausdruck an – ›so werfe ich Sie dem Hunde vor.‹

›Ich war so entsetzt, dass ich nicht mehr sagen kann, was ich tat. Vermutlich bin ich an ihm vorbei auf mein Zimmer geeilt. Als ich wieder zu mir kam, lag ich auf meinem Bett und bebte am ganzen Körper. Da fielen Sie mir ein, Mr Holmes. Ich konnte hier nicht länger leben, ohne jemanden um Rat gefragt zu haben. Es graute mir vor dem Hause, vor dem Herrn, vor der Frau, vor den Dienstboten, selbst vor dem Kind. Könnte ich nur Mr Holmes herbringen, dachte ich, dann wäre ich ganz ruhig. Natürlich hätte ich auch einfach das Weite suchen können, aber meine Neugier war fast ebenso groß wie meine Angst. Mein Entschluss war bald gefasst: Ich wollte Ihnen telegrafieren. Ich nahm also Hut und Mantel, machte mich auf den Weg zum Telegrafenamt, das ungefähr eine halbe Meile entfernt liegt, und fühlte mich auf dem Rückweg schon viel leichter ums Herz. Vor dem Tor überfiel mich dann plötzlich der schreckliche Gedanke, der Hund könnte schon losgelassen worden sein. Aber dann fiel mir wieder ein, dass Toller, sinnlos betrunken, wie er an dem Abend war, dazu nicht fähig gewesen wäre. Er war aber der Einzige, der sich überhaupt trauen würde, in die Nähe des gefährlichen Tieres zu kommen. Also gelangte ich unversehrt wieder hinein und konnte vor Freude bei dem Gedanken, dass Sie nun bald da sein würden, die halbe Nacht nicht schlafen. Die Erlaubnis, in die Stadt zu gehen, erhielt ich heute früh ohne Schwierigkeit, aber ich muss vor drei Uhr zurück sein, denn Mr und Mrs Rucastle sind heute den ganzen Abend zu einem Besuch unterwegs, sodass ich nach dem Kind sehen muss. Jetzt habe ich Ihnen alle meine Erlebnisse erzählt, Mr Holmes, und ich wäre sehr froh, wenn Sie mir sagen könnten, was dies alles zu bedeuten hat, und vor allem, was ich tun soll.«

Wir beide hatten diesem merkwürdigen Bericht mit atemloser Spannung zugehört. Nun erhob sich Holmes und schritt, die Hände in den Taschen und mit dem Ausdruck tiefsten Ernstes im Zimmer auf und ab.

»Ist Toller noch betrunken?«, fragte er.

»Ja; ich hörte, wie seine Frau zu Mr Rucastle sagte, mit ihm sei heute nicht das Geringste anzufangen.«

»Das ist gut. Und Rucastles gehen heute Abend aus?«

»Ja.«

»Gibt es im Haus einen Keller mit gutem, festem Schloss?«

»Ja, der Weinkeller.«

»Wie ich das sehe, Miss Hunter, haben Sie in dieser Sache bis jetzt recht viel Mut und Umsicht bewiesen. Glauben Sie, dass Sie noch etwas Weiteres leisten könnten? Ich würde die Frage nicht an Sie richten, wenn ich Sie nicht für eine ganz außergewöhnliche Frau hielte.«

»Ich werde es versuchen. Worum geht es?«

»Wir werden gegen sieben Uhr in Haus Rotbuchen eintreffen, mein Freund und ich. Die Rucastles werden um diese Zeit bereits fort und Toller hoffentlich noch nicht wieder zu sich gekommen sein. Die Einzige, die dann allenfalls noch Alarm schlagen könnte, ist also Tollers Frau. Wenn Sie diese mit irgendeinem Auftrag in den Keller schicken und dann hinter ihr abschließen könnten, würden Sie uns die Sache außerordentlich erleichtern.«

»Ich bin dazu bereit.«

»Vortrefflich. Nun wollen wir uns einmal vertieft mit der Sache beschäftigen. Es gibt natürlich nur eine plausible Erklärung. Sie sind ganz offensichtlich hier, um die Rolle einer anderen Person zu spielen, die selbst in dem Zimmer gefangen gehalten wird. Und was diese Gefangene betrifft, so habe ich nicht den geringsten Zweifel, dass es sich um die Tochter, Miss Alice Rucastle, handelt, die sich angeblich in Amerika befindet. Sie, Miss Hunter, hat man ausgewählt, weil Sie ganz dieselbe Größe, Figur und Haarfarbe haben. Ihr hatte man, wahrscheinlich infolge einer Krankheit, die sie durchgemacht hat, das Haar abgeschnitten, also mussten Sie das Ihrige gleichfalls opfern. Durch einen merkwürdigen Zufall sind Ihnen die Locken in die Hände gefallen. Der Mann auf der Straße war zweifellos ein Bekannter von ihr, vielleicht ihr Verlobter. Er konnte nicht anders, als sich täuschen zu lassen. Sie trugen das Kleid des Mädchens, Sie sahen so aus wie sie, und jedes Mal, wenn er Sie von vor dem Zaun aus beobachtete, schienen Sie heiter, glücklich und zufrieden und dann gaben Sie ihm auch noch durch Ihre Handbewegung zu verstehen, dass seine Aufmerksamkeit nicht länger erwünscht war. Damit er dennoch keinen Versuch machen kann, sich mit Ihnen in Verbindung zu setzen und so die Täuschung zu entdecken, wird nachts der Hund losgelassen. So weit ist alles ziemlich klar. Den ernstesten Punkt bildet der Charakter des Kindes.«

»Was in aller Welt hat denn das damit zu tun?«, rief ich aus.

»Mein lieber Watson, wenn du dir als Arzt Klarheit darüber verschaffen willst, was mit einem Kind los ist, schaust du dir die Eltern an. Siehst du denn nicht, dass man auch das umgekehrte Verfahren anwenden und den Charakter der Eltern durch das Studium ihrer Kinder erkennen kann? Dieses Kind hat einen abnormen Hang zur Grausamkeit und mag dieser nun von seinem stets lächelnden Vater herrühren, wie ich vermute, oder von seiner Mutter – jedenfalls bedeutet er nichts Gutes für das arme Mädchen, das sich in ihrer Gewalt befindet.«

»Sie haben ganz gewiss recht, Mr Holmes«, rief Miss Hunter aus. »Es fallen mir jetzt tausenderlei Dinge wieder ein, die mir beweisen, dass Sie den Nagel auf den Kopf getroffen haben. Ach, wir dürfen keinen Augenblick verlieren, um dem armen Geschöpf zu Hilfe zu kommen.«

»Vorsichtig, vorsichtig!«, warnte Holmes. »Wir haben es mit einem ziemlich gerissenen Menschen zu tun. Vor sieben Uhr können wir nichts machen. Um diese Stunde werden wir bei Ihnen eintreffen und dann wird das Rätsel bald gelöst sein.«

Pünktlich um sieben Uhr fanden wir uns bei Haus Rotbuchen ein, unseren Wagen hatten wir in einem Wirtshaus an der Straße eingestellt. An der Baumgruppe mit ihrem dunklen Laub, das jetzt im Licht der sinkenden Sonne einen sattroten Glanz ausstrahlte, würden wir das Haus sofort erkannt haben, auch wenn Miss Hunter nicht freundlich lächelnd an den Eingangsstufen gestanden hätte.

»Hatten Sie Erfolg?«, fragte Holmes.

Ein lautes, heftiges Pochen drang von unterhalb des Treppenhauses herauf. »Das ist Frau Toller im Keller«, sagte sie, »ihr Mann liegt schnarchend auf der Küchenbank. Hier sind seine Schlüssel; sein Schlüsselbund ist ganz das gleiche wie das von Mr Rucastle.«

»Sie haben Ihre Sache wirklich gut gemacht«, rief Holmes entzückt aus. »Nun gehen Sie voran und wir werden dieser dunklen Geschichte bald auf den Grund kommen.«

Wir stiegen die Treppe hinauf, schlossen die Tür auf, gingen den Gang hinunter und standen dann vor der eisernen Barrikade, die Miss Hunter uns beschrieben hatte. Holmes schnitt den Strick durch und nahm die vorgelegte Stange weg. Dann probierte er verschiedene Schlüssel, aber ohne Erfolg. Von innen war kein Laut zu vernehmen und die Stille warf einen dunklen Schatten auf Holmes' Züge. »Ich hoffe, wir sind nicht zu spät«, sagte er. »Wir wollen lieber ohne Sie hineingehen, Miss Hunter. Nun, Watson, schaun wir mal, was wir noch mit unseren Schultern ausrichten können!«

Es war eine alte, wacklige Tür, die unseren vereinten Kräften sofort nachgab. Zusammen drangen wir in das Zimmer ein. Es war leer. Eine schmale Pritsche, ein kleiner Tisch und ein Korb mit Wäsche bildeten die ganze Einrichtung. Das Oberlicht stand offen und die Gefangene war fort. »Hier ist etwas Übles geschehen«, sagte Holmes, »der saubere Herr hat Miss Hunters Absichten erraten und sein Opfer fortgebracht.«

»Aber wie?«

»Durch das Oberlicht. Wir werden bald sehen, wie er es angestellt hat.« Damit schwang er sich auf das Dach hinauf. »Oh ja«, rief er aus, »hier schaut eine lange, leichte Leiter über die Dachrinne empor; mit dieser hat er die Sache ausgeführt.«

»Aber das kann nicht sein«, bemerkte Miss Hunter, »die Leiter stand noch nicht da, als die Rucastles gegangen sind.«

»Dann ist er noch einmal zurückgekommen und hat's getan. Ich sage Ihnen, er ist ein schlauer, gefährlicher Mensch. Es sollte mich auch gar nicht wundern, wenn es sein Tritt wäre, den ich eben auf der Treppe höre. Ich glaube, Watson, du wirst gut daran tun, deine Pistole bereitzuhalten.«

Kaum waren diese Worte aus seinem Munde, als ein sehr

dicker, aufgedunsener Mann mit einem schweren Stock in der Hand unter der Tür des Zimmers erschien. Miss Hunter schrie laut auf bei seinem Anblick und drückte sich an die Wand, Holmes dagegen sprang vor und trat ihm gegenüber.

»Sie Elender«, rief er ihm entgegen, »wo ist Ihre Tochter?«

Der dicke Mann sah sich rings um und schaute dann zu dem Oberlicht hinauf.

»Diese Frage muss ich an euch richten, ihr Spione und Diebe! Aber jetzt habe ich euch. Ihr seid in meinen Händen. Ich werd's euch zeigen!« Damit wandte er sich um und eilte die Treppe hinunter, so schnell er nur laufen konnte.

»Er holt den Hund«, rief Miss Hunter.

»Ich habe meinen Revolver«, sagte ich.

»Wir wollen lieber die Haustür schließen«, schlug Holmes vor und sofort stürmten wir alle zusammen die Treppe hinunter. Kaum hatten wir den Eingangsraum erreicht, als wir das Bellen eines Hundes und gleich darauf einen kläglichen Hilferuf vernahmen. Ein ältlicher Mann mit rotem Gesicht und schlotternden Gliedern trat taumelnd aus einer Seitentür und rief: »Mein Gott, jemand hat den Hund losgemacht. Er hat seit zwei Tagen nichts zu fressen bekommen. Schnell, schnell oder es ist zu spät!«

Ich stürzte mit Holmes zur Tür hinaus und um die Hausecke herum, Toller hinter uns her. Eine gewaltige, heißhungrige Bestie hatte sich mit ihrer schwarzen Schnauze in den Hals von Mr Rucastle verbissen, während sich dieser ächzend und schreiend am Boden wand. Ich lief hinzu und jagte dem Hund eine Kugel durch den Kopf. Er sackte zusammen, aber seine scharfen weißen Zähne steckten noch in den mächtigen Falten von Mr Rucastles Hals. Mit viel Mühe brachten wir beide auseinander und trugen den Verwundeten zwar lebend, aber schauerlich zugerichtet ins Haus. Wir legten ihn auf das Sofa im Wohnzimmer, und nachdem wir den inzwischen wieder einigermaßen nüchternen Toller zu seiner Frau geschickt hatten, um dieser zu berichten, was vorgefallen war, tat ich, was ich vermochte, um die Qual des Verwundeten zu lindern. Wir standen alle um ihn herum, als die Tür aufging und eine große, hagere Frau ins Zimmer trat.

»Mrs Toller!«, rief Miss Hunter.

»Ja, Miss. Als Mr Rucastle heimkam, ließ er mich zuerst heraus, ehe er zu Ihnen hinaufging. Ach, Miss, es ist schade, dass Sie mich nicht haben wissen lassen, was sie vorhatten. Ich hätte Ihnen sonst gesagt, dass Sie sich vergebliche Mühe machen.«

»Ha«, rief Holmes und blickte sie scharf an, »offenbar weiß Frau Toller mehr von der Sache als irgend sonst jemand.«

»Jawohl, und ich bin bereit zu sagen, was ich weiß.«

»Dann bitte setzen Sie sich und lassen Sie es uns hören, denn ich gestehe, es gibt mehrere Punkte, bei denen ich noch völlig im Dunkeln tappe.«

»Ich hätte Ihnen längst alles erklärt, hätte ich nur aus dem Keller herausgekonnt. Falls die Sache etwa vor Gericht kommen sollte, so vergessen Sie bitte nicht, dass ich es war, die mit Ihnen kooperiert hat und die es auch mit Miss Alice gut gemeint hat.«

Seit der Wiederverheiratung ihres Vaters hatte sich Miss Alice zu Hause nicht mehr glücklich gefühlt. Sie sah sich immer zurückgesetzt und durfte nicht viel mitreden, aber eigentlich schlimm erging es ihr erst, als sie sich mit Mr Fowler verlobte. Soviel ich gehört habe, besaß Miss Alice nach dem Testament ihrer Mutter gewisse Ansprüche, aber sie war viel zu sanft und gutmütig, um dieselben geltend zu machen, und ließ alles in Mr Rucastles Händen. Der wusste wohl, dass er von ihr keinerlei Widerspruch zu erwarten hatte. Als jedoch die Möglichkeit eintrat, dass ein Ehemann kommen und alles verlangen würde, was Alice nach dem Gesetz beanspruchen konnte, da hielt es ihr Vater für an der Zeit, einen Riegel vorzuschieben. Er verlangte von ihr, sie solle ein Schriftstück ausstellen, wonach ihm die Nutznießung an ihrem Vermögen zustehe, sie möge heiraten oder nicht. Als sie das nicht tun wollte, quälte er sie so lange, bis sie einen Nervenzusammenbruch bekam, sodass sie sechs Wochen lang dem Tode nahe war. Zwar erholte sie sich endlich, aber sie war zu einem Schatten abgezehrt und ihr schönes Haar hatte man ihr abgeschnitten. Doch das machte ihrem Bräutigam alles nichts aus und er blieb ihr so treu wie nur einer.«

»Durch Ihre freundlichen Mitteilungen«, sagte Holmes, »haben Sie nunmehr die Sache so weit aufgeklärt, dass ich mir den Rest denken kann. Mr Rucastle ging dann dazu über, sie in dieser Weise hier einzukerkern?«

»Ja, Sir.«

»Und holte Miss Hunter von London, um sich den unbequemen Mr Fowler vom Halse zu schaffen?«

»So war es, Sir.«

»Aber Mr Fowler«, fuhr Holmes fort, »belagerte das Haus mit der Zähigkeit eines echten Liebhabers und verstand es, Sie durch klingende Münze oder andere Argumente zu überzeugen, dass Sie gemeinsame Interessen hätten, nicht wahr?«

»Mr Fowler zeigte sich als ein sehr freundlicher, freigebiger Herr«, erwiderte Frau Toller gelassen.

»Und auf diese Weise sorgte er dafür, dass Ihr guter Mann stets reichlich zu trinken erhielt und dass die Leiter bereitstand, sobald Mr Rucastle das Haus verlassen hatte.«

»Genau ins Schwarze getroffen, Sir, so war es.«

»Da müssen wir uns wirklich bei Ihnen entschuldigen, Mrs Toller«, sagte Holmes, »denn Sie haben uns über alle Punkte, die noch dunkel waren, volle Aufklärung verschafft. Da kommt ja auch der Landarzt mit Frau Rucastle; mir scheint, es wird wohl jetzt das Beste sein, wir bringen Miss Hunter nach Winchester zurück, da sich jeder Grund für ein weiteres Verbleiben unsererseits in diesem Haus erübrigt hat.«

So klärte sich also das Geheimnis des unheimlichen Hauses mit den Rotbuchen vor dem Tor auf. Mr Rucastle kam zwar mit dem Leben davon, blieb jedoch für immer ein gebrochener Mann, der sein Dasein lediglich der aufopfernden Pflege seiner Gattin verdankte. Sie wohnen noch immer mit ihren alten Dienstboten zusammen, welche so viel von Mr Rucastles Vergangenheit wissen, dass er sich nicht entschließen kann, sich von ihnen zu trennen. Mr Fowler und seine Braut ließen sich gleich am Tage nach ihrer Flucht in Southampton trauen; er bekleidet gegenwärtig einen Beamtenposten auf der Insel Mauritius. Was Miss Violet Hunter betrifft, so war ich ziemlich enttäuscht, dass mein Freund Holmes kein Interesse mehr für sie an den Tag legte, sobald ihr Fall gelöst war. Sie leitet zur Zeit eine Privatschule in Walsall und ist nach allem, was man so hört, in ihrem Beruf ziemlich erfolgreich.

Der Detektiv auf dem Sterbebett

Mrs Hudson, unsere Hauswirtin in der Baker Street, war eine Frau, die im wahrsten Sinne des Wortes Kummer gewöhnt war. Nicht nur wurde die Wohnung im ersten Stock ihres Hauses zu jeder Zeit des Tages und auch der Nacht von Scharen eigenartiger, oft auch sehr zweifelhafter Charaktere heimgesucht, sondern auch ihr außergewöhnlicher Mieter Sherlock Holmes muss durch seine ausgefallenen Verhaltensweisen und seine unregelmäßige Lebensführung ihre Geduld oft hart auf die Probe gestellt haben. Seine unglaubliche Unordnung, seine Marotte, zu den unmöglichsten Stunden zu musizieren, seine gelegentlichen Schießübungen mit dem Revolver im Haus, seine unheimlichen und oft üble Gerüche verbreitenden wissenschaftlichen Experimente und schließlich die ganze Atmosphäre von Gefahr und Verbrechen, die ihn umgab, machten ihn sicher zum schlimmsten Mieter in ganz London. Andererseits bezahlte er wie ein Fürst. Zweifellos hätte man für das, was Holmes während der Jahre, die ich mit ihm zusammenlebte, an Miete bezahlte, das ganze Haus kaufen können.

Die Hauswirtin hatte den denkbar größten Respekt vor ihm und wagte nie, Einwendungen zu erheben, so unerhört sein Verhalten auch scheinen mochte. Irgendwie hatte sie ihn sogar gern, denn er war im Umgang mit Frauen von bemerkenswerter Höflichkeit und Liebenswürdigkeit. Er empfand zwar keine Sympathie für das weibliche Geschlecht und misstraute ihm, aber er war stets ein ritterlicher Gegner. Da ich wusste, wie sehr Frau Hudson meinen Freund schätzte, hörte ich ihr sehr aufmerksam zu, als sie mich im zweiten Jahre nach meiner Verheiratung zu Hause besuchte und mir berichtete, in welch traurigem Zustand sich Holmes befand.

»Er stirbt, Doktor Watson«, sagte sie. »Seit drei Tagen sieht man ihn dahinsiechen und es scheint mir fraglich, ob er den heutigen Tag überleben wird. Er wollte nicht, dass ich einen Doktor hole, aber heute Morgen, als ich sah, wie ihm die Knochen aus dem Gesicht standen und er mich mit fiebrigen Augen anstierte, konnte ich es nicht länger aushalten. ›Mit Ihrer Einwilligung oder gegen Ihren Willen, Mr Holmes, geh ich jetzt augenblicklich einen Arzt rufen‹, sagte ich. ›Dann holen Sie mir wenigstens Watson‹, sagte er. An Ihrer Stelle würde ich keinen Moment mehr warten, Herr Doktor, wenn Sie ihn noch lebend antreffen wollen.«

Ich war entsetzt, denn ich hatte keine Ahnung von seiner Krankheit. Überflüssig zu bemerken, dass ich sofort nach Überrock und Hut griff und mich auf den Weg machte. Als ich mit ihr zurückfuhr, fragte ich sie nach Einzelheiten.

»Da kann ich Ihnen nur wenig sagen, Herr Doktor; er arbeitete an einem Fall unten in Rotherhithe, in einer Gasse nahe der Themse, und von dort hat er die Krankheit mitgebracht. Er hat sich am Mittwochnachmittag ins Bett gelegt und es seitdem nicht mehr verlassen. Die ganzen drei Tage lang hat er weder etwas gegessen noch getrunken.«

»Um Gottes willen! Warum haben Sie nicht früher einen Arzt geholt?«

»Das wollte er auf keinen Fall, Herr Doktor. Sie wissen ja, wie rigoros er ist. Ich wagte nicht, seinen Befehl zu missachten, aber er weilt nicht mehr lange auf dieser Welt. Das werden Sie selbst sehen, wenn Sie den ersten Blick auf ihn werfen. Es ist schrecklich.«

Er bot in der Tat einen kläglichen Anblick. Im dämmrigen Licht eines nebligen Novembertages war das Krankenzimmer ohnehin schon ein düsterer Ort, aber was einen Kälteschauer in mein Herz dringen ließ, war dies geisterhafte, verwüstete Antlitz, das mich vom Bett aus anstierte. Seine Augen glitzerten vor Fieber, hektische Röte lag auf beiden Backen und dunkle Krusten klebten an seinen Lippen; die skeletthaft mageren Hände auf der Decke zuckten unausgesetzt, seine Stimme war krächzend und verkrampft. Er lag apathisch da, als ich ins Zimmer trat, aber mein Anblick zauberte einen flüchtigen Glanz in seine Augen, der bewies, dass er mich erkannt hatte.

»Ah, Watson, für uns sind, wie es scheint, die schlechten Tage angebrochen«, sagte er matt, aber doch mit einem Ton in der Stimme, der an seine frühere Unbekümmertheit erinnerte.

»Mein lieber Freund!«, rief ich und trat zu ihm ans Bett.

»Zurück! Zurück da!«, sagte er mit dem scharf befehlenden Klang, den ich bei ihm mit Augenblicken unmittelbar drohender Gefahr verband. »Wenn du näher kommst, Watson, werde ich dir Hausverbot erteilen.«

»Aber warum denn?«

»Weil ich es will. Genügt dir das nicht?«

Ja, Frau Hudson hatte recht, er war herrischer denn je. Und doch war es herzerweichend, seine Erschöpfung zu sehen.

»Ich kam ja nur, um dir zu helfen«, erklärte ich.

»Gewiss! Und du hilfst mir am besten, wenn du tust, was ich dir sage.«

»Aber ja doch, Holmes.«

Er entspannte sich und verzichtete auf den Befehlston.

»Du bist doch nicht ärgerlich?«, fragte er und rang nach Atem.

Armer Kerl, wie konnte ich ärgerlich sein, wenn ich ihn in diesem jammervollen Zustand vor mir liegen sah!

»Es ist zu deinem eigenen Besten, Watson«, krächzte er.

»Zu *meinem* Besten?«

»Ich weiß, was mit mir los ist. Es ist eine Krankheit, wie sie vor allem einfache Landarbeiter in Sumatra befällt – eine Infektion, von der die Holländer mehr verstehen als wir, obwohl sie bis jetzt noch nicht viel Aufhebens davon gemacht haben. Nur eines ist sicher: Die Krankheit ist absolut tödlich und schrecklich ansteckend.«

Er sprach jetzt mit fieberhafter Erregung, seine langen Hände schlotterten und zuckten, als er mich aus seiner Nähe wies.

»Ansteckend bei Berührung, Watson – das ist es: durch Berührung! Bleib mir vom Leibe und du bist nicht gefährdet.«

»Lieber Himmel, Holmes, glaubst du denn, dass die Angst vor einer solchen Gefahr mich auch nur einen Augenblick zögern lassen könnte? Das täte sie nicht einmal, wenn der Patient ein Fremder wäre. Glaubst du etwa, so etwas könnte mich hindern, meine ärztliche Pflicht gegenüber einem so alten Freund zu erfüllen?«

Abermals trat ich an sein Bett, aber er wies mich mit einem flammenden Blick wütenden Ärgers zurück.

»Wenn du bereit bist, dort stehen zu bleiben, rede ich. Wenn nicht – da ist die Tür!«

Ich habe eine so große Hochachtung vor den außerordentlichen Fähigkeiten meines Freundes, dass ich mich seinen Wünschen stets gefügt habe, auch dann, wenn sie mir völlig unbegreiflich waren. Aber jetzt war ich als Arzt gefordert. Mochte ich auch überall sonst unter Holmes' Befehl stehen, in seinem Krankenzimmer musste er sich dem meinen unterwerfen.

»Holmes«, sagte ich, »du bist nicht du selbst. Ein kranker Mann ist nichts anderes als ein Kind und als solches werde ich dich behandeln. Ob es dir gefällt oder nicht, ich werde dich untersuchen und dem Befund gemäß ärztlich behandeln.«

Er sah mich mit geradezu giftigen Augen an.

»Wenn ich schon, egal, ob ich will oder nicht, einen Arzt an mich heranlassen soll, dann aber wenigstens einen, dem ich vertraue«, sagte er.

»Mir vertraust du also nicht?«

»Als Freund restlos. Aber Tatsachen sind Tatsachen, Watson, und alles in allem bist du nur ein durchschnittlicher praktischer Arzt von mittelmäßiger Begabung und mit sehr begrenzter Erfahrung. Es ist schmerzlich, dir so etwas sagen zu müssen, aber du lässt mir ja keine andere Wahl.«

Das war bitter.

»Solche Worte sind deiner unwürdig, Holmes. Sie zeigen mir aber mit aller Deutlichkeit deinen wahren Nervenzustand. Aber wenn du kein Vertrauen zu mir hast, so werde ich dir meine Dienste nicht aufdrängen. Lass mich Sir Jasper Meek oder Penrose Fisher oder sonst einen der besten Ärzte Londons holen. Du *musst* ärztliche Hilfe haben und dabei bleibe ich. Wenn du glaubst, ich würde hier stehen bleiben und zuschauen, wie du stirbst, ohne dass ich selbst dir helfe oder fremden ärztlichen Beistand heranziehe, dann hast du dich in mir getäuscht«

»Du meinst es ja gut, Watson«, sagte der kranke Mann, begleitet von etwas, das halb wie ein Schluchzen, halb wie ein Seufzen klang. »Soll ich dir deine Unwissenheit vor Augen führen? Was weißt du denn vom Tapanuli-Fieber? Was weißt du denn vom schwarzen Formosa-Faulbrand?«

»Ich habe weder vom einen noch vom anderen gehört.«

»Es gibt im Osten viele rätselhafte Seuchen, viele seltsame Formen von Krankheit, Watson«, brachte er mit Mühe heraus, wobei er nach beinahe jedem Worte aussetzte, um seine nachlassenden Kräfte wieder zu sammeln. »Ich habe unlängst bei meinen Untersuchungen auf medizinisch-kriminologischem Gebiet so viel gelernt. Bei diesen Forschungen habe ich mir die Krankheit zugezogen. Du kannst nichts dagegen tun.«

»Wahrscheinlich nicht. Zufällig weiß ich aber, dass Doktor Ainstree, die größte lebende Kapazität für tropische

Krankheiten, augenblicklich in London weilt. Alle deine Einwände nützen dir nichts, Holmes, ich hole ihn auf der Stelle.«

Entschlossen wandte ich mich zur Tür und – erlitt einen Schock wie noch nie zuvor in meinem Leben. Im Bruchteil einer Sekunde, mit einem wahren Tigersprung, war mir der sterbende Mann zuvorgekommen. Ich hörte das scharfe Schnappen eines Schlosses, als sich der Schlüssel darin drehte. Im nächsten Augenblick war er zu seinem Bett zurückgetaumelt; dort lag er erschöpft und schwer atmend nach diesem einen fürchterlichen Energieausbruch.

»Den Schlüssel bekommst du nicht, was du auch versuchst. Jetzt hab ich dich, mein Freund. Du bist von *dir* aus gekommen, jetzt sollst du hier bleiben, solange es *mir* gefällt.« (Das alles in abgerissenen Worten mit Anzeichen schrecklicher Atemnot in den Pausen.) »Ich weiß natürlich, du meinst es von Herzen gut mit mir. Du sollst ja auch deinen Willen haben, nur lass mir erst Zeit, wieder zu Kräften zu kommen. Nicht jetzt, Watson, nicht jetzt. Es ist vier Uhr. Um sechs Uhr darfst du gehen.«

»Das ist doch Wahnsinn, Holmes.«

»Nur noch zwei Stunden, Watson, ich verspreche dir, um sechs Uhr darfst du gehen. Willigst du ein, so lange zu warten?«

»Ich scheine ja keine andere Wahl zu haben.«

»Gut, dass du es einsiehst, Watson. Danke, danke, ich kann mir das Bettzeug allein richten. Bleib mir, bitte, vom Leibe! – So, Watson, nun habe ich noch eine weitere Bedingung zu stellen. Du wirst nicht den Arzt heranziehen, den du genannt hast, sondern jemanden, den ich dir nenne.«

»Ganz wie du willst.«

»Die ersten vier vernünftigen Worte, die du heute hier gesprochen hast. Dort drüben findest du einige Bücher. Ich bin etwas erschöpft. Ich schätze mal, so ähnlich muss sich eine Batterie fühlen, wenn sie fast leer ist. Um sechs Uhr, Watson, nehmen wir unsere Unterhaltung wieder auf.«

Aber das Schicksal wollte es, dass wir sie schon lange vorher wieder aufnehmen sollten und das unter Umständen, die mir einen zweiten Schock versetzten, der an Heftigkeit dem ersten, als er zur Tür gesprungen war, kaum nachstand. Ich war einige Minuten dagestanden, die Augen auf die stumme Gestalt im Bett gerichtet. Das Gesicht war beinahe ganz verhüllt von der Bettdecke und er schien zu schlafen. Ich fühlte mich unfähig, etwas zu lesen, ging daher langsam im Zimmer auf und ab und besah mir die Bilder der berühmten Verbrecher, mit denen die Wände vollgehängt waren. Schließlich trat ich in meinem rastlosen Umherlaufen an den Kaminsims. Tabaksbeutel, Pfeifen, Injektionsspritzen, Federmesser, Revolverpatronen und dergleichen lagen dort wirr durcheinander. In der Mitte stand eine kleine schwarz-weiße Elfenbeindose mit Schraubdeckel. Es war ein niedliches kleines Ding und ich hatte meine Hand ausgestreckt, um es näher zu betrachten, als –

Es war ein fürchterlicher Schrei, den er ausstieß – so durchdringend, dass man ihn am Ende der Straße noch hätte hören können. Mir lief ein kalter Schauder den Rücken hinunter und die Haare standen mir zu Berge. Als ich mich umwandte, blickte ich in ein verzerrtes Gesicht und panisch aufgerissene Augen. Ich stand völlig gelähmt da, mit der kleinen Dose in meiner Hand.

»Stell sie weg! Augenblicklich weg damit, Watson – augenblicklich, sage ich!« Sein Kopf sank auf das Kissen zurück und er stieß einen tiefen Seufzer der Erleichterung aus, als ich die Dose wieder auf den Kaminsims stellte.

»Es macht mich wild, wenn man meine Sachen anfasst, Watson. Du weißt doch, dass ich das hasse. Du quälst mich hier über alle Maßen. Du, ein Arzt – du hast das Zeug, einen Patienten ins Irrenhaus zu treiben. Setz dich irgendwo, Mensch, und lass mir meine Ruhe!«

Der Zwischenfall machte einen höchst unangenehmen Eindruck auf mich. Die heftige, unbegründete Erregung, gefolgt von diesen brutalen Worten, so ganz abseits von seiner üblichen Freundlichkeit, zeigte mir, wie schwer sein Geist bereits zerrüttet war. Von jeder Form von Verfall ist der eines vormals stolzen Geistes jener, welcher einen am meisten mitnimmt. Ich saß in stummer Ergebenheit da und wartete, bis es sechs Uhr schlug. Auch Holmes schien die Zeit genau verfolgt zu haben, denn kaum war es sechs Uhr, als er mit derselben fieberhaften Lebhaftigkeit wie zuvor zu reden begann:

»Nun, Watson«, sagte er, »hast du Kleingeld in der Tasche?«

»Ja.«

»Silber darunter?«

»Ein paar Stücke.«

»Wie viele halbe Kronen?«

»Ich habe fünf.«

»Ah, das ist zu wenig! Zu wenig! Das trifft sich sehr unglücklich, Watson! Immerhin, du kannst sie ja einmal in deine Uhrentasche stecken. Und den ganzen Rest deines Geldes in die linke Hosentasche. – Ich danke dir. Das wird dir das richtige Gleichgewicht geben.«

Das war vollendeter Wahnsinn. Er schauderte und stieß wieder so einen seltsamen Laut aus, halb Husten, halb Seufzer.

»Zünde jetzt, bitte, das Gas an, Watson, aber ich mache dich dafür verantwortlich, dass die Flamme höchstens halb angedreht brennt. Ich habe meine Gründe und flehe dich an, genau aufzupassen. – Danke schön, so, so ist es gut, ausgezeichnet. – Nein, nicht nötig, den Vorhang zuzuziehen. – Nun, bitte, leg mir einige Briefe und Papiere auf diesen Tisch, sodass ich sie zur Hand habe. – Danke schön. Jetzt einiges von dem Zeugs da auf dem Kaminsims. – Ausgezeichnet, Watson! Dort muss eine Zuckerzange liegen. Greif bitte mit dieser die Elfenbeindose und stell sie hier zwischen die Papiere auf den Tisch. Gut! Jetzt kannst du gehen und Mr Culverton Smith, Lower Burke Street Nummer 13, holen.«

Wenn ich ehrlich bin, war mein Wunsch, einen Arzt zu holen, nicht mehr so groß, denn mein armer Freund schien so offensichtlich im Delirium, dass es gefährlich schien, ihn allein zu lassen. Jedoch war er jetzt ebenso begierig, den genannten Menschen zu konsultieren, wie er vorhin hartnäckig jede ärztliche Hilfe abgelehnt hatte.

»Den Namen habe ich noch nie gehört«, sagte ich.

»Das kann gut sein, mein Bester. Es wird dich überraschen, dass der Mann, der auf der ganzen Welt am meisten von dieser Krankheit versteht, kein Mediziner ist, sondern jener Mr Culverton Smith, ein bekannter Plantagenbesitzer aus Sumatra, der sich augenblicklich in London aufhält. Auf dessen Plantage ist es zu einem Ausbruch dieser Krankheit gekommen, und da jede ärztliche Hilfe fern war, begann er, sie selbst zu studieren, und machte dabei einige sehr weitreichende Entdeckungen. Er ist ein Mann mit sehr regelmäßigen Gewohnheiten und du solltest nicht eben schon zu ihm gehen, da man ihn vor sechs Uhr noch nicht in seinem Arbeitszimmer antreffen kann. Wenn du ihn jetzt aber dazu bringen könntest, hierherzukommen und mir die Resultate seiner Lieblingsbeschäftigung, der Forschung an dieser rätselhaften Krankheit, zugutekommen zu lassen, könnte er mir zweifellos helfen.«

Ich habe hier das, was Holmes mir sagte, als ein zusammenhängendes Ganzes wiedergegeben, und unterlasse den Versuch zu schildern, wie seine Worte durch Atemnot, Husten und das wilde Zucken seiner Hände unterbrochen wurden, was alles die Schmerzen verriet, die er litt. Sein Aussehen war während der wenigen Stunden, die ich mit ihm zusammen war, noch schlechter geworden. Die hektische Röte war noch ausgeprägter, die Augen lagen noch tiefer in ihren Höhlungen und funkelten noch fiebriger und kalter Schweiß stand in dicken Tropfen auf seiner blassen Stirn. Die sichere Eleganz seiner Ausdrucksweise war jedoch unverändert, er würde bis zum letzten Atemzug stets Herr der Dinge bleiben, das war sicher.

»Du wirst ihm genau schildern, in welchem Zustand du mich verlassen hast«, sagte er. »Du wirst ihm deinen Eindruck von mir wiedergeben – ein sterbender Mann –, ein sterbender Mann im Delirium. In der Tat, ich kann mir nicht denken, weshalb der ganze Boden des Ozeans nicht eine einzige kompakte Masse von Austern ist, so rasch vermehren sich diese Schalentiere. Ah, ich rede irre! Sonderbar, wie das Gehirn das Gehirn kontrolliert! – Von was wollte ich eben sprechen, Watson?«

»Meine Anweisungen für Culverton Smith.«

»Ach ja, ich entsinne mich. Mein Leben hängt davon ab. Du musst ihm zureden, Watson. Wir stehen nicht auf bestem Fuß miteinander, im Gegenteil. Sein Neffe, Watson – der Junge ist eines schrecklichen Todes gestorben. Ich hatte Smith im Verdacht, seine Hand im Spiel gehabt zu haben, und das habe ich ihn spüren lassen. Darum hasst er mich. Aber du wirst ihn besänftigen, Watson. Bitte ihn, flehe ihn an, schaffe ihn mir mit allen Mitteln her. Er kann mich retten – nur er allein!«

»Ich werde ihn in einer Droschke herbringen, und wenn ich ihn mit Gewalt hineinsetzen müsste.«

»Nein, bitte, nichts dergleichen. Du wirst ihn überreden herzukommen, und dann wirst du dich beeilen, um vorher hier zu sein. Erfinde irgendeine Ausrede, um nicht mit ihm zusammen herzukommen. Vergiss es nicht, Watson! Du hast mich noch nie im Stich gelassen. Du wirst mich auch hier nicht im Stich lassen! – Zweifellos gibt es natürliche Feinde, die das Anwachsen der Population begrenzen. Du und ich, Watson, wir haben unsere Pflicht getan. Soll trotzdem die Welt von Austern überschwemmt werden? Nein, nein; grässlich! Nun geh und berichte, wie die Dinge deinem Eindruck nach hier stehen.«

Ich verließ ihn überwältigt und bestürzt von dem Eindruck eines großen Geistes, der nun nur noch kindisch dahinbrabbelte. Er hatte mir den Schlüssel mitgegeben und ich war darüber recht glücklich, konnte er sich so doch nicht einschließen. Im Flur fand ich Frau Hudson zitternd und weinend. Als ich die Treppe hinunterging, hörte ich Holmes' hohe, dünne Stimme unmelodisch singen. Unten auf der Straße, als ich eine Droschke herbeipfiff, kam ein Mann zu mir durch den Nebel.

»Wie geht es Mr Holmes?«, fragte er.

Es war ein alter Bekannter, Inspektor Morton von Scotland Yard, in Zivilkleidung.

»Es geht ihm sehr schlecht«, antwortete ich.

Er sah mich auf eine sehr eigentümliche Art an. Wenn das nicht ein zu abscheulicher Gedanke gewesen wäre, hätte ich fast angenommen, dass es Schadenfreude war, die da im Schein des Türlichts auf seinem Gesicht glänzte.

»Ich hatte davon reden hören«, sagte er.

Die Droschke fuhr heran und ich verließ ihn.

Die Lower Burke Street erwies sich als eine Zeile feiner Häuser in der ansprechenden Gegend zwischen Notting Hill und Kensington. Das gesuchte Haus, vor dem der Kutscher mich absetzte, war von gediegenem, gutbürgerlichem Aussehen, mit altmodischem eisernem Gitterwerk, einer schweren Doppeltür und blank geputztem Messing. Auf mein Klingeln erschien im Türrahmen, von hinten beleuchtet durch ein farbiges elektrisches Licht, ein feierlich aussehender Butler.

»Jawohl, Mr Culverton Smith ist im Hause. Dr. Watson? Sehr wohl Sir, ich werde Mr Smith Ihre Karte überbringen.«

Mein bescheidener Name und Titel schienen auf Mr Culverton Smith keinen Eindruck zu machen. Durch die halb offene Tür vernahm ich eine hohe, ärgerliche, durchdringende Stimme.

»Wer ist der Kerl? Was will er? Mein Gott, Staples, wie oft habe ich Ihnen schon gesagt, dass ich nicht gestört sein will, wenn ich arbeite!«

Ich hörte den Diener ein paar besänftigende Entschuldigungen sprechen.

»Schon gut, aber ich empfange jetzt niemand, Staples. Ich kann meine Arbeit nicht einfach im Stich lassen. Ich bin nicht zu Hause. Sagen Sie ihm das! Er soll morgen früh wiederkommen, wenn er mich wirklich so dringend sprechen muss.«

Wieder hörte ich die leise Stimme des Dieners.

»Alles schön und gut, aber es bleibt dabei. Sagen Sie ihm, er kann morgen früh kommen oder er kann es ganz lassen. Meine Arbeit geht vor.«

Ich dachte an Holmes, wie er da in seinem Bett nach Atem rang und wahrscheinlich die Minuten zählte, bis die erhoffte Hilfe erscheinen würde. Hier war keine Zeit zu fragen, ob sich etwas gehörte. Holmes' Leben hing von meinem Erfolg ab. Ehe mir noch der Diener den ablehnenden Bescheid seines Herrn überbracht hatte, war ich an ihm vorbei in das Zimmer getreten.

Mit einem ärgerlichen Ausruf erhob sich ein Mann aus einem Schaukelstuhl neben dem Kaminfeuer. Ich sah ein großes gelbes Gesicht, grob geschnitten, mit starkem Doppelkinn und zwei drohend blickenden grauen Augen, die unter buschigen gelben Brauen hervor Blitze nach mir schossen. Auf dem kahlen Schädel saß, beinahe kokett zur Seite geschoben, eine kleine Samtmütze. Der Schädel des Mannes schien mir reichlich Raum für ein großes Hirn zu haben, doch als ich die ganze Gestalt ins Auge fasste, kam mir der Körper des Mannes klein und schwächlich vor, mit vorgebeugten Schultern, wie bei jemand, der als Kind an Rachitis gelitten hat.

»Was soll das?«, schrie er mit hoher Stimme. »Was erlauben Sie sich, hier einzudringen? Habe ich Ihnen nicht sagen lassen, ich sei morgen früh für Sie zu sprechen?«

»Es tut mir leid«, sagte ich, »aber die Sache duldet keinen Aufschub. Mein Freund Sherlock Holmes –«

Die Erwähnung dieses Namens war von außerordentlicher Wirkung auf den kleinen Mann. Sein Ärger schien unmittelbar verflogen, sein Gesicht verriet gespannte Neugier.

»Sie kommen von Sherlock Holmes?«, fragte er.

»Ich habe ihn soeben erst verlassen.«

»Was macht Mr Holmes, wie geht es ihm?«

»Es geht ihm verzweifelt schlecht. Deshalb bin ich zu Ihnen gekommen.«

Der Mann bot mir einen Stuhl an und wir setzten uns. Bei dieser Gelegenheit sah ich einen Augenblick lang sein Gesicht in dem Spiegel über dem Kaminsims. Ich hätte schwören können, dass sich ein boshaftes, gemeines Lächeln darüber ausbreitete. Aber dann redete ich mir ein, dass das, was ich zufällig wahrgenommen hatte, nichts als ein nervöses Zucken gewesen war, denn im nächsten Augenblick wandte er sich mir mit dem Ausdruck echter Anteilnahme zu.

»Es tut mir sehr leid, das zu hören«, sagte er. »Ich kenne Mr Holmes lediglich durch einige geschäftliche Beziehungen, die wir miteinander hatten, aber ich schätze seine Talente und seinen Charakter überaus hoch. Er tummelt sich auf dem Gebiet der Verbrechen wie ich auf dem der Infektionen. Was für ihn der Bösewicht, ist für mich der Bazillus. Das da sind *meine* Gefängnisse«, fuhr er fort, indem er auf eine Reihe von Gläsern und Röhrchen zeigte, die auf einem kleinen Tisch standen.

»Unter diesen Gelatinekulturen sind einige der schlimmsten Übeltäter der Welt, die hier ihre Zeit absitzen.«

»Eben wegen Ihrer besonderen Kenntnisse wünschte Mr Holmes, Sie zu sehen. Er hat eine hohe Meinung von Ihnen und glaubt, dass Sie der einzige Mensch in London sind, der ihm helfen kann.«

Der kleine Mann sprang auf, so heftig, dass ihm das Samtkäppchen zu Boden fiel.

»Wieso?«, fragte er. »Wie kann Mr Holmes nur auf den Gedanken kommen, dass ich ihm helfen könnte?«

»Wegen Ihrer Erfahrung mit tropischen Krankheiten, besonders denen des fernen Ostens.«

»Aber was berechtigt ihn zu der Annahme, dass die Krankheit, die er sich zugezogen hat, auf den fernen Osten hindeutet?«

»Weil er beruflich in letzter Zeit mit chinesischen Seeleuten in den Docks zu tun hatte.«

Mr Culverton Smith lächelte wohlgefällig und hob sein Samtkäppchen wieder auf.

»Oh, ich verstehe, ich verstehe«, sagte er. »Ich glaube aber, seine Krankheit ist nicht so schlimm, wie Sie annehmen. Wie lange ist Ihr Freund schon krank?«

»Seit drei Tagen.«

»Hat er Fieberdelirien?«

»Ja, immer wieder einmal.«

»Tja, tja, das klingt doch bedenklich. Es wäre unmenschlich, wenn ich seinem Ruf nicht folgte. Ich kann Störungen bei meiner Arbeit nicht vertragen, Herr Doktor, aber dieser Fall ist wirklich außergewöhnlich. Ich komme sogleich mit.«

Ich erinnerte mich an Holmes' strenge Weisung.

»Ich habe noch eine andere Verabredung«, erwiderte ich.

»Schön, dann gehe ich eben allein. Die Adresse von Mr Holmes ist mir bekannt. Sie können sich darauf verlassen, dass ich in spätestens einer halben Stunde an seinem Krankenlager stehen werde.«

Mit bedrücktem Herzen trat ich wieder bei meinem Freunde ein. So, wie ich ihn verlassen hatte, konnte das Schlimmste während meiner Abwesenheit eingetreten sein. Zu meiner ungeheuren Erleichterung fand ich aber, dass sein Zustand sich in der Zwischenzeit sehr gebessert hatte. Sein Aussehen freilich war so geisterhaft wie vorher, aber er war völlig klar im Kopfe und sprach mit zwar schwacher Stimme, aber mit größerer Frische und Klarheit als selbst in seinen gesunden Tagen.

»Nun, Watson, hast du mit ihm gesprochen?«

»Ja, er kommt.«

»Ausgezeichnet, Watson! Ausgezeichnet! Du bist doch der beste Bote, den man sich wünschen kann.«

»Er wollte mit mir herkommen.«

»Das würde alles vereitelt haben. Das durfte unter keinen Umständen geschehen. Hat er dich gefragt, was mich krank gemacht hat?«

»Ich habe ihm von den Chinesen in den Docks erzählt.«

»Gut! Watson, du hast alles für mich getan, was ein guter Freund für mich tun konnte. Du kannst jetzt von der Bühne abtreten.«

»Ich muss aber doch warten, bis er kommt und hören, was er meint, Holmes.«

»Natürlich musst du, aber ich habe Grund zu der Annahme, dass er seine Meinung viel offener und ausführlicher kundtun wird, wenn er glaubt, mit mir allein zu sein. Da hinter dem Kopfende meines Bettes wird gerade Platz genug für dich sein, Watson.«

»Aber, mein lieber Holmes!«

»Ich fürchte, dir bleibt keine andere Wahl. Das Zimmer bietet sonst keine Gelegenheit, sich zu verstecken, und das ist auch sehr gut so, denn er wird dann umso weniger Verdacht schöpfen. Hier hinter dem Bett, das wird gerade noch gehen.« Plötzlich richtete er sich mit dem Ausdruck strikter Entschlossenheit auf dem hageren Gesicht auf. »Ich höre schon die Räder. Schnell, Watson, wenn du mich gernhast! Und keinen Mucks, was auch geschehen mag. Hörst du? Kein Wort! Keine Bewegung! – Aber merk dir genau jedes Wort, das gesprochen wird.« Dann verließen ihn von einer Sekunde auf die andere wieder die plötzlich erstarkten Kräfte und seine präzisen knappen Anweisungen machten wieder dem sinnlosen undeutlichen Gemurmel eines im Delirium dahinsiechenden Mannes Platz.

Von meinem Versteck aus, in das man mich so plötzlich hineingedrängt hatte, hörte ich Schritte auf der Treppe, dann das Öffnen und Schließen der Schlafzimmertür. Zu meiner Überraschung folgte eine lang andauernde Stille, die nur von den schweren, röchelnden, unregelmäßigen Atemzügen des Kranken unterbrochen wurde. Ich konnte mir vorstellen, wie unser Besucher neben dem Bette stand und den Leidenden betrachtete. Endlich wurde diese unheimliche Stille unterbrochen.

»Holmes!«, rief er und in dem nachdrücklichen Ton, mit dem man einen Schläfer aufweckt, noch einmal: »Holmes! Können Sie mich nicht hören?« Dann kam ein Rascheln, als ob er den Kranken heftig an der Schulter geschüttelt hätte.

»Sind Sie das, Mr Smith?«, flüsterte Holmes jetzt. »Ich durfte ja kaum hoffen, dass Sie zu mir kämen.«

Der andere lachte.

»Allerdings«, sagte er. »Und dennoch, wie Sie sehen, bin ich sofort gekommen. Feurige Kohlen, Holmes – feurige Kohlen!«

»Es ist sehr gütig von Ihnen – das ist edel gehandelt. Ich schätze Ihre besonderen Kenntnisse.«

Mr Smith lachte wieder.

»Ja, das tun Sie. Zum Glück sind Sie der Einzige in London, der das tut. Wissen Sie, was Ihnen fehlt?«

»Dasselbe«, antwortete Holmes.

»Aha, Sie erkennen die Symptome wieder?«

»Nur zu gut!«

»Tja, Holmes, es sollte mich nicht überraschen, gar nicht überraschen, wenn es wirklich ›dasselbe‹ wäre. Schlechte Aussichten für Sie, Holmes! Der arme Viktor war binnen vier Tagen tot – ein kräftiger, gesunder junger Mensch. Wie Sie ganz richtig damals sagten, es war auffallend, dass er sich eine ostasiatische Krankheit aus einer so entlegenen Gegend mitten im Herzen Londons zugezogen hat, ausgerechnet die Krankheit, deren Erforschung mich schon so lange beschäftigt. Wirklich ein sehr seltsames Zusammentreffen. Es war in der Tat meisterhaft von Ihnen, dass Sie darauf gekommen sind, aber es war gar nicht nett, dass Sie dabei von Ursache und Wirkung sprachen.«

»Ich wusste, dass Sie es getan hatten!«

»Ah, das wussten Sie, so! Aber beweisen konnten Sie es eben doch nicht. Was halten Sie eigentlich von sich selbst, wenn Sie erst solche Gerüchte über mich ausstreuen und dann bei mir um Hilfe winseln, sobald Sie in Not sind? Was ist das für ein Spiel, he?«

Ich hörte das stoßweise Röcheln und Luftholen des Kranken. »Geben Sie mir das Wasser«, bat er.

»Sie sind Ihrem Ende schon recht nahe, Holmes, aber ich möchte nicht, dass Sie uns verlassen, bevor ich noch ein Wort mit Ihnen gesprochen habe. Deshalb gebe ich Ihnen das Wasser. – Da, verschütten Sie es nicht. So ist's recht! Können Sie verstehen, was ich sage?«

Holmes stöhnte.

»Tun Sie, was Sie können für mich. Lassen Sie Vergangenes vergangen sein«, flüsterte er fast tonlos. »Ich will mich an nichts mehr erinnern – ich schwöre es. Machen Sie mich gesund und ich will's vergessen.«

»Was vergessen?«

»Den Tod von Viktor Savage meine ich. Sie haben doch soeben so gut wie eingestanden, dass Sie es getan haben. Ich will's vergessen.«

»Sie mögen es vergessen oder sich dran erinnern, ganz wie es Ihnen beliebt. Sie werden vor Gericht kein Zeugnis mehr ablegen, da man Sie ganz woanders ablegen wird. Es ist mir völlig gleichgültig, ob Sie es wissen, wie mein Neffe starb. Ich bin auch nicht hergekommen, um über ihn zu reden, sondern über Sie.«

»Jaja.«

»Der Bursche, den Sie zu mir um Hilfe schickten – wie heißt er doch? – sagte, Sie hätten sich die Infektion in den Docks bei den chinesischen Seeleuten geholt.«

»Ich wüsste keine andere Möglichkeit.«

»Sie sind so stolz auf Ihren überlegenen Verstand, Holmes. Sie halten sich für so klug, nicht wahr? Aber diesmal sind Sie an einen Klügeren geraten. Jetzt denken Sie einmal nach, Holmes. Können Sie sich keine andere Möglichkeit denken, wie Sie zu der Krankheit kommen konnten?«

»Ich kann nicht nachdenken. Mein Kopf ist so müde. Um Himmels willen, helfen Sie mir!«

»Ja, ich will Ihnen helfen. Nämlich zu verstehen, weshalb Sie krank sind. Das sollen Sie noch erfahren, ehe Sie sterben.«

»Geben Sie mir etwas, um diese Schmerzen zu mildern!«

»Schmerzen haben Sie? Stimmt! Die Landarbeiter fingen auch immer an zu wimmern, wenn es aufs Ende zuging. Es ist wie so ein Krampf, nicht wahr?«

»Jaja, wie ein Krampf. Oh!«

»Also passen Sie auf! Können Sie sich nicht an ein ungewöhnliches Vorkommnis erinnern, vor drei Tagen etwa, kurz bevor Sie krank wurden?«

»Nein, nein, an nichts!«

»Dann denken Sie noch einmal nach!«

»Ich bin zu krank zum Denken.«

»Na gut, dann will ich Ihnen auf die Sprünge helfen. Kam da nicht etwas mit der Post?«

»Mit der Post?«

»Ja, eine Dose zum Beispiel.«

»Oh ich kann nicht mehr, ich verliere das Bewuss…«

»Holmes, Holmes!« Es hörte sich wieder so an, als schüttele er den Sterbenden. Ich musste mit aller Macht an mich halten, um nicht aus meinem Versteck hervorzuspringen.

»Sie *müssen* mich hören!«, schrie der Schurke. »Erinnern Sie sich an die Dose? Eine Elfenbeindose? Sie kam am Donnerstag, Sie haben Sie aufgemacht, entsinnen Sie sich?«

»Jaja – aufgemacht. Da war eine Sprungfeder drin. Ein Scherz –«

»Alles andere als ein Scherz! Das werden Sie zu Ihrem Leidwesen erfahren. Sie Narr, Sie wollten es ja nicht anders haben. Nun haben Sie es. Wer hat Sie gebeten, meine Wege zu kreuzen? Hätten Sie mich in Ruhe gelassen, dann hätte ich Ihnen nichts getan.«

»Ich erinnere mich«, stöhnte Holmes. »Die Feder! Sie hat mich in den Finger gestochen. Die Dose – da steht sie auf dem Tisch.«

»Da ist sie ja! Wahrhaftig meine Dose. Ich nehme sie besser mit und damit, mein Lieber, entschwindet Ihr letztes Fetzchen an Beweis. Aber Sie kennen jetzt die Wahrheit, Holmes, und Sie sterben in dem Wissen, dass *ich* Sie getötet habe. Sie wussten zu viel vom Schicksal Viktor Savages, also müssen Sie es jetzt mit ihm teilen. Sie sind Ihrem Ende sehr nahe, Holmes. Ich will hier Platz nehmen und zusehen, wie Sie sterben.«

Holmes' Stimme war jetzt nur noch ein kaum vernehmbares Flüstern.

»*Was* soll ich tun?«, fragte Smith. »Ich soll das Gas aufdrehen? Aha, Sie sehen schon die Schatten, die sich herniedersenken? Ja, ich will hell machen, damit ich Sie umso besser leiden sehen kann.« Er schritt durchs Zimmer und plötzlich wurde es hell. »Kann ich Ihnen sonst noch irgendeinen kleinen Dienst erweisen, mein Freund?«

»Ja, eine Zigarette und ein Streichholz!«

Ich hätte hinter dem Bett beinahe laut aufgeschrien vor Freude und Verwunderung. Holmes sprach mit seiner gewöhnlichen Stimme. Vielleicht etwas leiser als sonst, aber es war wieder die alte, mir so gut bekannte Stimme. Eine lange Pause trat ein und ich fühlte, dass Culverton Smith in stummem Staunen dastand und auf seinen Gesprächspartner hinabstarrte.

»Was soll das bedeuten?«, hörte ich ihn endlich mit trockener, harter Stimme fragen.

»Die beste Methode, eine Rolle erfolgreich zu spielen«, sagte Holmes, »ist es, dieselbe zu *leben.* Ich gebe Ihnen mein Wort, dass ich seit drei Tagen weder Speise noch Trank angerührt habe, bis Sie vorhin die Güte hatten, mir das Glas Wasser zu reichen. Aber was ich am meisten vermisst habe, war der Tabak. Ah, da sind ja wahrhaftig Zigaretten!« Ich hörte, wie ein Zündholz angestrichen wurde. »Jetzt ist mir schon viel wohler. Hallo – hallo! Höre ich da nicht den Schritt eines Freundes?«

Draußen wurden in der Tat Schritte vernehmbar, die Tür ging auf und herein trat Inspektor Morton.

»Alles in Ordnung und hier ist Ihr Mann«, sagte Holmes.

Der Beamte rasselte die vom Gesetz verlangten Formulierungen herunter, von denen die Entscheidende war: »Ich verhafte Sie, Culverton Smith, unter Anklage des Mordes an einem gewissen Viktor Savage.«

»Und Sie können hinzufügen: ›des versuchten Mordes an einem gewissen Sherlock Holmes‹«, setzte mein Freund lachend hinzu. »Um mir krankem Mann die Mühe zu ersparen, Inspektor, hatte Mr Culverton Smith die Liebenswürdigkeit, selbst das vereinbarte Signal zu geben, indem er das Gas voll aufdrehte. Ihr Gefangener hat übrigens in der rechten Tasche seines Überziehrocks eine kleine Dose, die Sie ihm besser abnehmen. – Danke Ihnen. Ich würde Ihnen raten, vorsichtig mit dem Ding umzugehen. Stellen Sie's dort auf den Tisch. Es könnte im Prozess ein wichtiges Beweisstück werden.«

Ich hörte plötzlich Lärm und Durcheinander, dann das Klirren von Eisen und einen Schmerzensschrei.

»Sie tun sich nur unnötig weh«, sagte der Inspektor. »Nun stehen Sie doch endlich still!« – dann schnappten die Handschellen ein.

»Eine nette Falle, Holmes, die Sie da ausgeheckt haben«, schrie Smith voll Wut. »Das wird *Sie* vors Gericht bringen, Holmes, und nicht mich! Er hat mich bitten lassen hierherzukommen, um ihn zu heilen. Er tat mir leid und ich kam sofort. Jetzt wird er wahrscheinlich behaupten, ich hätte hier Dinge gesagt, die seinen irrsinnigen Verdacht bestätigen. Sie mögen lügen, so viel Sie wollen, Holmes – mein Wort wiegt mindestens genauso schwer wie das Ihrige!«

»Um Himmels willen!«, rief da Holmes. »Der arme Teufel war mir ja völlig entfallen. Lieber Watson, ich bitte tausendmal um Entschuldigung. Dass ich dich so ganz vergessen konnte! Mit Mr Culverton Smith brauche ich dich nicht erst bekanntzumachen, da ihr euch ja meines Wissens heute am frühen Abend schon kennengelernt habt. Haben Sie einen Wagen unten, Inspektor? Ich werde nachfolgen, sobald ich mich angezogen habe, denn meine Aussage könnte auf dem Revier noch von einigem Nutzen sein.«

»Nie im Leben habe ich etwas dringender gebraucht«, sagte er zufrieden, als er seinen Ankleidevorgang unterbrach und sich mit Behagen an Rotwein und Keksen gütlich tat, die ich ihm reichte. »Obwohl du natürlich weißt, dass ich nicht an einen regelmäßigen Tagesablauf gewöhnt bin, sodass ein wenig Fasten für mich weniger Bedeutung hat als für die meisten anderen Menschen. Es war besonders wichtig, dass ich Frau Hudson meinen kranken Zustand überzeugend vortäuschte, denn die sollte dir davon erzählen und du wiederum ihm. Du darfst nicht verletzt sein, Watson. Unter deinen vielen Fähigkeiten fehlt die Kunst der Verstellung völlig, und wenn du an meine Krankheit nicht geglaubt hättest, dann wäre es dir nie gelungen, Mr Smith glaubhaft zu vermitteln, dass seine Anwesenheit hier unbedingt vonnöten sei. Das aber war der Dreh- und Angelpunkt der ganzen Sache. Da ich seinen rachsüchtigen Charakter kannte, war ich absolut sicher, dass er kommen würde, um den Erfolg seines genialen Tuns mitzuerleben.«

»Aber dein Aussehen, Holmes! Deine gespenstischen Züge?«

»Drei Tage striktes Fasten sind nicht gerade ein Schönheitsmittel, Watson. Und wenn das nicht reicht, tun's Vaseline auf die Stirn geschmiert, Belladonna, in die Augen geträufelt, Schminke auf den Backen und Wachs an den Lippenrändern. Damit kann man einen ganz netten Eindruck erzielen, der sich übrigens leicht mit einem Schwamm wieder abwaschen lässt. Irgendwann schreibe ich vielleicht noch einmal ein Buch über die Kunst, falsche Tatsachen vorzutäuschen. Darin wird dann auch zu finden sein, wie man mit ein paar unsinnigen Worten über halbe Kronen, Austern oder sonst etwas Verrücktes selbst einen Arzt davon überzeugen kann, dass der Patient im Delirium ist.«

»Aber weshalb wolltest du nicht, dass ich dir nahe käme, wo doch keine Ansteckung zu befürchten war?«

»Kannst du das fragen, lieber Watson? Glaubst du, ich hätte so wenig Achtung vor deinen medizinischen Kenntnissen? Dir wäre doch sofort aufgefallen, dass jemand mit normaler Temperatur und normalem Puls nicht gerade im

Sterben liegen kann. Auf vier Yard Entfernung konnte ich dich täuschen, aber auf die Nähe sicher nicht, wenn du meinen Puls und mein Fieber gemessen hättest. Und wer hätte mir dann Mr Culverton Smith hierhergeholt? – Dann hätte ich dich, mein Freund, aber doch noch beinahe in Lebensgefahr gebracht, als du die Dose entdecktest. Denn unter dem Deckel an der Seite befindet sich ein kleines Loch. Wenn man den Deckel abschraubt, fährt da eine Nadelspitze mit tödlicher Bakterienfracht heraus. Auf solch eine Art muss er seinen Neffen umgebracht haben, der zwischen ihm und einer Erbschaft stand. Aber du weißt, dass ich Postsendungen ganz verschiedener Art erhalte und grundsätzlich misstrauisch gegenüber Päckchen bin, die mich erreichen, so auch in diesem Fall. Allerdings kam mir sofort der Gedanke, ich könnte vielleicht ein Geständnis aus ihm herauslocken, wenn ich ihn glauben machte, sein Plan sei gelungen. Und dann habe ich mein kleines Theaterstück eben mit der Gründlichkeit des wahren Künstlers bühnenreif inszeniert. – Danke, Watson, hilfst du mir bitte in den Mantel? Wenn wir auf dem Revier fertig sind, denke ich, wäre ein kleines Fünf-Gänge-Menü bei Simpson's-in-the-Strand nichts, was ich ablehnen würde.«

ARENA KINDERBUCH-KLASSIKER

Johanna Spyri

Heidi kann brauchen, was es gelernt hat

Heidis Freundin Klara aus Frankfurt kommt zu Besuch auf die Alm. In dem unwegsamen Gelände hat sie es nicht leicht mit ihrem Rollstuhl. Von Klaras Besuch ist Heidis bester Freund, der Geißenpeter, wenig begeistert, denn Heidi hat nun gar keine Zeit mehr für ihn. Aus Eifersucht lässt er sich zu einer schrecklichen Tat hinreißen. Doch gerade dadurch nimmt Heidis und Klaras und auch Peters Schicksal eine entscheidende Wendung.

Arena

Mit einem Vorwort von Katja Alves

168 Seiten • Gebunden
ISBN 978-3-401-60175-5
www.arena-verlag.de

ARENA KINDERBUCH-KLASSIKER

Barbara Bartos-Höppner

Till Eulenspiegel

Von allen Kinderbuchhelden blickt kaum einer auf ein so langes Leben zurück wie er: Till Eulenspiegel. Seine Streiche, mit denen er die Eingebildeten und die Eitlen an der Nase herumführt, sind im gesamten deutschen Sprachraum bekannt. Charmant und klug, mutig und unerschrocken hält er den Leuten den Spiegel vor. Und dabei ist er so witzig, dass auch die Kinder von heute ihren Spaß an seinen Geschichten haben.

Arena

Mit einem Vorwort
von Moritz Netenjakob

104 Seiten • Gebunden
ISBN 978-3-401-60107-6
www.arena-verlag.de